W0238328

Norddeutscher Rundfunk
Landesfunkhaus Niedersachsen (Hrsg.)

Kathrin Pagendarm, Eckhardt Reimann et al.

Dem Verbrechen auf der Spur

Die spektakulärsten Kriminalfälle Niedersachsens

schlütersche

Bibliografische Information Der Deutschen Bibliothek
Die Deutsche Bibliothek verzeichnet diese Publikation in der Deutschen Nationalbibliografie; detaillierte bibliografische Daten sind im Internet über http://dnb.ddb.de abrufbar.

ISBN 3-89993-717-1

© 2006 Schlütersche Verlagsgesellschaft mbH & Co. KG,
Hans-Böckler-Allee 7, 30173 Hannover

Alle Rechte vorbehalten. Das Werk ist urheberrechtlich geschützt. Jede Verwendung außerhalb der gesetzlich geregelten Fälle muss vom Verlag schriftlich genehmigt werden. Alle Angaben erfolgen ohne jegliche Verpflichtung oder Garantie des Herausgebers. Für Änderungen und Fehler, die trotz der sorgfältigen Überprüfung aller Angaben nicht völlig auszuschließen sind, können wir leider keinerlei Verantwortung oder Haftung übernehmen.
Ein Markenzeichen kann warenrechtlich geschützt sein, ohne dass dieses besonders gekennzeichnet wurde.

Verlag:	Schlütersche Verlagsgesellschaft mbH & Co. KG, Hans-Böckler-Allee 7, 30173 Hannover
Herausgeber:	Norddeutscher Rundfunk Landesfunkhaus Niedersachsen, Rudolf-von-Bennigsen-Ufer 22, 30169 Hannover

Lizenziert durch Studio Hamburg Distribution & Marketing GmbH

Begleitartikel rund um den NDR finden Sie unter www.ndrshop.de

Koordination:	Petra Rönnfeldt, Studio Hamburg Distribution & Marketing GmbH Claudia Flöer, Schlütersche Verlagsgesellschaft mbH & Co. KG Mark Wachsmann, Schlütersche Verlagsgesellschaft mbH & Co. KG
Visuelles Konzept und Gestaltung:	Michael Fröhlich, Hannover
Lithoarbeiten:	PER Medien+Marketing GmbH, Braunschweig
Druck:	Druckerei Uhl GmbH & Co. KG, Radolfzell

Vorwort

Eigentlich ist der hiesige Menschenschlag eher nüchtern und bescheiden. Weder Besitzgier noch Mordlust charakterisieren den Niedersachsen als solchen, vielmehr bewegen sich Erwerbsstreben und Sozialverhalten in überaus geordneten Bahnen. Schon so geordnet, dass andere Landsmannschaften uns für ein bisschen langweilig halten.

Das ertragen wir gelassen – und sorgen ab und an für Schlagzeilen, die selbst die südländisch angehauchten Bayern schaudernd nach Norden schauen lassen. Da ist zum Beispiel die Leiche im Abflussrohr. Oder der Elektrobastler, dessen Ehefrauen allzu regelmäßig häuslichen Stromschlägen erliegen. Nicht zuletzt der Pastor, dem das Wunder der Schöpfung zum Verhängnis wird: in Gestalt einer seltenen Ameisenart.

Aber auch von großen Gefühlen ist zu berichten: von der verliebten Ärztin, die dem Mehrfachmörder zur Flucht verhilft, und vom wohlerzogenen Geldfälscher, der nach dem Blütenverteilen seiner Frau stets Blumen heimbrachte. Manchmal endet die kriminelle Karriere ausgesprochen kläglich: Wenn etwa die Handschellen ausgerechnet auf einem Gasthausklo klicken.

Es verhält sich mit den Untaten wie mit dem gewöhnlichen Leben: Alles kommt vor, was die Menschennatur so zu bieten hat. Das jedenfalls lehrt der Blick auf jene Verbrechen, die einst in Niedersachsen Schlagzeilen machten. Kathrin Pagendarm und Eckhardt Reimann, Mitarbeiter von NDR 1 Niedersachsen, waren die Köpfe eines Autorenteams, das diese Geschichten zusammengetragen hat. Dafür wurde in Archiven recherchiert, mit Zeitzeugen gesprochen. Manches Vergessene kam so zum Vorschein, auch bisher unbekannte Details tauchten auf aus dem Schatten der Vergangenheit.

Manchmal mildern skurrile Begleitumstände die Erinnerung, die Kriminalakte wird zur Anekdote. Vor anderen Taten steht man auch heute noch fassungslos – erschüttert von dem Schrecken, den einzelne Menschen über andere gebracht haben. Auch diese Geschichten gehören erzählt – vielleicht sogar mit genauerem Blick als es zum Zeitpunkt des Geschehens möglich war. Thema ist immer auch die hartnäckige Arbeit der Polizei, manchmal auch der Zufall, der das entscheidende Indiz lieferte.

Den Hörerinnen und Hörern von NDR 1 Niedersachsen bescherte das die Radioserie „Dem Verbrechen auf der Spur". Mit diesem Buch gibt es die Geschichten, in erweiterter Form, auch zum Nachlesen. Sie sind mal heiter ausgefallen, mal notgedrungen düsterer. In keinem Fall aber langweilig. Denn von Langeweile kann, siehe oben, hierzulande keine Rede sein; allenfalls von einer ausgeprägten Bedachtsamkeit, die nicht zuletzt ein Feind des Bösen ist.

Eckhart Pohl

Hörfunkchef im NDR Landesfunkhaus Niedersachsen

Uwe Day

Sadismus ohne Grenzen

Ein illegaler „Grenzführer“ tötet mindestens zehn Menschen

Im Juli 1948 geht den Beamten auf der Polizeistation in Vienenburg im Kreis Goslar ein Schreiben zu, das auf den ersten Blick ebenso monströs wie absurd wirkt. Es ist die Abschrift eines Briefes an den örtlichen Bürgermeister. Der Verfasser des Schreibens ersucht darin das Stadtoberhaupt um eine bizarre Bescheinigung: Er möge ihm amtlich bestätigen, dass an der Eisenbahnstrecke von Vienenburg nach Abbenrode – nur wenige Meter von der grünen Grenze zur sowjetisch besetzten Zone – die Leiche einer Frau zu finden sei. Diese hätten er und ein Komplize in einen Brunnen neben einem Schrankenwärterhäuschen geschmissen.

„Sie müssen nun mir eben den Gefallen tun und hingehen und mir eine Bescheinigung schicken, wo drauf steht, dass dort eine tote Alte liegt.“

Damit nicht genug: Der Autor berichtet von vier weiteren Menschen, die er persönlich „totgemacht“ habe. Solch ein freimütiges Geständnis hätte normalerweise für Heiterkeit im tristen Vienenburger Dienstalltag gesorgt. Doch die Polizei nimmt den Verfasser ernst – er verbüßt in der Haftanstalt Celle eine zwölfjährige Strafe wegen Raubmordes: Es ist der 24-jährige Rudolf P.

Die Polizei untersucht schließlich den Brunnen an der Bahnlinie und findet die verwesten Leichen zweier Frauen – der Beginn eines der bizarrsten Kriminalfälle der Nachkriegszeit. An dessen Ende im November 1950 werden drei Männer vor dem Landgericht Braunschweig wegen mehrfachen Mordes verurteilt.

Nachkriegswirren im Harzvorland

Die Geschichte des „Massenmörders“ P., wie ihn die Zeitungen später taufen, ist ohne die verworrenen gesellschaftlichen Verhältnisse in den ersten Jahren nach dem Zweiten Weltkrieg kaum denkbar. Seine „berufliche“ Existenz als illegaler Grenzführer, aber auch seine zweite Natur als sadistisch enthemmter Triebverbrecher gedeihen auf der geistigen, wirtschaftlichen und sozialen Trümmerlandschaft, die der verlorene Krieg und der Zusammenbruch des Nationalsozialismus hinterlassen haben: das Zentrum Braunschweigs ist zerstört, die Industrieanlagen und Häuser zerbombt, es herrschen Hungersnot und Wohnungsnot. Auch das Umland wird erfasst: Dort werden die Menschen zwangsweise einquartiert. Die Dörfer werden plötzlich bevölkert von Flüchtlingen und Vertriebenen, heimkehrenden Soldaten, befreiten Zwangsarbeitern und ausgebombten Familien, die auseinander gerissen worden sind, nun durch die Gegend ziehen und teilweise über ganz Deutschland verstreut eine Bleibe finden. Im alten Braunschweiger Land leben 1946 etwa 990.000 Menschen, 300.000 Menschen mehr als vor dem Krieg. Mitunter bestehen ganze Dörfer zur Hälfte aus Fremden, die Zuflucht suchen oder zwangsweise einquartiert werden – wie in Abbenrode bei Vienenburg: „Bei uns im Dorf wohnten in den Dreißigerjahren etwa 900 Menschen. Direkt nach dem Krieg waren es

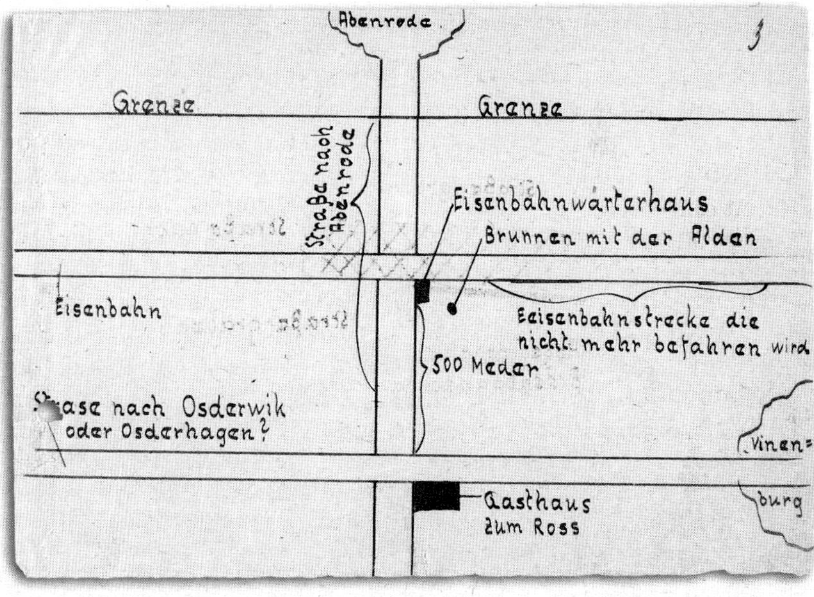

„Der Brunnen mit der Alden“ – die makabere Skizze von Rudolf P. zeigt, wo er die Leiche versteckte.

plötzlich 1.300 Einwohner", erinnert sich der 72-jährige Heinz Köhler vom Heimatverein Abbenrode daran, wie sein Geburtsort, plötzlich aus den Nähten platzte.

Krieg, Niederlage und Nachkriegswirren haben das soziale und wirtschaftliche Fundament unterspült. „Lebens-Mittelpunkte" sind nicht mehr die alten Zentren wie Braunschweig oder die Harzstädte; die Menschen strömen nun aufs Land. „Die Städter gingen auf ‚Hamsterfahrt' in die Dörfer. Wer etwas anzubieten hatte, tauschte auf dem schwarzen Markt Zigaretten oder andere Ware gegen Lebensmittel ein", schreibt die Historikerin Gudrun Fiedler aus dem Niedersächsischen Staatsarchiv Wolfenbüttel. Erschwerend kommt die politische Grenzziehung der Besatzungsmächte hinzu: Die Demarkationslinie zwischen der britischen und sowjetischen Besatzungszone zerschneidet den ostfälischen Raum um Helmstedt und das Harzvorland und damit die alltäglichen Lebenslinien und Verkehrsrouten. Väter und Mütter sind nun tagelang unterwegs, um im ländlichen Raum Nahrung zu organisieren.

Konjunktur für „Grenzführer"

Die Stadt Vienenburg nahe der Zonengrenze ist solch ein Dreh- und Angelpunkt, der aus der Notlage und der neuen politischen Topographie heraus entsteht. „Hier ging eine wilde Grenzschieberei los. Hier wurde mit Zigaretten und anderen Dingen wie Fisch gekungelt. Und das ganze Leben spielte sich nachts ab", erklärt Herbert Müller, Ortsheimatpfleger von Vienenburg. Vor dem Krieg war die Stadt ein Handelszentrum im Harzvorland und bildete einen wichtigen Verkehrsknotenpunkt: Dort traf sich die Bahnlinie von Braunschweig in den Harz mit der Strecke Hannover-Halberstadt. Aber der Kalte Krieg durchtrennt auch diese Linie: Zwischen Vienenburg und Osterwieck reißen die Besatzungsmächte Bahnschwellen heraus und legen den Verkehr in östliche Richtung lahm. Passierscheine gibt es nur in absoluten Ausnahmefällen. Das Gros der Menschen muss in den illegalen Grenzverkehr abtauchen und die noch „grüne" Grenzlinie im Verborgenen überqueren – Konjunktur für ortskundige „Grenzführer", die sich etwas dazu verdienen, aber auch für Verbrecher, die die Notlage der Menschen skrupellos ausnutzen, um sie im Niemandsland zu überfallen, auszurauben und zu ermorden.

Grenzenlose Gewalt

„Mord an der Zonengrenze bei Helmstedt: eine 35 Jahre alte weibliche Person wurde tot aufgefunden. Als Todesursache konnte Erdrosselung festgestellt werden. Es liegt ohne Zweifel Raubmord vor. Die Tote konnte nicht identifiziert werden" – solch nüchterne Mitteilungen wie diese sind im polizeilichen „Jahresbericht Braunschweiger Land" der Nachkriegsjahre immer wieder zu finden. Die Zonengrenze bringt eine besondere Gattung von Kriminalität hervor: das Grenzverbrechen – etwa 80 ungeklärte Morde sind aus der unmittelbaren Nachkriegszeit überliefert.

Das unübersichtliche Grenzgebiet eignet sich in besonderer Weise als Herrschaftsraum, in dem Raubmörder und Gewalttäter nahezu ungestört regieren können. Die Briten und Sowjets bewachen die Grenze anfangs nur sporadisch, erst später werden die Maschen des Patrouillennetzes enger gezogen. Und selbst vor den Grenztruppen herrscht Angst, insbesondere die Sowjets sind vom Klima der Furcht umgeben, berichtet Heinz Köhler: „Ob im Schimmerwald oder anderswo – es wurden immer wieder Tote gefunden, die man den Russen in die Schuhe schob. Wir trauten ihnen alles zu, nachdem wir von den Flüchtlingen aus dem Osten schreckliche Geschichten über Vergewaltigungen hörten."

Dennoch ist die Überschreitung der Grenze eine alltägliche Verkehrsform. So entsteht ein „neuer Markt" für Schmuggler, Schwarzhändler und Schleuser, der auch den 22-jährigen Rudolf P. anlockt. Der junge Mann aus dem Erzgebirge stammt aus sozial zerrütteten Verhältnissen. Der Vater, ein Industriearbeiter, war nach der Machtübernahme Hitlers in die Tschechoslowakei ausgewiesen worden. Der junge Rudolf hält die Familie durch Schmuggelgeschäfte an der Landesgrenze über Wasser und wird mehrfach festgenommen. Die Schwester wird nach dem Einmarsch der Deutschen wegen ihrer epileptischen Anfälle zwangssterilisiert. P.'s Leben ist von Rückschlägen und Unstetigkeit geprägt: In der Schule bleibt er dreimal sitzen, mit 15 Jahren nimmt er eine Fleischerlehre auf, wird dann aber Schiffsjunge und kommt nach Kriegsausbruch zur Marine. 1943 wird er entlassen: Epilepsie. In seiner neuen Anstellung als Hilfskellner fällt er durch epileptische Anfälle und Wutausbrüche auf. Im NS-Staat drohen ihm ein Erbgesundheitsverfahren und die Zwangssterilisierung. Er entgeht beidem durch das Chaos nach der Bombardierung von Dresden und Chemnitz. Nach dem Krieg wird er Hilfspolizist unter den Sowjets. Dabei schießt er einen plündernden russischen Soldaten an – und verspürt beim Anblick des blutüberströmten Mannes zum ersten Mal geschlechtliche Erregung und sexuelle Befriedigung, die er beim normalen Geschlechtsverkehr nie erreicht habe. Das zumindest wird er später Medizinalrat Dr. Fritz Barnstorf gestehen, dem leitenden Arzt in der „Heil- und Pflegeanstalt" Königslutter.

Mordshunger

Im März 1946 taucht P. im „interzonalen" Verkehrsstrom gewerbsmäßiger und gelegentlicher Schwarzhändler auf, die zwischen Hamburg und dem Harz unterwegs sind und in der Gegend hinter Wolfenbüttel durch die weiten Maschen der Demarkationslinie schlüpfen. Rudolf P. lebt im Wechsel mal auf der östlichen oder westlichen Seite der Grenze. In Vienenburg mischt er sich unter die Nothandelsreisenden und bietet Frauen und Männern seine Dienste als „Grenzführer" an, der alle Schleichpfade und Schlupfwinkel kennt. Der junge Mann mit der stämmigen Figur fällt nicht auf – außer bei den Gastwirten in der Gegend: „Er soll einen Mordshunger gehabt haben und muss sich den Gastwirten ungeheuer angeschmeichelt haben, um an besondere Portionen zu kommen", hat Heimatpfleger Müller von den Vienenburgern erfahren.

P.'s Sammelpunkt für den Grenzübertritt ist das Gasthaus „Weißes Ross" zwischen Vienenburg und Osterwiek, nur wenige hundert Meter von der Grenze entfernt. „Er kam immer nachmittags, in einem langen schwarzen Ledermantel und mit einem Stock, trank dann Bier und Schnaps und wartete", erzählt Helene Stahn, Gastwirtin des „Weißen Rosses". Die 83-Jährige zeigt dabei auf ein schmales braunes Sofa, das an der dunkel getäfelten Wand mit der tiefbraunen Tapete steht. Dort habe er gesessen und die Leute angesprochen. Anschließend sei er mit ihnen gruppenweise in der Dunkelheit verschwunden. „Mit seinem dunklen Mantel und seinem Stock sah er aus wie ein Schäfer, der seine Herde um sich versammelte", erinnert sich Helene Stahn und blickt in ihr Lokal, in dem sich in den vergangenen 60 Jahren kaum etwas verändert hat – die Wanduhr tickt, aber die Zeit scheint stehen geblieben zu sein.

Tatmuster

P. arbeitet nicht allein, er hat zwei Helfer, die beide zu Mittätern werden; mal begleitet ihn der 34-jährige Karl H., den er von der Hilfspolizei her kennt; mal ist er mit dem 20-jährigen Konrad Sch. unterwegs. Konrad Sch., ein smarter junger Mann mit gewinnendem Lächeln, ist für P. der ideale „Lockvogel für Weiber". Den ersten Mord begehen P. und H. am 23. März 1946. Das Opfer ist eine 37-jährige Frau aus Blankenburg, die ihnen auf einem Feldweg bei Rocklum (Kreis Wolfenbüttel) begegnet. Im Schutz der Dunkelheit überschreiten sie bei Mattierzoll die Grenze. H. und die Frau gehen voraus, P. bleibt dahinter. Nichts deutet auf eine bedrohliche Situation hin: Vertrauensselig erzählt sie H., dass sie ihr Kind bei den Großeltern im Ruhrgebiet gelassen habe und noch einmal in ihre Wohnung jenseits der Grenze wolle, um Sachen zu holen. Damit spricht sie ihr Todesurteil – P. schlägt die Frau von hinten mit einem Beil nieder. Und nun folgt das, was typisch ist für Motiv und Tatmuster von P. und seinen Mittätern:

H. raubt die Frauen aus, nimmt ihnen Gepäck, Mantel und Schuhe ab, die er später als Tauschware anbieten wird. P. dagegen lebt seine perversen Fantasien aus: Er sieht in den verletzten und blutüberströmten oder toten Frauen hilflose Sexualobjekte – und vergeht sich an ihnen, indem er in höchster Erregung in ihre reglosen Geschlechtsteile greift und diese wild betastet: „Ich bekomme Wollustgefühle (...), wenn ich sehe, dass weibliche Wesen bluten und ich sie dabei ‚bearbeiten' kann", gibt er 1949 zu Protokoll.

Der „Totmacher"

Zwischen Ellrich und Walkenried folgt im Juli seine zweite Tat: P. tötet eine junge Frau, die sich mit Selbstmordabsichten trägt und nicht ahnt, dass sie an einen selbst ernannten „Totmacher" geraten ist: Erneut schlägt P. mit einem Eisenhammer auf sein Opfer ein, um seine perversen Gewalt- und Sexualfantasien auszuleben. Danach legt er sich neben die Tote und schläft, um am nächsten Morgen nach Ellrich zurückzukehren. Mitunter wacht er mit blutbeschmierten Händen auf, hat sich durchnässt oder seine Zunge zerbissen und hat keinerlei Erinnerung mehr an die Morde. Es sind Zeichen epileptischer Anfälle, in denen P. seine Taten begeht.

„P. war ein ungewöhnlicher Seriensexualmörder. Üblicherweise werden solche sadistisch eingefärbten Tötungsdelikte von Einzelnen begangen, um lange Jahre drängende Gewaltfantasien endlich ausleben zu können, vor allem ungestört. P. aber beging die meisten seiner Morde unter wechselnder Beteiligung seiner Bekannten“, sagt der Düsseldorfer Kriminalpolizist Stephan Harbort, der sich der kriminalpsychologischen Erforschung solcher Fälle verschrieben hat.

Harbort hat aus dem Quellenstudium der Gerichtsakten ein Profil P.'s erstellt: Der junge Mann war von starken Minderwertigkeitskomplexen getrieben, hatte episodenhafte Gewaltausbrüche, war weder in der Lage, Kritik zu ertragen, noch seine Gewaltimpulse zu kontrollieren. All diese Persönlichkeitsdefekte kamen zueinander und mündeten in seine Taten, die ihm dazu noch in dem fast unbewachten Niemandsland äußerst leicht fielen.

Spur des Todes

So hinterlassen P., H. und Sch. im Grenzstreifen eine Spur des Todes, die allerdings bei den Alliierten keinen gesteigerten Ermittlungswillen weckt. Die Tatorte liegen dicht beieinander oder weit entfernt: Mattierzoll, Walkenried, Abbenrode, Vienenburg, Zorge, Ilfeld, aber auch Hof in Oberfranken und Glenze im Kreis Dannenberg. Ihre Opfer finden die Täter im Bahnhof von Nordhausen oder auf ihren Zugfahrten nach Sachsen, Braunschweig oder Hamburg. Elf Menschen fallen ihnen von März 1946 bis April 1947 zum Opfer. Mal überqueren sie die Grenze, um „Sachen für Weihnachten zu organisieren“, Erbschaftsangelegenheiten im Westen abzuwickeln oder Geschäfte zu tätigen. Es sind fast ausschließlich Frauen, die P. aussucht und die von ihm und H. in die Dunkelheit gelockt und angegriffen werden. Während P. vor allem darauf achtet, dass sie seinen sexuellen Vorstellungen entsprechen, geht es H. vorrangig um Wertsachen. Dabei geht auch er mit unerhörter Brutalität und sichtlicher Lust an der Gewalt zu Werke: Er vergewaltigt Frauen, erschlägt sie mit einem schweren Fallschirmmesser, ersticht sie, durchschneidet ihre Kehlen, schlitzt ihre Leiber auf. Eine der Frauen enthauptet er auf östlicher Seite und „entsorgt" ihren Kopf auf britischem Besatzungsgebiet, um Spuren zu verwischen. Zwischenzeitlich trennt sich P. von H., weil ihm nach eigenen Worten diese „Art, mit dem Messer zu arbeiten, auf die Nerven ging". Als Ersatz holt er sich den Kleinkriminellen Konrad Sch., mit dem er im Dezember innerhalb von wenigen Tagen zwei Frauen bei Vienenburg mit einer Eisenstange umbringen und in den Brunnenschacht werfen wird. Nur eine Frau überlebt die Angriffe: Die 55-jährige Witwe ist mit P., Sch. und einer jungen Frau im Ostharz unterwegs und lässt bei einer Rast eine Flasche Korn herumgehen. P., der auch zu alkoholischen Exzessen neigt, schlägt die Frau nieder, da sie sich weigert, ihm mehr zu geben. Als Sch. und seine weibliche Begleiterin mit dem Alkohol davonrennen, lässt P. das angeschlagene Opfer zurück: An der älteren Frau habe er „kein Interesse" gehabt, außerdem wäre ihm sonst „der Schnaps entgangen". Das letzte Opfer P.'s ist ein Mann: ein 38-jähriger Kaufmann aus Hamburg, den P. mit einem Beil erschlägt. Diesmal ist er unvorsichtig. Die Polizei ergreift ihn und verurteilt ihn wegen Raubmordes zu 12 Jahren Haft.

Unheimlicher Geruch

Im Frühjahr 1948 helfen Schüler aus Abbenrode bei einem Bauern aus, darunter ist auch Ernst Köhler, damals 14 Jahre alt. Der Acker liegt ganz in der Nähe der stillgelegten Eisenbahnlinie Vienenburg-Halberstadt. Die Kinder legen an einem Eisenbahnhäuschen eine Pause ein – und stoßen auf einen Brunnen. Herausgerissene Eisenbahnschwellen liegen in der Nähe. Für die Jungen eine verlockende Sache. Kurzentschlossen werfen sie die Schwellen in den Brunnen. „Es platschte. Da musste also Wasser unten sein", erinnert sich Ernst Köhler, „und dann kam da so ein unheimlicher Geruch heraus. Da haben wir Kinder uns gesagt: ‚Da sind garantiert Tote drin!'" Ihre Entdeckung verschweigen die Kinder aber: „Es hätten ja die Russen getan haben können!" Doch wenige Monate später nimmt ein Polizeitrupp den Brunnen unter die Lupe.

Dass die Vienenburger Polizei im Juli 1948 die Ermittlungen aufnimmt, ist eigentlich dem Hunger P.'s und den dürftigen Essensrationen im Gefängnis Celle zu verdanken. P. hat die abwegige Vorstellung, sich in der Haftanstalt als Henker ein Zubrot zu verdienen – noch gilt die Todesstrafe und P. sieht sich hervorragend qualifiziert als „Totmacher", wie er dem Vienenburger Bürgermeister schreibt: „Ich habe hier schon mit dem Chef gesprochen, dass er mir eine vernünftige Arbeit gibt, wo ich genug zu essen habe, denn ich falle bald um vor Kohldampf. (...) Nun ist die Sache die, die glauben mir nicht, dass ich ein Mann bin, der gut und schnell totmachen kann." Seinem Brief hat er einen Plan beigelegt, in dem er in akkurat geschriebenen Druckbuchstaben und schnurgeraden Linien den Tatort skizziert hat. Im August 1948 gehen die Beamten dem Hinweis nach und bergen an besagter Stelle – nur wenige hundert Meter vom „Weißen Ross" entfernt, unmittelbar an der Bahnstrecke Vienenburg-Halberstadt – zwei verweste Frauenleichen.

„Interzonale" Spurensuche

Die Kripo Braunschweig wird hinzugezogen. Sie glaubt, wenige Meter weiter in einem anderen Brunnen würden auch Leichen liegen – allerdings auf Seiten der Sowjets. Die politische Geographie erschwert die Ermittlungsarbeit der Polizei. Dennoch leisten die Beamten aus Ost und West auf dem Wege gemeinsamer „interzonaler" Spurensuche ein beachtliches Pensum und schaffen es, innerhalb von anderthalb Jahren, von 1948 bis 1950, zahlreiche Beweise zusammenzutragen und elf Fälle zur Anklage zu bringen. Bei dieser Verbrechensserie, die in jeder Hinsicht Grenzen überschritten hatte, finden sich die Behörden zur Kooperation zusammen. Die Ermittlungsakten sind dabei ständig unterwegs und gehen auf ihren Reisen zwischen Braunschweig und dem Harz auch zwischenzeitlich verloren. Das Ost-West-Gefüge sorgt für Arbeitsteilung: Wenn die Ermittler aus Braunschweig die ehemalige Ehefrau von P., die in der neu gegründeten DDR lebt, nicht vernehmen können, so übernimmt dies die „Volkspolizei". Mittäter Karl H. wird in Magdeburg in Haft genommen und in den Westen gebracht. Konrad Sch., der inzwischen in der Fremdenlegion untergetaucht ist, wird von Frankreich ausgeliefert. Zwei psychiatrische Gutachter befassen sich mit dem Geisteszustand P.'s. Die Fäden laufen beim Oberstaatsanwalt in Braunschweig zusammen. Mitunter gehen die Ermittler sogar von mehr als 30 Taten aus. Das liegt nicht zuletzt an der Geständnisfreudigkeit des Haupttäters. Der junge Mann gefällt sich in seiner neuen Rolle und sucht durch seine frisch erworbene Prominenz nach sozialer Anerkennung in der Gefängniswelt. Außerdem erschleicht sich der gewiefte Häftling durch seine Geständnisse zusätzliche Essensrationen: Für einen Liter Suppe und ein Vier-Pfund-Brot ist er gerne bereit, die Beamten zu einer neuen Leiche zu führen. P. wird in das Braunschweiger Untersuchungsgefängnis am Rennelberg verlegt. Die diversen Ortstermine in der Nähe der Grenze genießt er als willkommene Ausflüge: „Der Beschuldigte zeigt ein sehr aufgeräumtes, man kann sagen, lustiges Wesen. Er schien in der Erinnerung an seine furchtbaren Mordtaten zu schwelgen", vermerkt der Braunschweiger Oberstaatsanwalt in seinen Akten. Auf einer „Harzreise" nach Zorge ist P. so wohl gelaunt, dass er während der Fahrt noch einen weiteren Mord gesteht. Insbesondere zu „Fritz", dem Braunschweiger Kriminalpolizeimeister, hat er großes Vertrauen. Böse Briefe verfasst P., wenn die Polizei nicht die erwünschten Mahlzeiten auftischt: „Ich glaube kaum, dass wir Freunde bleiben werden, wenn Sie weiter nichts anzubieten haben als 10 Brötchen und das bisschen Mittagessen." Der leitende Arzt der „Heil- und Pflegeanstalt" Königslutter, Fritz Barnstorf, fällt ebenfalls der Missgunst P.'s anheim – Barnstorf „verspricht Schnaps und bringt ihn nicht mit".

„Geborener Verbrecher"

Der Medizinalrat nimmt sich P. mit dem gestrengen Blick des Seelenkundlers vor. Auszüge aus seinem Gutachten veröffentlicht er im Herbst 1950 kurz vor der Urteilsverkündung im Nachrichtenmagazin „Der Spiegel". Barnstorf hatte P. schon einmal untersucht, als dieser wegen des Mordes an dem Hamburger Kaufmann nach Königslutter geschickt wurde. Damals sah er die Tötung des Handlungsreisenden noch im Zusammenhang mit einem Alkoholrausch und der epileptischen Reizbarkeit P.'s. Nun sieht er einen „Massenlustmörder" vor sich, den er in eine Reihe mit anderen Serientätern wie Haarmann, Seefeld oder Kürten stellt. Zwar bezieht er in seinem Gutachten die Biografie P.'s, seine Erkrankung und sein soziales Umfeld ein. Aber er interpretiert seine Befunde nach dem Schema rassenbiologischer Verbrechenslehren, die insbesondere vom nationalsozialistischen Denken bestimmt wurden. Für Barnstorf ist P., „der untersetzte, verfettete junge Bursche mit dem ostischen Kugelkopf" ein „geborener Verbrecher", eine Bestie in Menschengestalt.

Bizarres Tagebuch

P. wiederum beginnt ein Tagebuch zu schreiben und betreibt darin eine Art Selbsterkundung und Selbstverherrlichung. Offen beschreibt er seine sexuellen Perversionen und brüstet sich in übersteigert obszöner Form seiner Taten. Ein zweites Mal – in literarischer Form – scheint er sich an seinen Opfern abzuarbeiten. Seine Lieblingslektüre ist ein Buch über die Zeit des Dreißigjährigen Krieges, in denen Landsknechte Städte überfallen, Frauen vergewaltigen „und all so schöne Geschichten". Andererseits versucht er seine Taten zu rechtfertigen, sie in das Licht der Zeit zu stellen, und da ist für ihn der Zweite Weltkrieg die weitaus monströsere Tat:

„Wie viel haben die Deutschen bei dem Militär totgeschossen, und die haben noch Auszeichnungen bekommen, ja und gerade die laufen heute frei rum, und viele davon sind Wachtmeister hier. (...) So gibt man mir zur Antwort, damals war Krieg und das Vaterland musste verteidigt werden."

Gutachter Barnstorf teilt diese Ansicht gewissermaßen – der Krieg als Vater vieler Dinge habe die Existenz P.'s überhaupt erst hervorgebracht: „Vom Stahlbad des Krieges ist bei diesem Triebmenschen nichts anderes als eine Verhärtung der antisozialen Instinkte zu erwarten. (…) P. wird ein willenloses Geschöpf des Krieges, dessen Schrecknisse ihn in seiner Gefühlsstumpfheit zwar nicht erschüttern, dessen lebensverachtende Roheit ihn aber zu seiner zweiten eigentlichen Natur heranreifen lässt."

So erscheint es nur konsequent, dass der „Totmacher a. D." – wie er sich selbst stilisiert – seine Dienste einer inhumanen Gesellschaft zur Verfügung stellt und an Häftlingen die Todesstrafe exekutiert. In einer Zeichnung an den Gefängnisdirektor entwirft er einen „Totmacherapparat" mit einem Griff aus Holz, einer Eisenstange und einer fünf Pfund schweren Eisenkugel.

Das Ende des Totmachers

Am 31. Oktober 1950 beginnt vor dem Braunschweiger Schwurgericht der Prozess. Vor dem Gerichtssaal herrscht Gedränge. Außer vielen Schaulustigen strömen auch Pressevertreter aus dem In- und Ausland in die Verhandlung mit den drei Angeklagten. Die Medien haben ihren ersten Sensationsprozess nach dem Krieg und schreiben sich an dem „Tier in Menschengestalt" wund. Die Zeitungen in der DDR ignorieren den Fall. Anders die westdeutschen Medien: Sie berichten mit einem „heimlichen Nationalstolz" über das Interesse der ausländischen Presse an einem deutschen Fall, stellen Kathrin Kompisch und Frank Otto in ihrem Buch „Monster für die Massen. Die Deutschen und ihre Serienmörder" (2004) fest.

Auch P. genießt das Licht der Öffentlichkeit. Während der Verhandlung rückt er sich immer wieder in den Mittelpunkt, stört das Gericht durch Zwischenrufe und belastet Karl H., der zu seinen Taten schweigt, aufs Schwerste. Am 17. November verkündet das Gericht das Urteil: Alle drei Angeklagten erhalten lebenslängliche Haftstrafen. Die Zeitungen zitieren den Richter: „Ob man Menschen mit Bestien vergleichen soll oder

Der „Totmacher" Rudolf P. (Mitte) auf der Anklagebank.

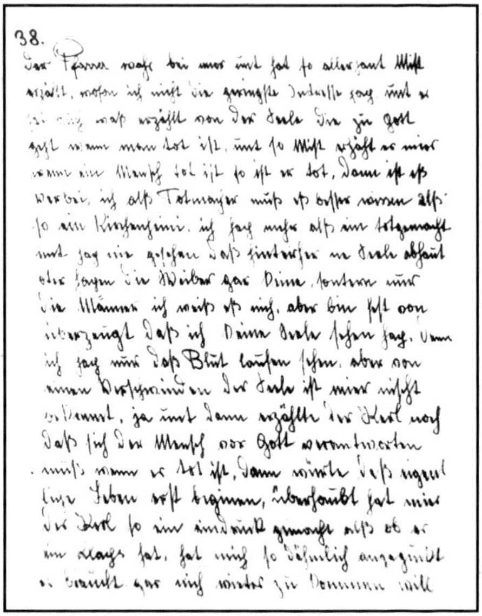
38.

„(...) ich als Totmacher muss es besser wissen (...)" – Rudolf P. brüstet sich in seinem Tagebuch mit seinen Taten.

darf, mag dahingestellt bleiben. Die Taten waren jedenfalls bestialisch." P. wird als voll zurechnungsfähig eingestuft. Er selbst hatte offenbar darauf spekuliert, als Geisteskranker in eine Anstalt eingewiesen zu werden. Nun widerruft er seine Geständnisse zum Teil. Doch dafür ist es zu spät. Rudolf P. wird wieder nach Celle überstellt und verbringt dort seine Haft. „Nach den blöden Gesetzen des Staates will man mich lebenslänglich einsperren, das mach ich nicht mit. Eines Tages werde ich mich aufhängen", hatte er noch im März 1950 in sein Tagebuch geschrieben. 1958 macht er seine Drohung wahr: „P. hatte sich mit seinem Handtuch an der Türklinke erhängt. Als Motiv wird Lebensüberdruss vermutet", meldet der Norddeutsche Rundfunk. H. und Sch. werden in den Siebzigerjahren nach Gnadengesuchen aus der Haft entlassen.

In der Haft hatte P. versucht, sich als Mythos zu verewigen. „Der Name Rudolf P. muss Furcht und Schrecken einjagen", hatte er in sein Tagebuch geschrieben. Doch im Jahr 1958 war den Medien die Geschichte vom Ende des „Massenmörders" nur eine Randnotiz wert – die Deutschen werkelten stattdessen verbissen am Wirtschaftswunder und am Wiederaufbau. Für so gruselige Figuren wie den selbsternannten „Totmacher" war kein Platz im kollektiven Gedächtnis.

Wolfgang Wortmann

Der Tod kommt mit der Post

Der erste Briefbombenattentäter der Nachkriegszeit

Die Ereignisse an jenem 29. November 1951 in Bremen beschäftigen nicht nur Ermittler und Politiker, sondern sogar ausländische Geheimdienste: An diesem Tag explodiert in einem Büro der „Bremer Nachrichten" gegen 13.10 Uhr eine Paketbombe. Dabei kommt der Hauptschriftleiter Adolf Wolfard ums Leben. Es ist das erste Bombenattentat in der deutschen Nachkriegszeit. Der damalige Kriminaloberassistent Werner Oelkers erinnert sich:

„Wir kamen in ein Trümmerfeld, kann ich sagen. Das Arbeitszimmer von Herrn Dr. Wolfard war völlig zerstört: Die Decke war fast heruntergefallen, eine ganze Seitenwand war eingefallen, die Möbel waren zerrissen, die Fenster waren rausgeflogen – mit Rahmen. Das Zimmer sah fürchterlich aus. Der Schutt lag ungefähr einen Meter hoch. Und darunter – halb verdeckt – lag

Der Attentäter verschickte mehrere Paketbomben wie diese und versetzte damit die Nation in Panik.

Das Büro von Dr. Wolfard kurz nach dem Bombenattentat.

die Leiche des Hauptschriftleiters. Dann war Dr. Wien - sein Mitarbeiter - schwer verletzt im Gesicht. Er hatte das eine Auge verloren. Er konnte nicht mehr hören und nicht mehr schmecken."

Weitere Attentate folgen

Es ist nicht die einzige Explosion an diesem Tag – und der Bremer Chefredakteur bleibt nicht das einzige Opfer. In einem Postamt in Eystrup bei Verden kommt eine Bedienstete ums Leben, nachdem sie ein Paket in Empfang genommen hatte, das an einen Fabrikanten adressiert war. Die Frau ist auf der Stelle tot, zehn weitere Menschen werden schwer verletzt. Ein drittes Paket, das an einen Futtermittelfabrikanten geschickt wird, fliegt nicht in die Luft. Der Empfänger schöpft Verdacht, weil er den angegebenen Absender – ein „Institut für angewandte Ernährungswissenschaft e.V. Bremen“ – nicht kennt. „Er nimmt die etwa 30 Zentimeter lange Pappröhre zwar an“, berichtet Oelkers, „er öffnet sie aber sehr vorsichtig und bemerkt dabei einige Drähte im Innern, schließt das Paket wieder, lässt es in den Keller tragen und benachrichtigt die Polizei in Verden.“ Die Beamten finden etwa 1,5 Kilo Sprengstoff.

Warnung
Die Behören warnen bundesweit vor verdächtigen Paketen. Zeitungen drucken die Hinweise, der Rundfunk unterbricht sein Programm und gibt die Meldung durch. Der Bremer Senat und auch die Bundespolitiker in Bonn beschäftigen sich mit dem Fall; in Zeiten des Kalten Krieges wird auch die Stasi als möglicher Drahtzieher der Attentate nicht ausgeschlossen; die Polizei bildet die Sonderkommission „S". Die Ermittler sammeln rund 700 Spuren. „Eine Mammutaufgabe", berichtet Oelkers.

„Herangeschafft wurden Brötchen und Hackepeter. Das war unsere Hauptnahrung in den Tagen. In den Dienstzimmern wurden Betten aufgestellt und Wolldecken ausgegeben, so dass man also rund um die Uhr gearbeitet hat. Nach Hause zu gehen – das war nur ein flüchtiger Besuch, sonst war dafür keine Zeit."

Verunsicherung und Angst
Erschwert wird die Arbeit dadurch, dass die Attentate nach Angaben von Oberregierungs- und Kriminalrat Dr. Walter Zirpins bei vielen Menschen eine regelrechte Angstpsychose auslösen. Die Folge: Sie melden sich besorgt bei der Polizei und wollen, dass die an sie adressierte Post genauer untersucht wird. Und das zu einer Zeit, in der ohnehin viele Pakete unterwegs sind, es ist ja kurz vor Weihnachten. Hinzu kommt, dass auch „Scherzpakete" verschickt werden.

Erste Hinweise
Viele Hinweise verlaufen im Sande. So zeigt laut Zirpins in Bremen ein Vater seinen eigenen Sohn an, der Mitglied der „Gesellschaft für deutsch-sowjetische Freundschaft" ist. Die Polizei lässt dies aufhorchen, weil nach der Explosion im Haus der „Bremer Nachrichten" zwei Männer gesehen worden sein sollen, die sich zuriefen, man wolle sich um 6.00 Uhr in der Kantstraße treffen; in dieser Straße hatte die Gesellschaft ihren Sitz. In Münster wird ein Mann bewusstlos aus einem Bremer Zug herausgeholt. Der Bewusstlose hatte vermutlich einen Selbstmordversuch verübt. Auch hier zeigt sich bei genauerer Betrachtung, dass er nichts mit dem Attentäter zu tun hat. Ein Bauer meldet sich bei der Polizei,

weil ein Mann in einem Gebüsch in der Nähe seines Ackers verschwunden war. Das erscheint dem Landwirt verdächtig. Es stellt sich jedoch heraus, dass es sich um einen harmlosen Wanderer handelt.

Buchstabe liefert wichtige Spur

Eine der entscheidenden Spuren ist die Paketkarte mit den darauf getippten Buchstaben. Der angegebene Absender ist natürlich falsch, die Maschine, mit der der Text geschrieben worden war, liefert aber einen wichtigen Hinweis: Das „R" ist verbogen. Außerdem kann die Polizei zurückverfolgen, dass das in Bremen detonierte Paket in Verden aufgegeben worden war. Dort erinnert sich ein Postbeamter an den Mann, der es abgeliefert hatte. Er beschreibt ihn als „Tangojüngling" – ein damals gebräuchlicher Begriff für einen jugendlich und sehr gepflegt wirkenden Mann. Im Zuge der Fahndung meldet sich der Chefredakteur einer Nienburger Zeitung. Er erwähnt das erste Mal den Namen eines 22 Jahre alten Arbeitslosen aus dem nahe gelegenen Drakenburg, der sich erfolglos bei der Zeitung beworben hatte: „Erich von H.". Das Hamburger Abendblatt schreibt später:

„Am Sonntag gegen 14 Uhr wurde jeder kleine Winkel der kleinen grünen Baracke bei Nienburg, wo der Attentäter bei seinen Pflegeeltern wohnte, von Kriminalbeamten durchsucht. Es wurden Schriftstücke

Die Schreibmaschine des Täters – ein verbogenes „R" bringt die Polizei auf die richtige Fährte.

gefunden, die mit der gleichen Maschine geschrieben waren wie die Klebeadressen auf den Sprengstoffpaketen."
(Hamburger Abendblatt, 12.12.51)

Suche nach Schreibmaschine
Die Schreibmaschine selbst aber bleibt zunächst verschwunden. Erich von H. besitzt offenbar kein entsprechendes Exemplar. Die Verhöre bringen die Polizei in dieser Frage auch nicht viel weiter. Er bestreitet die Tat und muss zunächst sogar wieder frei gelassen werden: Seine Freundin gibt an, der Verdächtige sei bei ihr gewesen, als das Paket aufgegeben worden war. Als aber schließlich auch bei der Kriminaltechnischen Untersuchungsstelle herauskommt, dass die Paketkarte und die sichergestellten Schriftstücke mit ein und derselben Maschine getippt worden waren, wird Erich von H. erneut verhaftet. Die Maschine selbst bleibt zunächst unauffindbar.

Schirmhändler bringt Fall zum Abschluss
Die Festnahme spricht sich in Nienburg schnell herum. Auch ein Schirmhändler hört davon und glaubt, der Polizei einen wichtigen Hinweis liefern zu können. Er sollte Recht behalten: Erich von H. hatte gelegentlich auf der Büroschreibmaschine des Mannes geschrieben. Oelkers und seine Kollegen nehmen das Modell unter die Lupe.

„Und Willi Drekmeier spannte dann einen weißen Bogen ein in die ‚Urania' und fing an zu tippen und zu tippen und zu tippen; alle standen um ihn rum, die halbe Mordkommission mit dem Polizeipräsidenten. Dann guckte Willi Drekmeier noch mal mit der Lupe und sagte dann: Ja, eindeutig. Sie ist es."

Geplatztes Alibi
Schließlich platzt auch Erich von H.'s Alibi. Unter Tränen gibt seine Freundin zu, bei ihrer Aussage gelogen zu haben – aus Liebe zu ihm. Dennoch: Es dauert nach Angaben von Kriminalkommissar a. D. Oelkers mehrere Stunden, bis der Verdächtige in dem Verhör ein Geständnis ablegt. Und das Motiv? Kriminalrat Wilke beantwortet diese Frage im Dezember 1951 Radioreporter Paul-Dieter Kümper:

„Es gibt nach meinem Dafürhalten wohl kaum ein schmutzigeres und niederes Motiv als das der Erpressung. (...) Er hatte die Absicht, mit vollem Bewusstsein die Bomben zur Wirkung kommen zu lassen und wollte dann – und das ist das Verwerfliche dabei – an die Hinterbliebenen herantreten und von den Hinterbliebenen Erpressungssummen verlangen. Und zwar verlangte er von jedem 5.000 Mark. Und für den Fall, dass sie diesem Wunsch nicht nachkamen, sollten sie das gleiche Schicksal erleben wie ihr Verstorbener."
(Radio Bremen, 12.12.1951)

Außerdem habe Erich von H. die Menschen, die im Gegensatz zu ihm über Geld und Macht verfügen, stets als seine Gegner betrachtet.

Die Festnahme des Attentäters sorgte in den Medien für viel Wirbel.

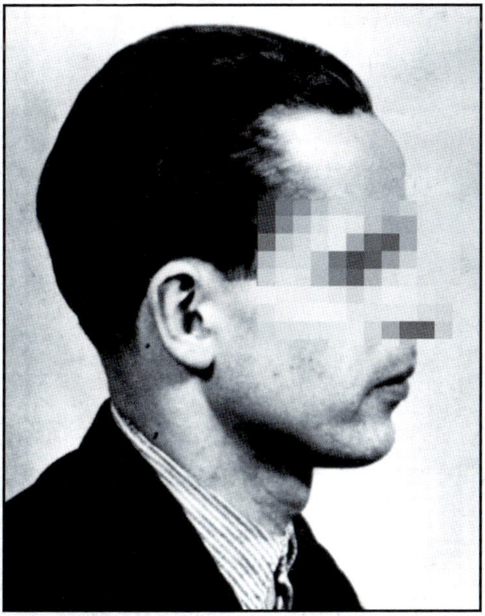

Der Prozess
Im April 1952 muss sich Erich von H. (links) für seine Taten vor Gericht verantworten. Er wirkt blass und hat den Kopf gesenkt. Einem Radioreporter fällt das häufige Lächeln des 22-Jährigen auf – und seine „bis zur Ironie gehende Höflichkeit". Erich von H. widerruft zunächst sein Geständnis. Am zweiten Tag widerruft er seinen Widerruf und gibt an, die vor der Mordkommission gemachten Aussagen seien korrekt. Das Gericht verurteilt ihn zu einer lebenslangen Freiheitsstrafe.

„Keine Veränderung in seinem Gesicht, keine Reaktion ist zu bemerken. Er sitzt da, klein, kalt und unberührt. Erich (...) von H. hat ausgespielt."
(Radio Bremen, 25.4.1952)

Im Oktober 1974 wird Erich von H. begnadigt. Wenige Monate zuvor war dem damals 44-Jährigen ein tennisballgroßer Gehirntumor entfernt worden. Nach der Entlassung verliert sich zunächst seine Spur. Gerüchte machen die Runde, er sei unter falschem Namen ins Ausland gegangen. Radio-Bremen-Reporter Dirk Blumenthal ist für die ARD-Reihe „Die großen Kriminalfälle" den Behauptungen nachgegangen. Er hat herausgefunden, dass Erich von H. tatsächlich noch lebt, auch unter falschem Namen – aber nicht im Ausland, sondern in der Bundesrepublik. Während der letzten Haftjahre habe er eine kaufmännische Ausbildung begonnen und kurz nach der Entlassung aus dem Gefängnis eine wohlhabende Frau geheiratet.

Kathrin Pagendarm

Blumen für die Ehefrau

Der Geldfälscher Karl P. aus Hameln

Für Kriminalisten ist der in den Fünfzigerjahren verstorbene Karl P. noch heute einer der größten Geldfälscher überhaupt. Die von dem Hamelner in der Nachkriegszeit produzierten Blüten waren so gut, dass selbst Spezialisten der damaligen Bank Deutscher Länder sie nicht sofort als unecht identifizieren konnten. Detlef Ehrike, Sprecher des Landeskriminalamtes Niedersachsen, hat Karl P. selbst zwar nie kennen gelernt. Aber sein verstorbener Kollege Müller, der damals nach dem Fälscher gefahndet hat, erzählte Ehrike so manche Geschichte über das Genie. Ehrike erinnert sich:

„Karl P. war ein begnadeter Handwerker und durch seinen Beruf als Grafiker hat er viele Vorkenntnisse gehabt, die er für das Fälschen von Banknoten gut gebrauchen konnte. Sogar sämtliche Materialien, die er brauchte, hat er selbst hergestellt."

Bevor die Polizei Karl P. auf die Spur kam, waren seine gefälschten Banknoten längst im gesamten Bundesgebiet verbreitet. Dass dies möglich war, hing auch mit der Nachkriegszeit zusammen. Detlef Ehrike:

„In den Nachkriegswirren hatten die Bürger andere Sorgen, als der Polizei zu melden, dass Falschgeld im Umlauf war - wenn sie es denn überhaupt als solches erkannten. Und auch das Infomationsnetz der Polizei funktionierte nicht richtig - es gab kaum Telefone; auch Autos waren Mangelware."

Karl P. war eigentlich gelernter Grafiker, der allerdings wegen seiner Vorstrafen keine Arbeit fand – er hatte vor und während des Krieges Lebensmittelkarten und Sparbücher gefälscht. Also machte Karl P. aus der Not eine Tugend. Auf dem Dachboden seines Hauses in Hameln richtete er sich eine Fälscherwerkstatt ein. Dabei besaß Karl P. nicht etwa Druckmaschinen, die technisch auf dem neuesten Stand waren, sondern baute sich alle Geräte selbst, die er zum Geldfälschen brauchte. Detlef Ehrike:

„Er hat zum Beispiel eine Kamera selbst angefertigt, mit der er die echten Banknoten erst mal fotografiert hat. Anschließend hat er mit einem speziellen Linientiefdruckverfahren falsche Geldscheine hergestellt. Und die waren so brillant, auch in den Feinheiten, dass man diese nicht mal mit der Lupe sofort als falsch erkennen konnte."

Um Karl P. zu finden, musste die Polizei für die damalige Zeit ungewöhnliche Wege gehen: Die Fahnder forderten in den schummrigen Bars des hannoverschen Rotlicht-Milieus „leichte Mädchen" zum Tanz auf und befragten sie. Und tatsächlich konnten die Huren den Beamten wichtige Hinweise geben. Sie berichteten, dass es im Umland einen Mann gebe, der sich bereits durch das Fälschen von Lebensmittelkarten

Falscher Fünfziger: Karl P. an einer seiner Fälscher-Maschinen.

Karl P. nach seiner Enttarnung mit einem der Fahnder.

und Sparbüchern einen Namen gemacht hatte. Das brachte die Ermittler auf die richtige Spur, doch um Karl P. ausfindig zu machen, mussten die Fahnder eine Landkarte zu Hilfe nehmen. Detlef Ehrike erläutert den Zusammenhang:

„Die Ermittler haben erst mal auf einer großen Landkarte überall da Stecknadeln reingesteckt, wo falsche Scheine aufgetaucht waren. Da hat sich dann herausgestellt, dass es rund um Hameln total weiß war – und das führte zu der Vermutung, dass der Geldfälscher dort sitzt.“

Im Herbst 1955 gelang der Polizei die Festnahme von Karl P. Als sie ihn zu Hause aufsuchten, mussten sie erst zweimal hinschauen, bevor sie ihn auf dem Dachboden in seiner Fälscherwerkstatt entdeckten. Hintergrund war, dass Karl P. von außen einen Riegel an die Tür gebaut hatte, den er von innen aus seiner Werkstatt heraus schließen konnte. Dadurch sah es für die Polizei erst mal so aus, als ob sich niemand auf dem Dachboden aufhielt. Doch schließlich fiel ihnen die Tarnung auf, und sie erwischten ihn in flagranti – Karl P. war gerade dabei, neue Blüten herzustellen.

Die Beamten waren dermaßen begeistert über ihren Fahndungserfolg, dass sie gar nicht bemerkten, wie Karl P. versuchte, sich aus dem Staub zu machen. In letzter Sekunde stellten ihn die Beamten im Vorgarten. Der Meisterfälscher gab sich als guter Verlierer, war voll geständig und dabei außerordentlich höflich – ein weiteres Markenzeichen des ansonsten unscheinbaren Mannes, wie die Fahnder feststellten. Er führte sie herum, erklärte ihnen die Maschinen und demonstrierte ihnen, wie er damit die Banknoten fälschte. Die Beamten kamen aus dem Staunen kaum heraus: Nie hätten sie es für möglich gehalten, dass er die „Kunstwerke“ mit solch einfach gebauten Hilfsmitteln herstellen konnte. Fast tat es ihnen Leid, so erzählt Ehrike, dass sie den Mann verhaften mussten.

Auch im Gefängnis stand Karl P. den Beamten weiter Rede und Antwort. Zwischen ihnen entwickelte sich fast ein freundschaftliches Verhältnis. Als Gegenleistung für seine Aussagen erbat er sich nur eins: Zigaretten. Sie wurden ihm von

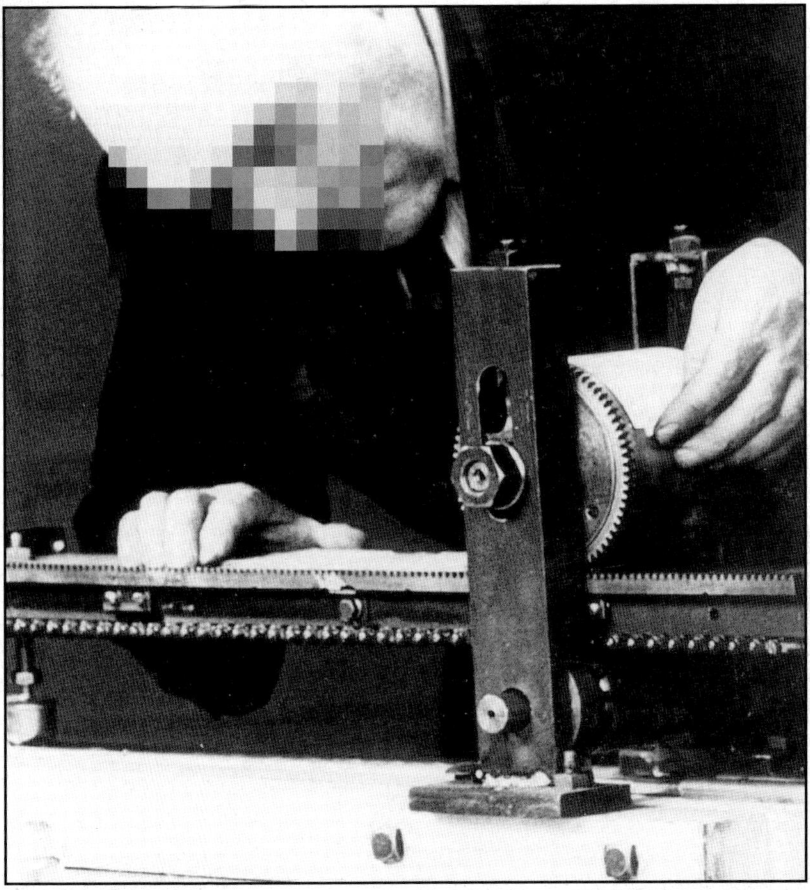

Fälschen für den guten Zweck: Für einen Polizei-Lehrfilm zeigt Karl P., wie es geht.

den Beamten gerne gewährt. Kurze Zeit später wurde Karl P. sogar der stumme Star eines Lehrfilms für angehende Polizisten. Darin zeigt er verschmitzt lächelnd, wie die Blüten angefertigt werden. Der Hintergrund-Sprecher des Films weist in diesem Zusammenhang extra mit strenger Stimme darauf hin, dass es sich nur um einen Lehrfilm handelt und nicht etwa um eine Anleitung zum Geldfälschen ...

Karl P.'s Frau war schockiert, als sie von den Beamten erfuhr, warum sich ihr Mann ständig auf dem Dachboden aufhielt. Nach eigenen Angaben hatte sie nie etwas von seinen Aktivitäten bemerkt. Sie habe sich lediglich gewundert, erzählte sie damals, dass ihr Karl recht oft Blumen mitbrachte – obwohl er doch keiner geregelten Arbeit nachging. Des Rätsels Lösung: Immer, wenn es ihm gelungen war, einen falschen Geldschein umzusetzen, hielt er es für angemessen, seine Frau mit einem schönen Strauß zu überraschen.

■ Geldfälschung in Zeiten des Euro

Bisher ist es noch keinem Fälscher gelungen, den Euro mit wirklich allen seinen Sicherheitsmerkmalen nachzumachen. Doch das ist auch gar nicht nötig, denn die Euro-Scheine lassen sich immerhin so gut fälschen, dass die meisten Laien darauf hereinfallen. Besonders häufig wird der 50-Euro-Schein als Blüte hergestellt. Die falschen Fünfziger stammen meist nicht aus Deutschland, sondern häufig aus Litauen, Bulgarien, Italien oder aus Polen. In Warschau entdeckte die Polizei beispielsweise eine perfekt eingerichtete Fälscherwerkstatt und fand falsche Fünfziger im Wert von 350.000 Euro. Außerdem lag genug Material herum, um Blüten im Wert einer weiteren Million herzustellen.

Das Bundeskriminalamt hat im Jahr 2005 in Deutschland rund 74.000 gefälschte Euro-Noten registriert, die Schadenssumme lag bei fast fünf Millionen Euro. Allerdings geht die Zahl der gefälschten Euro-Scheine durch den hohen Fahndungsdruck leicht zurück.

(Quelle: Süddeutsche Zeitung)

Kerstin Staben

Jagd auf den Waldmenschen

Die Suche nach einem Phantom

Bei der Polizei in Osnabrück können sich die Beamten nach kurzer Überlegung schnell wieder an Bruno F. erinnern. Dabei liegt dieser Kriminalfall fast 40 Jahre zurück. „Bruno F. – das war doch der Mann, der im Wald lebte“, heißt es dort. Der Mann, der sich monatelang mit Erfolg vor der Polizei versteckte, der einen Kollegen von ihnen mordete und einen weiteren Mann lebensgefährlich verletzte. Ein Gedenkstein erinnert in Hunteburg an den getöteten Polizisten. Aber nicht nur deshalb ist der „Waldmensch“, wie er damals genannt wird, den Beamten noch im Gedächtnis geblieben. Sondern auch, weil er die Polizei herausforderte und ihnen ihre Grenzen aufzeigte. Und: Weil Bruno F. in Osnabrück und der gesamten Umgebung monatelang für Angst und Schrecken sorgte.

Die Verbrecherkarriere des Bruno F.

Bruno F. wird am 4. Juni 1926 in Osnabrück geboren. Er hat einen Sprachfehler. Der Junge stottert, ist eher ein Einzelgänger. Sein Vater und sein älterer Bruder sind Gewohnheitsverbrecher, schnell wird auch Bruno F. kriminell. In seinem Leben wird er immer wieder wegen schwerer Diebstähle verurteilt, kommt mehrere Male ins Gefängnis und ins Zuchthaus. Zuchthausstrafen waren im Allgemeinen wesentlich härter als Gefängnisstrafen: Die Unterbringung beinhaltete den Zwang zu harter körperlicher Arbeit, oft bis zur Erschöpfung. 1957 wird Bruno F. zu sechs Jahren Haft mit anschließender Sicherungsverwahrung verurteilt. Am 1. August 1965 kommt er frei.

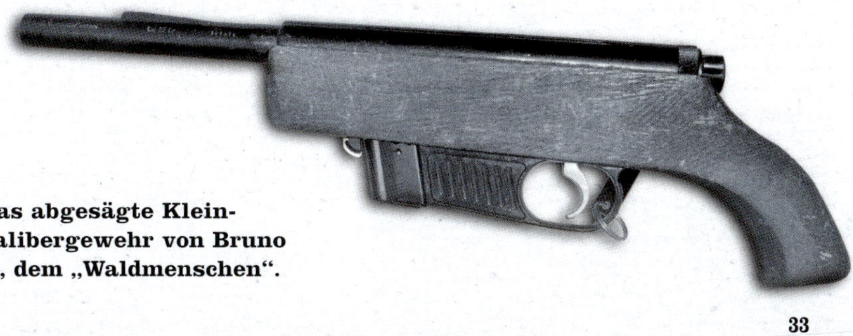

Das abgesägte Kleinkalibergewehr von Bruno F., dem „Waldmenschen“.

Wenige Monate später passieren im Osnabrücker Land und dem angrenzenden Nordrhein-Westfalen immer wieder Einbruchdiebstähle, die sich ähneln. Nach und nach wird der Polizei ein Zusammenhang klar – die Hinweise verdichten sich, dass es sich um ein und denselben Täter handelt – man geht von Bruno F. aus. Im Dezember 1965 nimmt seine Verbrecherkarriere neue Dimensionen an.

Bruno F. bricht in das Haus des 53-Jährigen Postbeamten Alois B. ein – er stiehlt vier Mark aus dem Portemonnaie, das er dort findet. Dann hört er Geräusche, es kommt jemand. Der Einbrecher zieht sein abgesägtes Kleinkalibergewehr. Im späteren Vernehmungsprotokoll sagt Bruno F. wörtlich aus: „Als ich das erwähnte Poltern hörte, wollte ich wieder vorne zur Tür heraus. Ich lief durch den dunklen Flur in Richtung des vorderen Eingangs. Wie ich bereits erwähnte, rechnete ich mit einem Angriff von hinten. Während des Laufens stieß ich gegen einen Körper. Dabei ging ein Schuss los, den ich nicht gewollt hatte.“ Der oder die Schüsse verletzten den Hauseigentümer Alois B. schwer, er wird querschnittsgelähmt. Bruno F. verlässt das Haus und flieht.

Nur knapp zwei Monate später, am 24. Februar 1966, tötet Bruno F. den Polizisten Heinrich B. An diesem Tag treibt der Hunger Bruno F. in eine Gaststätte in Hunteburg. Er bestellt ein Kotelett, trinkt ein paar Bier. Die Wirtin erkennt Bruno F., der mittlerweile großflächig gesucht wird. Sie verständigt die Polizei. Bruno F. flieht auf seinem Fahrrad. Bei einer Verfolgungsjagd fordert der Dorfpolizist Heinrich B. den Flüchtigen auf, stehen zu bleiben, aber der fährt weiter. Als Heinrich B. ihn einholt, dreht F. sich um und schießt. Der Polizist wird getroffen und stirbt auf dem Weg ins Krankenhaus. Bruno F. schafft es wieder zu fliehen. Bei der späteren Vernehmung kann sich der Beschuldigte nicht mehr genau an das Geschehene erinnern:

„Ich bestreite nicht, dass ich die Schüsse auf den Beamten abgegeben habe. Wie es aber im Einzelnen dazu kam, weiß ich einfach nicht mehr, da ich erheblich unter Alkoholeinfluss stand. Ich kann mich auch nicht genau entsinnen, ob ich gezielt habe und wie viel Schüsse ich abgegeben habe. Ich hatte im Unterbewusstsein nur das Gefühl, da will dir einer etwas. Nachdem die Schüsse gefallen waren, konnte ich mich wieder frei bewegen." Das Osnabrücker Tageblatt titelt nach dem Polizistenmord „Jetzt ist Bruno F. Mörder". Bruno F. wird zum meistgesuchten Verbrecher im Osnabrücker Land und weit darüber hinaus.

Flucht und Fahndung

Monatelang gelingt es Bruno F., sich im Unterholz zu verstecken. Er baut sich kleine Lager, ist vor allem zu Fuß oder mit dem Fahrrad unterwegs – vorrangig auf Landstraßen. Der Waldmensch, wie er genannt wird, ist nachtaktiv, hält sich tagsüber im Wald auf und geht nachts auf Diebeszug. So gelingt es ihm, unentdeckt zu bleiben. Er pflegt keine sozialen Kontakte – dadurch fällt es der Polizei schwer, Hinweise auf seinen Aufenthaltsort zu finden. Wer sich im Dickicht verkriechen kann, wer in der Lage ist, in der Natur zu überleben, dem kommt man nicht so schnell auf die Schliche, erklärt Ernst Hunsicker, der ehemalige Leiter der Kriminalpolizei in Osnabrück. Er kam kurz nach dem Fall nach Osnabrück und kennt die Geschichte um den Waldmenschen gut.

Findet Bruno! Hundertschaften der Polizei durchkämmen ganze Waldgebiete.

Bruno F. brach in Gaststätten, Wohnhäuser und überall dort ein, wo er etwas zu Essen fand. Von seinen Behausungen fand die Polizei oft nur Reste. Fast immer aber konnten die Beamten später darauf schließen, dass sich Bruno F. dort versteckt hatte. Ebenso ließen viele Diebstähle Rückschlüsse auf den Waldmenschen zu. Vor allem dann, wenn Magenbitter oder Schokolade fehlten. Ernst Hunsicker erinnert sich: Bruno F. sei magenkrank gewesen, deshalb trank er Magenbitter, und er liebte Schokolade. Die Polizei wusste deshalb: „Es kann eigentlich nur Bruno F. gewesen sein." Doch diese Erkenntnis machte die Fahndung nicht leichter.

„Er hat wie ein Fuchs im Wald gelebt und die Polizei genarrt"
(Waldemar Burghard †, damals zuständig für die Ermittlungen um Bruno F.)

Die Polizei wird immer wieder von Bruno F. herausgefordert. Hundertschaften von Bereitschaftskräften werden eingesetzt, um ihn zu finden, Hubschrauber kreisen über Wälder, Wiesen und Moore. Eine Art Fahndungshysterie setzte ein, meint Ernst Hunsicker heute. Sowohl bei der Polizei als auch in der Öffentlichkeit. Denn es war eine Fahndung, die auch die Bevölkerung miteinbezog. Sportflieger, ganze Jagdvereine und Männer der freiwilligen Feuerwehr suchten mit. Das allerdings führte damals auch zu Problemen: Jeden Tag gingen Hunderte von Hinweisen bei der Kriminalpolizei ein. Fast jeder wollte Bruno F. irgendwo gesehen haben. In der Bevölkerung herrschte Angst und Unsicherheit. Aber es wurden auch Witze gemacht, von denen eine Tageszeitung damals einige abdruckte. Einer davon:

„Was suchen die Kinder zu Ostern?
Antwort: Ostereier.
Und was suchen die Erwachsenen?
Antwort: Bruno F."

Zunächst konzentrierten sich die Fahnder bei ihrer Suche auf Männer mit Fahrrädern. Bruno F. muss das irgendwann gemerkt haben, deshalb reiste er per Anhalter weiter. Er knackte Wochenendhäuser, in denen er sich aufhielt und gelegentlich übernachtete. Bruno F. machte vor Landesgrenzen keinen Halt. Irgendwann verließ der Waldmensch während seiner Flucht das Osnabrücker Land, setzte sich über Westfalen, Hessen und Baden bis nach Bayern ab. Das erschwerte die Fahndung aufgrund der damaligen Polizeistruktur, erklärt Ernst Hunsicker heute.

„Ein früherer Polizeikollege, der leider inzwischen verstorben ist, hat mal behauptet: Bundesländer waren Ausland. Also, Nordrhein-Westfalen war polizeiliches Ausland zur damaligen Zeit. Es gab also kaum einen grenzüberschreitenden polizeilichen Verkehr. Das heißt also: Fahndungsmaßnahmen endeten an der Landesgrenze."

Die Menschen haben nicht verstanden, warum Bruno F. es immer wieder schaffte, unentdeckt zu bleiben. Ernst Hunsicker spricht zwar von Problemen, die es bei der Fahndung gab, aber für damalige Verhältnisse sei alles Mögliche unternommen worden, um dem Waldmenschen auf die Schliche zu kommen. Der Einsatz von Hubschraubern beispielsweise war

Die Handschellen haben geklickt – Bruno F. ist gefasst!

etwas ganz Neues. Außerdem wurden zeitweise zweihundert Polizeibeamte an drei verschiedenen Orten in Bereitschaft gehalten und je nach Hinweislage eingesetzt. Das gab es vorher in dieser Form fast noch nie. Der damalige Osnabrücker Kripoleiter versuchte außerdem, im Laufe der Zeit eine überregionale Fahndung zu organisieren – das allerdings gelang nur schleppend. Letztendlich führten nicht die Bemühungen der Polizei zur Festnahme von Bruno F. – es war jedenfalls keine Hundertschaft von Beamten, die den Waldmenschen aufspürte, sondern eine einzelne, aufmerksame Bürgerin.

Das unspektakuläre Ende nach 573 Tagen

Es ist der 24. Februar 1967, über ein Jahr nach den Schüssen auf den Postbeamten Alois B., kurz nach 9.00 Uhr in einem Kasseler Kaufhaus. Eine Frau geht hinein, will Buntstifte für ihren Sohn kaufen. In der Cafeteria fällt ihr ein Mann auf – er erinnert sie an einen Mann auf einem Foto, das sie erst einen Tag zuvor in der Zeitung gesehen hat. Sie schaut mehrmals hin, überlegt kurz. Dann aber ist sie sich sicher: Es ist der gesuchte Bruno F. Die Kasseler Bürgerin alarmiert sofort die Polizei. Wenige Minuten später erscheinen zwei Polizeibeamte im Kasseler Kaufhaus. Sie nehmen den Verbrecher problemlos fest, ohne dass er Widerstand leistet.

Die Fahndung nach dem Waldmenschen endet unspektakulär, nach über einem Jahr. Bruno F. scheint müde gewesen zu sein, mutmaßt Ernst Hunsicker heute.

„Osnabrück atmet auf – Bruno F. hinter Schloss und Riegel“
(Osnabrücker Tageblatt vom 25. 2. 1967)

Der Prozess

Am 16. November 1967 sitzt Bruno F. auf der Anklagebank. Während des Prozesses zeigt er Reue, entschuldigt sich vor Gericht bei seinem Opfer Alois B. Sein Verteidiger bestreitet, dass Bruno F. töten wollte. Auch wenn dem Angeklagten bereits klar gewesen sein muss, dass er nie mehr in Freiheit leben würde: Als Mörder fühlte er sich nicht.

Das Osnabrücker Schwurgericht verurteilt den Angeklagten nach nur vier Verhandlungstagen zu lebenslangem Zuchthaus. In der Radiosendung „Umschau am Abend“ vom 23.11.1967 wird von einem Reporter der Urteilsspruch wiedergegeben:

„Der Angeklagte ist als gefährlicher Gewohnheitsverbrecher schuldig eines versuchten Mordes, eines Totschlags in besonders schwerem Fall und des schweren Rückfalldiebstahls in sieben Fällen. Jeweils in Tateinheit mit einem Vergehen gegen zwei Paragraphen des Waffengesetzes.“

Im Fall Heinrich B., des Dorfpolizisten, fühlte sich Bruno F. in die Enge getrieben. Er wollte seinen Fluchtweg freischießen, heißt es in der Urteilsbegründung. Ein anderes Ziel habe er nicht gehabt. Deshalb entschied das Gericht nicht auf Mord, sondern auf Totschlag. Im Fall Alois B. hingegen habe Bruno F. vorsätzlich geschossen und damit den Tod eines Menschen in Kauf genommen.

Durch kriminalwissenschaftliche Untersuchungen kann Bruno F. nachgewiesen werden, dass die Aussage des Angeklagten, der Schuss beim Einbruchdiebstahl habe sich zufällig und aus geringster Distanz gelöst, nicht stimmt: Bruno F. muss aus weiterer Entfernung geschossen haben. Nach vielen Jahren Gefängnis kommt Bruno F. in ein Altenpflegeheim in Bad Orb. Dort stirbt er 1999 im Alter von 72 Jahren an Herzversagen.

Der Gewaltverbrecher Bruno F. viele Jahre nach seiner Verurteilung.

Guido Pauling

Spürnase Amor

Der erste Rauschgiftspürhund der niedersächsischen Polizei

„Amor! Was tust du da! Sofort runter vom Bett! Wir sind zum Arbeiten hergekommen und nicht zum Herumtoben!“ Egon Krüsmann muss ausnahmsweise einmal laut werden. Normalerweise schimpft er nicht mit seinem Labrador, denn Amor – der erste und in den Siebzigerjahren einzige Rauschgiftspürhund der niedersächsischen Polizei – leistet hervorragende Dienste. Aber an diesem Tag scheint der Spieltrieb mit dem Tier durchzugehen.

Egon Krüsmann und Amor sollen eine Wohnung in Hannover nach Haschisch durchsuchen. Der Mieter der Wohnung ist am Vorabend von der Polizei mit einer kleineren Menge der Droge festgenommen worden. Die Rauschgiftfahnder vermuten, dass sich in der Wohnung des Verdächtigen noch ein größerer Haschischvorrat befindet. Doch statt eifrig zu suchen, springt Amor fröhlich auf den Federbetten herum und bekommt dafür von seinem Herrchen einen Verweis. Prompt verliert der Hund die gute Laune – Amor schnüffelt noch mal hier und da, doch Egon Krüsmann merkt, dass sein Ton zu streng war. Das war's wohl, denkt Krüsmann missmutig, hier finden wir nichts mehr.

„Gut gemacht!“

Einige Beamte durchsuchen die übrigen Zimmer der Wohnung – vergeblich. Pflichtbewusst geht Krüsmann noch die Treppe zum Dachboden hoch, um sich dort einen Verschlag hinter einer Lattentür anzusehen, der zu der Mietwohnung gehört. Amor trottet hinterdrein, hebt ein wenig den Kopf – und ist auf einmal wie ausgewechselt. Die Nase im leichten Luftzug des Dachbodens schnüffelt der Hund intensiv, wedelt aufgeregt mit dem Schwanz und springt auf den Verschlag zu. Krüsmann öffnet die Lattentür und kann Amor kaum halten. Wie der Blitz verschwindet der Labrador in einem Haufen Gerümpel, um kurz darauf einen alten, mit Teppichboden umwickelten Koffer hervorzuzerren. Merkwürdige Verpackung, denkt Krüsmann, wickelt den Teppichboden ab und öffnet den Koffer, heftig bedrängt von Amor, der versucht, seine Hundenase am Herrchen vorbeizuschieben. Im Koffer liegen mehrere verschlossene Blechdosen, in denen wiederum dicke Knäuel aus Zeitungspapier stecken. Krüsmann wickelt die Knäuel auf – und findet das, was die Fahnder im Haus vermutet haben: mehrere Portionen Haschisch. „Gut gemacht, Amor!“, sagt Egon Krüsmann stolz und tätschelt seinem Hund den Kopf. Der Tadel von vorhin ist vergessen.

Eintritt in den Polizeidienst

1970 gab es noch keine Rauschgiftspürhunde bei der niedersächsischen Polizei. Der Zoll setzte Hunde jedoch schon seit Jahren erfolgreich ein. So sahen erste Pläne des Landeskriminalamts Niedersachsen vor, für 5.000 Mark einen fertig ausgebildeten Rauschgiftspürhund bei der schwedischen Armeehundeschule zu kaufen, erinnert sich Egon Krüsmann. Damals war Krüsmann Schutzpolizist bei der Reiter- und Hundestaffel der Polizeidirektion Hannover und Vorgesetzter von „Astor“, einem als Schutzhund, also zur Festnahme von Verdächtigen oder bei Demonstrationen eingesetzten Deutschen Schäferhund.

„Kommissar Rex“ auf niedersächsisch: Amor.

Als die Entscheidung des LKA endgültig feststand, erstmals einen Spürhund anzuschaffen, waren zwischenzeitlich in Schweden staatliche Subventionen weggefallen, erzählt Krüsmann. Auf einmal sollte ein ausgebildeter Spürhund bis zu 15.000 Mark kosten – zu viel für Niedersachsens Polizei. Also nahm man Kontakt zu einer Hundezüchterin in England auf. Die Frau glaubte jedoch, dass die Tiere in einer Polizeihundeausbildung gequält würden. So musste eine private Züchterin als Zwischenhändlerin einspringen, die einen sieben Monate alten Labrador-Welpen mit dem klangvollen Namen „Amorville Dominus" kaufte und das Tier ohne Wissen der englischen Züchterin ans Landeskriminalamt Niedersachsen nach Hannover weitergab.

Dort winkten viele Kollegen auf Anfrage der Vorgesetzten schnell ab, denn niemand hatte Lust, einen jungen Hund großzuziehen und von Grund auf auszubilden. Einzig Egon Krüsmann interessierte sich für „Amorville Dominus". Sein Schutzhund „Astor" war bereits wegen einer Erkrankung im Dienst eingeschränkt, und Krüsmann war bereit, von der Polizeidirektion zum LKA zu wechseln und einen zweiten Hund bei sich aufzunehmen. Was aber würde seine Frau zu dieser Idee sagen?

Das neue Familienmitglied

Krüsmann beschloss einfach, Tatsachen zu schaffen. Am 1. Dezember 1971 übernahm er „Amor", wie er den Welpen kurzerhand nannte, und tauchte mit zwei Hunden zu Hause auf – in einer Dreizimmerwohnung in der fünften Etage. „Fahlgelb, mit hängenden Schlappohren und ungelenken Bewegungen, tappte der kleine Kerl etwas drömelig bei uns über die Türschwelle, nicht mehr ganz Welpe und doch noch nicht ausgewachsen", erzählt Krüsmann schmunzelnd. Seine Frau war anfangs wenig begeistert, „aber gestritten haben wir uns nicht", sagt Krüsmann schnell, dafür sei sie viel zu sehr Hundeliebhaberin. Amor wurde zum neuen Familienmitglied.

Ausbildung zum Rauschgiftspürhund

Der neue Mitbewohner bei Krüsmanns war nicht stubenrein, konnte keine Treppen steigen, wollte dafür aber andauernd toben und spielen. „Und er konnte kein Wort deutsch", erinnert sich Krüsmann – schließlich kam der Welpe aus England. Seine ersten Lektionen lernte Amor vom weitaus älteren Astor: Ging der Schäferhund gemächlich die Stufen in die fünfte Etage hinauf, kam der junge Labrador hinterhergetappt und schaute sich so auf natürliche Weise ab, wie das mit dem Treppensteigen funktioniert. Kam „Astor" auf Pfiff

Ein Bilderbuch-Team: Egon Krüsmann mit seinem „Partner".

sofort zu Egon Krüsmann gelaufen, flitzte Amor neugierig hinterher, bis er von selbst begriff, was ein Pfiff des Herrchens bedeutet. Als Ausbilder für einen Rauschgiftspürhund war Egon Krüsmann jedoch auf sich allein gestellt und musste Übungen für Amor erfinden.

Aller Anfang ist schwer

Als Erstes brauchte Krüsmann Haschisch – und schmunzelt heute über die bürokratische Prozedur, die er im LKA durchlaufen musste: Mehrere flachgepresste Stücke Haschisch wurden genauestens abgewogen; Krüsmann musste den Empfang quittieren und per Unterschrift versichern, die Droge ausschließlich zu Ausbildungszwecken für seinen Hund zu gebrauchen. Zu Hause nähte er eine größere Platte Haschisch in festen Zeltstoff ein, so dass der typische Geruch nach außen dringen und der Hund sein neues „Spielzeug“ gut in die Schnauze nehmen und darauf herumbeißen konnte. Gleichzeitig war der Stoff undurchdringlich genug, dass der Hund die Droge nicht aufnehmen konnte. Sodann galt es, den natürlichen Spiel- und Beutetrieb eines Labradors auszunutzen: Hinter der weggeworfenen Haschisch-Platte rannte Amor sofort wie wild hinterher – viel schwieriger war es jedoch, dem kleinen Raufbold verständlich zu machen, das Haschisch zu Herrchen zurückzubringen.

Mit der Zeit wurden die Übungen für Amor schwieriger: Statt dem Haschisch-Päckchen nachzujagen, musste er nun kleinere Portionen in Verstecken aufspüren. Die ersten Verstecke waren noch einfach: Bei Krüsmanns in der Wohnung kannte sich der Hund aus, und Herrchen konnte den Lehrling gut bei der Haschisch-Suche beobachten. Später ging es hinaus in den Kleingarten; die Verstecke lagen nun nicht mehr in Bodennähe, wo ein Hund automatisch sucht, sondern höher, so dass Amor die Nase ab und zu auch einmal hoch in die Luft recken musste.

Die „Grundausbildung“ dauerte einige Wochen, erzählt Egon Krüsmann, und am Ende stand die Diensthundeprüfung in Nordrhein-Westfalen – da es in Niedersachsen noch keine Rauschgiftspürhunde bei der Polizei gab, fehlte natürlich auch eine geeignete Prüfung für Amor. Der einzige vierbeinige Niedersachse in der Runde bestand sein Examen; Egon

Krüsmann lacht heute noch, wenn er daran denkt, was für ein Bild der knuffige gelbliche Labrador damals zwischen all den kernigen Deutschen Schäferhunden abgab ...

Im Einsatz für das LKA

Eines Tages war es dann so weit: Ein paar Kollegen hatten eine Wohnung nach Rauschgift durchsucht und nichts gefunden. Amor und Hundeführer Egon Krüsmann standen schon für den Einsatz parat, und so hieß es: „Na, dann geh doch mal mit dem Hund durch!“ In der Wohnung selbst fand auch Amor kein Rauschgiftversteck, obwohl er ein paar Mal auffällig reagierte, als hätte er an manchen Gegenständen Spuren von Haschisch gerochen. Doch im Treppenhaus rannte Amor sofort auf die verschlossene Tür eines Abstellraums zu und „freute sich mächtig“, wie Krüsmann sagt. „Sein ganzer Körper war in Aufregung, die Rute ging hin und her“ – ein sicheres Zeichen für einen Haschisch-Fund. Als die Polizisten drohten, die Tür aufzubrechen, fand der Hausbewohner auch ganz plötzlich den verloren geglaubten Schlüssel für die Abstellkammer wieder. Amor wurde immer aufgeregter, sobald die Tür offen war, kratzte in der vollgestellten Kammer an Plastiktüten und Zellophanfolien herum und ließ sich kaum zur Seite nehmen. Für die Beamten war es nun ein Leichtes, das 500-Gramm-Päckchen Haschisch zu finden, das hier versteckt lag. Das Lob der Kollegen: „Das hätten wir nie für möglich gehalten“, hat Egon Krüsmann heute noch im Ohr. „Und seitdem waren Amor und ich in aller Munde und wurden häufig in Niedersachsen angefordert.“

Die vielen Einsätze in einem großflächigen Bundesland wie Niedersachsen konnten sehr arbeitsintensiv sein. Hund und Herrchen mussten in aller Frühe aufstehen und manchmal mehr als hundert Kilometer Anfahrt hinter sich bringen, erzählt Krüsmann. „Bei morgendlichen Einsatzbesprechungen konnte es schon einmal vorkommen, dass Amor in einer halbwegs bequemen Ecke des Raumes lag, er kurz zu Herrchen hoch blinzelte und ihm die Augen zufielen. Die Kollegen schmunzelten dann jedes Mal und schauten sich vielsagend an, mit einer Miene, die nur zu deutlich ihre Gedanken verriet: „Dieser müde Kuschelhund will gleich im Einsatz Rauschgift finden?“ Krüsmann gab bei solchen Gelegenheiten gerne Contra: „Das ist ein typischer Polizeihund. Der nutzt jede

Gelegenheit zum Schlafen, um dann richtig fit zu sein, wenn's drauf ankommt!" Und der Hundeführer konnte sicher sein, dass sein Partner ihn kaum einmal im Stich ließ nach so einer Behauptung.

Ablenkungsmanöver
Etwas haarig wurde es immer dann für Amor, wenn er massiv abgelenkt wurde. „In den Siebzigerjahren gab es viele sogenannte Wohngemeinschaften", erzählt Krüsmann, „meist umgebaute Bauernhäuser, die von mehreren Erwachsenen, einigen Kindern und vielen Haustieren bewohnt wurden. Wenn wir dort zu einer Hausdurchsuchung gerufen wurden, schickten die Bewohner gerne ihre Kinder vor, die mit dem Spürhund spielen wollten, oder sie hofften, Amor mit ihren freilaufenden Hunden und Katzen ablenken zu können." Wenn Amor bei seiner Arbeit allzu sehr bedrängt wurde, musste der Hundeführer seinem Kollegen schleunigst zu Hilfe eilen. Und so sorgte Egon Krüsmann künftig erst einmal dafür, dass Kinder und Haustiere die Wohnung verließen, bevor Amor in Ruhe nach Haschisch und Marihuana suchen konnte.

„Weil Amor aber so freundlich aussah, haben wir sogar häufig erlebt, dass die Kinder nach einer erfolgreichen Hausdurchsuchung auf den Hund zusprangen und ihn streichelten, was er sich auch gefallen ließ. So sind Polizei und überführte Rauschgiftbesitzer manches Mal im Guten auseinander gegangen, weil Amor alle wieder versöhnte", schmunzelt Krüsmann heute.

Dass sein Hund im Rauschgiftsuchdienst versagt hat, ist so gut wie nie vorgekommen, meint Krüsmann. Einmal, so erinnert er sich, musste Amor in der Nähe von Soltau ein ganzes Haus über mehrere Stockwerke absuchen. In der 1. Etage war im Schlafraum genau auf Fensterhöhe ein Hochbett eingebaut. Das Fenster stand weit offen, und als Amor mit Schwung aufs Fensterbrett sprang, um dort zu suchen, verlor er das Gleichgewicht und stürzte in einen Innenhof, in dem ein großer Hund aus dem Haus schon die ganze Zeit über mit wütendem Gebell herumrannte. Glücklicherweise landete Amor relativ weich auf Sandboden, und bevor die beiden Hunde ernsthaft aneinander gerieten, war Egon Krüsmann schon dazwischen gehechtet, um seinen Kompagnon zu retten. Doch an eine weitere Suche war nicht mehr zu denken. Amor schüttelte sich, schaute jammervoll aus den Augen und war zu nichts mehr zu gebrauchen. „Später haben die Bewohner der Polizei verraten, dass in der Küche etwas Haschisch deponiert war – bis dort war Amor bei seiner Hausdurchsuchung jedoch noch nicht vorgedrungen", sagt Krüsmann. Pech für den Hund, doch einer schlechten Nase war dieser Misserfolg gewiss nicht anzulasten.

Im Ruhestand als Familienhund

Acht Jahre lang spürte Amor im Dienst des Landeskriminalamts Niedersachsen zahllose Rauschgiftverstecke auf. Dann, am 18. Februar 1980, war der „Tag der Verrentung", wie Egon Krüsmann sagt, für den Polizeihund gekommen. Der Hundeführer hatte bei Einsätzen in den vorangegangenen Monaten gemerkt, dass Amor nach einer Hüftgelenkserkrankung nicht mehr so belastbar war wie in früheren Jahren. Zudem wurde auf dem Drogenmarkt zunehmend mit Heroin gehandelt, und als Krüsmann die alten Übungen aus Amors Ausbildung mit diesem Stoff wiederholen wollte, musste er einsehen, dass der Hund längst nicht mehr so lernbegierig war wie noch als Welpe.

Der Abschied aus dem Dienst verlief kurz und formlos, sagt Krüsmann, besondere Ehren waren für Amor nicht vorgesehen. Aber der freundliche Labrador hatte mit seinen Erfolgen im Dienst eine Entwicklung angestoßen, die im Laufe der Jahre Rauschgiftspürhunde bei der niedersächsischen Polizei zum Normalfall werden ließ.

Vielseitige Nasen

Heutzutage sind die Tiere sogar noch vielseitiger. Der belgische Schäferhund „Butcher" beispielsweise, der für die Polizeidirektion Hannover arbeitet, erschnüffelt sämtliche Sorten von Rauschgift, sagt seine Hundeführerin Stephanie Hesse: Ganz gleich ob Cannabisprodukte, Kokain, Heroin oder Amphetamine. Dazu hat er eine Schutzhundausbildung und kann Verdächtige festhalten oder bei Demonstrationen, tätlichen Auseinandersetzungen und am Rande von Fußballspielen eingesetzt werden. Einmal pro Woche hat Butcher einen Ausbildungstag, zweimal im Jahr geht es zur Fortbildung – alles Dienstprivilegien, die Amor in den Siebzigerjahren nicht kannte. Es komme zwar immer noch vor, dass bei einer Durchsuchung nicht sofort ein Hund angefordert wird, sagt Stephanie Hesse. Doch ihrer Meinung nach fehle ohne Spürhund einfach etwas, denn der Hund finde Stoffe, die Menschen allein nie entdecken würden.

Egon Krüsmann arbeitete nach Amors Dienstende in einer anderen Abteilung des LKA. Noch einen jungen Spürhund großziehen wollte er nicht mehr; den Labrador behielt er bei sich. Gut fünfeinhalb Jahre lang genoss Amor fortan seinen Ruhestand und lebte bis zu seinem Tod am 8. Juli 1985 bei Krüsmanns als Familienhund.

Heimlicher Star

Inzwischen ist auch Egon Krüsmann seit einigen Jahren im Ruhestand. An die vielen Einsätze mit seinem Labrador erinnert er sich, als ob sie sich vor wenigen Wochen abgespielt hätten. Und bei jeder Geschichte, die Krüsmann erzählt, schwingt der Stolz darüber mit, dass Amor bei sämtlichen Polizisten in Niedersachsen zum heimlichen Star geworden war. „Wenn ich mich bei einer Dienststelle telefonisch meldete, konnten die meisten Kollegen nichts mit meinem Namen anfangen. Wenn ich aber sagte, ich bin der Vater von Amor, dann wussten die Kollegen genau, mit wem sie sprachen."

Die neue Spürnasen-Generation: Hundeführerin Stephanie Hesse mit „Butcher".

Andreas Barnickel

Die Terroristin

Von der Journalistin zur meist gesuchten Frau Deutschlands

Für den inzwischen pensionierten Polizeibeamten Werner Rieb war es ein Einsatz, dessen Gefährlichkeit ihm erst im Nachhinein bewusst wurde: Die Verhaftung von Ulrike Meinhof, einst angesehene Journalistin, später dann Mitglied der so genannten Baader-Meinhof-Bande oder „Rote-Armee-Fraktion" und eine der am dringendsten gesuchten Personen Deutschlands.

15. Juni 1972, Hannover-Langenhagen, Walsroder Straße 11: Ein Lehrer wendet sich an die Polizei. Sein Verdacht: In einer seiner Wohnungen haben sich zwei Personen einquartiert, die ihm, sensibilisiert durch die damalige Stimmung in Deutschland, suspekt vorkommen. Werner Rieb hat gerade erst die Polizeischule absolviert. Als der unerfahrene Beamte zusammen mit Kollegen den Auftrag bekommt, die mutmaßlichen Terroristen und eine der Hauptfiguren der Rote-Armee-Fraktion (RAF) festzunehmen, nimmt er den Auftrag ziemlich gelassen: „Wir wollten das gar nicht so wahrhaben, dass sie das sein könnte".

„Ihr Schweine, ihr Scheißbullen"

Zunächst observieren die Polizisten das Haus, sehen, dass der Begleiter von Ulrike Meinhof zu einer Telefonzelle geht und telefoniert. Noch in dem Telefonhäuschen wird der Mann festgenommen, ihm gelingt es nicht mehr, seine Pistole zu ziehen. Später wird der Festgenommene als der 24-jährige Gerhard M. identifiziert, der bis dahin nicht als Mitglied der Baader-Meinhof--Gruppe bekannt war. Allerdings ist der Mann kein unbeschriebenes Blatt: Gegen ihn wurde bereits ermittelt, wegen des Verdachts des schweren Diebstahls und der Strichjungentätigkeit.

Doch es bleibt an diesem Frühsommertag nicht bei der Festnahme von Gerhard M.: Die Beamten in Zivil von der Hannoveraner Kripo gehen nun zu dem observierten Haus und klingeln im zweiten Stock an einer Tür. Eine schwarz gekleidete Frau öffnet ihnen ahnungslos und wird sofort festgenommen. Die Frau schreit die Polizisten an: „Ihr Schweine, Scheißbullen". Trotz ihres Widerstandes können die Beamten sie problemlos überwältigen. Der Polizeibeamte Werner Rieb ist

Zur Fahndung ausgeschrieben: Diese Terroristen sorgten für Angst und Schrecken.

überzeugt: Heute hätten mit Sicherheit nicht gewöhnliche Kripobeamte ohne schutzsichere Westen die Terroristen festgenommen, sondern ein Sondereinsatzkommando der Polizei, das speziell für solche Einsätze ausgebildet wird. Doch ein so genanntes „SEK“ gab es Anfang der Siebzigerjahre noch nicht.

Unter „leichtem Zwang“

Auf dem Polizeipräsidium wird die Festgenommene erkennungsdienstlich behandelt – dabei wehrt sie sich erneut. Nur „unter leichtem körperlichen Zwang“, erinnert sich Werner Rieb, können die Ermittler die Verdächtige fotografieren. Noch am Abend bestätigt das Bundeskriminalamt: Bei der Frau, die mit ihren dunkel gefärbten Haaren ganz anders aussieht als auf den überall aushängenden Fahndungsplakaten, handelt es sich um die gesuchte Terroristin Ulrike Meinhof Um auf Nummer sicher zu gehen, röntgt ein Arzt ihren Kopf. Ein Vergleich mit einer anderen Röntgenaufnahmen im Zusammenhang mit einer früheren Gehirnoperation und eine Blinddarmnarbe beweisen: Die gesuchte Terroristin ist gefasst. Der Norddeutsche Rundfunk berichtet damals, die 37-Jährige sei „psychisch und physisch“ stark angeschlagen.

Bombe „Marke Eigenbau“

In der Wohnung stellen die Polizisten ein ganzes Waffenarsenal sicher: Pistolen mit einem Kaliber von neun Millimetern, eine Maschinenpistole, zwei selbstgebaute Handgranaten und eine Bombe „Marke Eigenbau“, die viereinhalb Kilogramm wiegt. Außerdem finden die Beamten Magazine mit Hohlspitzgeschossen, Munition sowie Stadtpläne und Schriftstücke zum Thema Leninismus, Marxismus und Maoismus. Die beiden Festgenommen haben viel Geld dabei: Ulrike Meinhof 700 Mark in Scheinen und Münzen, Gerhard M. 4.650 Mark in Fünfziger- und Einhunderterscheinen. Die Ermittlungen der Polizei ergeben: Einen Tag zuvor sind die beiden Terroristen nach Hannover gekommen und mit der Straßenbahn nach Langenhagen gefahren. Dort sind sie dann wohl gewaltsam in die Wohnung des Lehrers eingestiegen.

„Freundlich, zurückhaltend und ganz still“

Ulrike Meinhof wird am 7. Oktober 1934 in Oldenburg geboren. Während des Krieges zieht die Familie – der Kunsthistoriker Werner M., seine Frau Ingeborg und die beiden Schwestern Wienke und Ulrike – unter anderem für einige Jahre nach Jena. 1940 stirbt der Vater. Mutter Ingeborg beginnt ein Lehramtsstudium und lernt die Studentin und spätere Kollegin Renate R. kennen. Die Mutter zieht mit ihrer Freundin zusammen und kehrt mit den Kindern kurz nach dem Krieg nach Oldenburg zurück. Dort besucht Ulrike das katholische Liebfrauen-Gymnasium. An diese Zeit erinnert sich auch Erika Orth, die von Ingeborg M. und Renate R. an der Cäcilienschule unterrichtet wurde. Außerdem hat Erika Orth mit der älteren Ulrike mehrere Jugendfreizeiten auf der Nordseeinsel Juist verbracht.

Sie beschreibt Ulrike als „freundlich, zurückhaltend und ganz still." Die junge Frau sei nie besonders aufgefallen, sondern habe „einfach dazugehört", sich während der Freizeiten um die jüngeren Kinder gekümmert. Noch während Ulrike

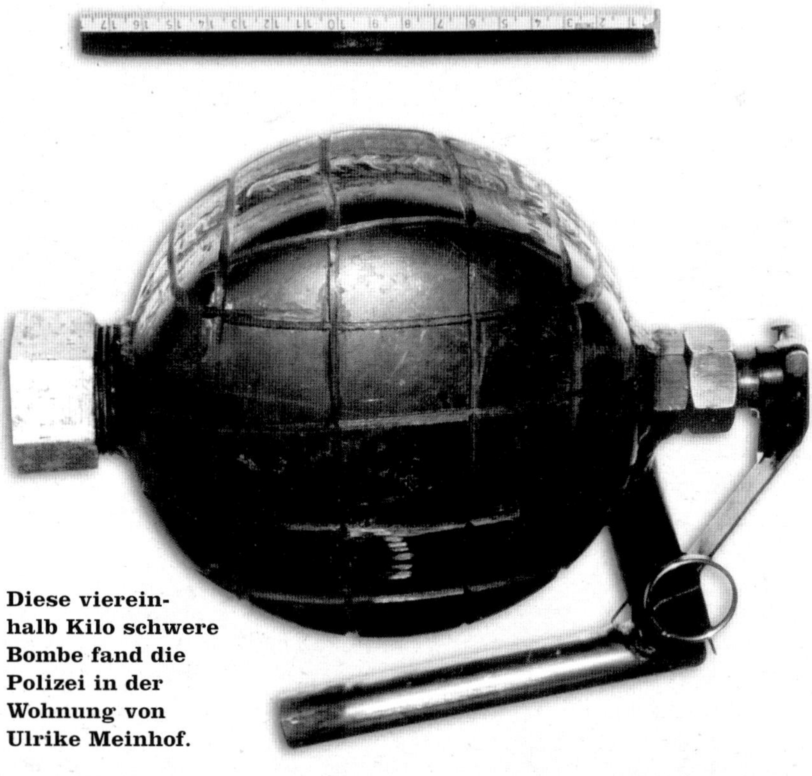

Diese viereinhalb Kilo schwere Bombe fand die Polizei in der Wohnung von Ulrike Meinhof.

in Oldenburg lebt und dort zur Schule geht, stirbt ihre Mutter an einer Krebserkrankung. Renate R., die in den Fünfzigerjahren eine sehr fortschrittliche und ausgesprochen nette Lehrerin war, so erinnert sich Erika Orth heute, übernimmt die Erziehung der Mädchen und geht mit ihnen 1952 aus beruflichen Gründen nach Weilburg in Hessen. Von diesem Zeitpunkt an hat auch Erika Orth keinen Kontakt mehr zu Ulrike. Erst später wird sie in den Medien wieder von ihr hören.

Befreiungskommando für Andreas B.

Nach Abitur und Studium wird Ulrike eine engagierte Journalistin, schreibt unter anderem als Kolumnistin für die Zeitschrift „Konkret“, heiratet und wird Mutter von Zwillingen. Zunächst hat sie nur lose Kontakte zu den angehenden Terroristen wie Andreas Baader oder Gudrun Ensslin, aber in ihren Texten beschäftigt sie sich immer häufiger mit der Außerparlamentarischen Opposition (APO) und übt in ihren Artikeln immer heftigere Gesellschaftskritik. Die Kontakte zu Baader und Gudrun E. werden immer intensiver. Von einem Tag auf den anderen gehört Ulrike zu der Gruppe dazu – spätestens, als sie an der Befreiung von Andreas Baader beteiligt ist, der wegen zwei Brandanschlägen auf Frankfurter Kaufhäuser zu drei Jahren Zuchthaus verurteilt wurde und in Haft sitzt.

14. Mai, 1970

Andreas Baader darf auch als Häftling, jedoch unter Bewachung, für angebliche Recherchen die Bibliothek des „Zentralinstitus für soziale Fragen“ in Berlin besuchen. Plötzlich fallen Schüsse, ein Institutsangestellter bricht mit einer Kugel in der Leber zusammen. Zu dem Befreiungskommando gehört auch Ulrike. Sie springt aus einem Fenster des Instituts und flüchtet. Aus der Journalistin ist eine Terroristin geworden

„Natürlich kann geschossen werden“

„Mordversuch in Berlin, 10.000 Mark Belohung“ – so steht es nur wenige Tage später auf den Fahndungsplakaten, die überall in Deutschland aushängen. Die Personenbeschreibung unter dem Foto der zur Fahndung Ausgeschriebenen lautet: „35 Jahre alt, 165 cm groß, längliches Gesicht, langes mittelbraunes Haar, braune Augen.“ Ihre Kinder hat Ulrike

Meinhof zu diesem Zeitpunkt bereits bei Freunden untergebracht. Etwa einen Monat nach der gewaltsamen Befreiung von Andreas Baader druckt das Nachrichtenmagazin „Der Spiegel“ eine Tonbanderklärung von Ulrike ab, in der sie feststellt: „Natürlich kann geschossen werden“.

Terroristen-Training im Nahen Osten

Ulrike Meinhof, Andreas Baader, die Pfarrerstochter Gudrun Ensslin und weitere Terroristen reisen noch im Sommer 1970 nach Jordanien und lassen sich in einem paramilitärischen Camp der Palästinenser ausbilden. Auf dem Trainingsprogramm steht der Umgang mit Waffen, Handgranaten und Sprengstoff, aber auch die Steigerung der körperlichen Fitness durch Dauerlauf. Wieder zurück in Deutschland, bezeichnen sich die Terroristen ein knappes Jahr später als „Stadtguerilla“, der Name „Rote Armee Fraktion“ entsteht. Es folgen zahlreiche Banküberfälle in der gesamten Bundesrepublik, die Terroristen brauchen Geld für ihre Aktionen, außerdem verüben sie mehrere Sprengstoffanschläge, unter anderem auf das Landeskriminalamt in München und auf einen Bundesrichter in Karlsruhe, der gegen die Gruppe ermittelt.

Unvorstellbar

Erika Orth, die die gesuchte Terroristin aus ihrer Kindheit kennt, ist geschockt, als sie von der RAF-Beteiligung Ulrikes und den Anschlägen hört. „Die einschneidende Erinnerung ist, feststellen zu müssen, dass sie solche Anschläge verüben konnte, obwohl sie selbst Kinder hatte. Das passt nicht ins Bild. Sie war doch ein intelligentes Mädchen, und ich denke, auch eine intelligente Frau.“ Bis heute stellt sich Erika Orth die Frage, wieso sich Ulrikes Leben so dramatisch verändern konnte: „Ich kann mir das nicht vorstellen, bis heute nicht. Ich hab keine Erklärung dafür, wie man einen solchen Weg einschlagen kann, der einen aus allem herausführt, was man vielleicht auch zu Hause vermittelt bekommen hat“.

Hungerstreiks gegen die Isolationshaft

Nach ihrer Festnahme am 15. Juni 1972 sitzt Ulrike Meinhof zunächst in Köln im Gefängnis, später dann, ab April 1974, in Stuttgart-Stammheim. Dort ist sie mit Andreas Baader, Gudrun Ensslin und Jan-Carl Raspe zusammen mit weiteren

RAF-Terroristen inhaftiert, die der Polizei nur wenige Wochen nach der Festnahme von Ulrike ins Netz gingen. Zunächst sind die Terroristen in der Haft isoliert, sie protestieren dagegen mit mehreren Hungerstreiks, an dessen Folgen ein RAF-Mitglied, Holger M., stirbt. Die Mitglieder der Gruppe sehen sich als politische Häftlinge, sie fordern „die Gleichstellung der politischen Häftlinge mit allen anderen Gefangenen“ und „Aufhebung der Isolation als Folter für die politischen Häftlinge in der BRD“. Auch außerhalb des Gefängnisses haben die Terroristen viele Sympathisanten, die die angeblich unmenschlichen Haftbedingungen anprangern. Die Proteste haben Erfolg: Die Inhaftierten werden in Gruppen zusammengelegt. Zunächst hat Ulrike Meinhof auch noch Kontakt zu ihren beiden Kindern, den sie dann aber abbricht. Und auch das Verhältnis zu ihren „Mitkämpfern“ kühlt merklich ab.

Selbstmord in der Zelle

Das Verfahren gegen die erste Generation der RAF-Terroristen wird zu einem Jahrhundert-Prozess – für den in Stutt-

Gerichtsverhandlung im Juni 1975 in Stuttgart-Stammheim.

gart-Stammheim eigens eine Mehrzweckhalle gebaut worden ist. Die Angeklagten und ihre Verteidiger versuchen, den Prozess als eine politische Verhandlung darzustellen, und nicht als ein Verfahren gegen gewöhnliche Kriminelle. Noch während der Verhandlung entzweit sich Ulrike Meinhof immer mehr mit den anderen RAF-Mitgliedern. Immer häufiger kommt es zu Streitigkeiten.

Am 9. Mai 1976, Muttertag, wird Ulrike Meinhof tot in ihrer Zelle aufgefunden, erhängt. Eine Obduktion ergibt Selbstmord als Todesursache. Offenbar hat sich die Terroristin mit einem selbstgeflochtenen Strick aus Handtüchern erhängt. Die Mitgefangenen sprechen von Mord: „Wir glauben, dass Ulrike hingerichtet worden ist. Wir wissen nicht, wie, aber wir wissen, von wem, und wir können das Kalkül der Methode bestimmen“, sagt Jan-Carl Raspe am

Die Gefängniszelle von Ulrike Meinhof – hier nahm sie sich im Mai 1976 das Leben.

nächsten Verhandlungstag, nur zwei Tage nach dem Tod von Ulrike.

Auch nach der Beisetzung von Ulrike Meinhof auf einem Berliner Friedhof kommt es bundesweit zu mehreren Protestkundgebungen, viele Sympathisanten aus der „Linken Szene" wollen einen Selbstmord der „Stimme der RAF", wie Ulrike als intellektuelle Vordenkerin der Gruppe auch genannt wurde, nicht wahrhaben.

Der Terror geht weiter

In den so genannten Stammheim-Prozessen werden die Mitglieder der ersten RAF-Generation, Andreas Baader, Gudrun Ensslin und Jan-Carl Raspe zu lebenslangen Haftstrafen verurteilt – wegen vier Morden und 34 versuchten Morden. Auch sie werden später im Hochsicherheitstrakt in Stuttgart-Stammheim Selbstmord begehen, nachdem ein Versuch gescheitert war, sie mit der Entführung der Lufthansa-Maschine Landshut freizupressen. Und der Terror der RAF geht auch danach noch weiter, längst haben die nächsten Generationen das Ruder übernommen. Es folgen Anschläge, Entführungen, Morde. Die Bundesrepublik hat sich Ende der Siebzigerjahre verändert, jeder Bürger kann in eine groß angelegte Polizeifahndung gelangen, schwer bewaffnete Polizisten sichern Straßenkontrollen mit Maschinenpistolen.

Bis in die Neunzigerjahre geht der Terror – auch der Deutsche-Bank-Vorstandsvorsitzende Alfred H. (1989) und der Treuhandchef Detlef Karsten R. (1991) werden ihm zum Opfer fallen. Zum letzten Mal fließt am 27. Juni 1993 Blut: Bei einem Polizei-Einsatz auf dem Bahnhof in Bad Kleinen kommen ein GSG-9-Beamter und der Terrorist Wolfgang G. ums Leben. Die Aktion führt noch einmal zu einem politischen Erdbeben, in dessen Verlauf der damalige Bundesinnenminister Rudolf Seiters zurücktritt. 1998 gibt die RAF ihre Selbstauflösung bekannt. In einem achtseitigen Schreiben an die Nachrichtenagentur Reuters heißt es:

„Vor fast 28 Jahren, am 14. Mai 1970, entstand in einer Befreiungsaktion die RAF. Heute beenden wir dieses Projekt. Die Stadtguerilla in Form der RAF ist nun Geschichte".

Uwe Day

Mord aus Habgier

Eine fünfköpfige Braunschweiger Bankiersfamilie wird umgebracht

Als Richter muss man einen Mechanismus des Vergessens entwickeln, sagt Manfred Flotho. Der ehemalige Präsident des Oberlandesgerichts Braunschweig meint damit eine Art von seelischer ad-acta-Routine, um die eigene Psyche angesichts der drastischen Taten, die vor Gericht verhandelt werden, vor Langzeitdefekten zu schützen. Das habe in seinem Berufsleben häufig funktioniert. In einem Fall aber habe dieser Mechanismus gründlich versagt.

Wenn er an ihn zurückdenkt, beginnt sich sofort das Kaleidoskop der damaligen Bilder und Eindrücke vor seinem geistigen Auge zu drehen: wie er vor gut 30 Jahren – als er noch Strafrichter am Landgericht Braunschweig war – zusammen mit seiner Frau zu Hause vor dem Fernseher saß und am 20. Januar 1977 die „Tagesschau" sah; wie er und seine Frau innehielten, als die „Tagesschau" über den Mord an einer Braunschweiger Bankiersfamilie berichtete. Fünf Menschen –

„Eine Villa voll mit Toten": Das Haus der Bankiersfamilie nach der grausamen Tat.

erdrosselt: Bankdirektor Wolfgang K. (46), seine Frau Brigitte (40) sowie die drei Kinder Stefan (16), Nele (11) und Martin (6).

Der Fernseher zeigte Bilder von Polizeiwagen, die vor einem kargen, schneebedeckten Grundstück im Braunschweiger Stadtteil Mascherode parken; von Beamten in Uniform, vom Leichenwagen, der auf der Auffahrt steht und Männern, die einen Zinksarg aus dem schlichten Einfamilienhaus tragen. Eine gespenstische Szenerie, nur wenige Kilometer entfernt. „Damals dachte ich spontan: Mein Gott, die Kollegen, die diesen Fall bekommen werden!“ Flothos Mitgefühl war nicht von Dauer. Schon kurze Zeit später stapelten sich die Akten zum „Mordfall K.“ auf dem Boden seines Büros.

„Meine Familie ist weg!“
Für die Polizei beginnt der Fall am Morgen des 20. Januar. Der Prokurist der Braunschweiger Volksbank am Bahnhof, Kurt R., hatte den Kriminaldauerdienst alarmiert: Sein Vorgesetzter, Bankdirektor K., habe ihn am Abend zuvor um 21.00 Uhr angerufen und mit ängstlicher Stimme erklärt: „Bringen Sie bitte so viel Geld, wie wir haben. Sagen Sie niemandem etwas, auch nicht der Polizei. Meine Familie ist weg!“ Unbekannte „Männer“ würden ihn mit einer Waffe bedrohen und eine Million Lösegeld in bar verlangen. Er, der Prokurist, müsse die Summe aus der Bank in sein Haus bringen. Aber er dürfe auf keinen Fall die Polizei hinzuziehen. Kurt R. hält sich an die inständige Bitte seines Chefs: Zusammen mit dem Kassierer holt er das Geld aus dem Tresor. Nur 165.000 Mark. Die bringt er anderthalb Stunden später in einer Tasche zum Haus der Familie und stellt sie vor der Eingangstür ab.

Ein Mann in Schlips und Kragen öffnet, holt die Tasche hinein. Es ist Wolfgang K. – das letzte Lebenszeichen, das Kurt R. von seinem Chef zu sehen bekommt. Am Morgen ruft der Prokurist schließlich die Polizei an, die gegen 8.13 Uhr anrückt.

Falscher Bekennerbrief am Tatort
Auch Kriminalrat Wilhelm Regtmeier hat den 20. Januar 1977 nicht vergessen: Er leitet den Polizeieinsatz und trifft als Erster am Tatort ein: Das schlichte Einfamilienhaus im

dörflichen Mascherode mutet von außen ruhig an; lediglich das Garagentor steht offen, eines der beiden Autos fehlt. Regtmeier geht hinter das Haus, zwängt sich durch ein Kellerfenster. Die Situation ist unübersichtlich: Sind der oder die Täter noch Haus? Sind die Geiseln noch am Leben? Auf dem Bauch kriecht er durch das Haus. Im Partykeller findet der Polizist dann Wolfgang K. – tot, mit einem Geschirrtuch und einer Paketschnur erdrosselt. Eine Treppe höher im Erdgeschoss liegen in verschiedenen Zimmern verteilt die Leichen von Brigitte K. und den Kindern Nele, Martin und Stephan. Alle Opfer wurden erwürgt. Die Eltern und der ältere Sohn Stephan sind zudem mit Schnüren gefesselt worden. Der oder die Täter haben kaum Spuren hinterlassen. „Wir fanden dafür ein Bekennerschreiben, das Wolfgang K. unter Zwang geschrieben hatte", schildert Wilhelm Regtmeier 30 Jahre später seine ersten Eindrücke vom Tatort. Die flüchtig in die Reiseschreibmaschine getippte Botschaft lautet:

„Mit dieser Aktion wird auch die sofortige Freilassung sämtlicher Baader-Meinhof-Miglieder verlangt. (...) Sollte dieser 1. Forderung nicht nachgegeben werden, werden Sie eine völlig neue Befreiungsaktion kennen lernen, und zwar mit den brutalsten und bisher noch völlig unbekannten Mitteln."

Das Schreiben entpuppt sich schnell als fingiert – die Tat trägt nicht die Handschrift von RAF-Terroristen. Aber wer zu dem brutalen Familienmord fähig gewesen ist, erschließt sich nicht aus dem Spurenmaterial. Die Braunschweiger Polizei bildet eine Mordkommission, der zur Spitzenzeit gut 70 Beamte angehören werden. Doch zunächst treten die Ermittler und die Staatsanwaltschaft auf der Stelle. In ihrer Suche nach Spuren und Zeugen treten sie die Flucht nach vorn an – und wenden sich offensiv an die Presse.

Braunschweig im Schockzustand

Braunschweig wird schon bald zum Ziel reger Medientouristen: Journalisten aus dem ganzen Bundesgebiet reisen an und quartieren sich im „Atrium"-Hotel am Bahnhof ein, vis-a-vis der Volksbank, in der Wolfgang K. arbeitete. „Eine Villa voll mit Toten", heißt es in der Bild-Zeitung, „Entsetzen über fünffachen Mord", verkündet das Hamburger Abendblatt und die Süddeutsche Zeitung titelt: „Bankdirektor musste Todesurteil selbst schreiben“. In der Heerschar, die in Braunschweig Quartier bezogen hat, sind auch journalistische Landsknechtsnaturen unterwegs, die mit recht eigenwilligen Methoden die Stadt nach Lebens- und Todesspuren der Opfer durchforschen. Sie stöbern Familienfotos auf, phantasieren teilweise Blutspuren in den Schnee und setzen Beteiligte massiv unter Druck, um an besondere Geschichten zu kommen. Schon bald wird deutlich, dass der unvorstellbar grausame Fall vor allem ein Unterhaltungsstoff für den Boulevard ist, aus dem pietätlos alles herausgepresst wird: „Den Bestien hilflos ausgeliefert“, heißt es unter anderem in der Illustrierten „Quick“. Es dauert nicht lange, bis Mascherode von Sensationstouristen heimgesucht wird: „Mit dem Bus, mit dem eigenen Wagen, mit dem Fahrrad oder zu Fuß kamen am Wochenende ganze Besucherkolonnen“, beschreibt die Braunschweiger Zeitung die Verwandlung des Vorstadtidylls in eine schauerliche Sehenswürdigkeit.

Die Stimmung der Braunschweiger ist angesichts der medial verbreiteten Unruhe geprägt von Angst, Verunsicherung, tiefer Abscheu und Rachegelüsten. Einer von denen, die sich

Hier spielte sich Schreckliches ab: das Wohnzimmer der Familie K.

von der emotionsgeladenen Atmosphäre anstecken lassen und die ganze Härte des Staates öffentlich einfordern, ist der Oberstadtdirektor von Braunschweig, Hans-Günther Weber. Er wähnt ein „dreiköpfiges Terroristentrio" hinter der Tat und verlangt in einem offenen Brief an Bundeskanzler Helmut Schmidt „auf Anregung Hunderter Braunschweiger Bürger", dass die Todesstrafe wieder eingeführt werden müsse. Der Aufruf Webers tönt hinein in die Debatte über den verschärften Umgang mit RAF-Terroristen, die seit Anfang der Siebzigerjahre durch Entführungen und Anschläge den Staat zu erschüttern versuchen. Das Bundesjustizministerium weist die Forderungen aus Braunschweig zurück. Zwar sei der „Ruf nach Vergeltung (...) emotional durchaus verständlich", heißt es in der Frankfurter Rundschau. Es erwecke jedoch Befremden, „wenn das Leid und das Mitgefühl der Menschen für vordergründige politische Manöver ausgenutzt" würden.

Ein Ventil für die aufgestauten Gefühle bieten die Kirchen. Die Braunschweiger wollen Mitleid und Trauer artikulieren und strömen in die zahlreichen Gottesdienste, in denen sie der Opfer gedenken und Fürbitte halten. Die Mitglieder im Rat der Stadt legen mit gesenkten Köpfen eine Schweigeminute ein, die Fahnen vor dem Rathaus sind auf Halbmast geflaggt. Das Bankgewerbe ordnet an, dass die Schalter aller deutschen Kreditinstitute eine Stunde lang geschlossen bleiben. Die Trauerfeier für die Familie K. bleibt indes vor dem Pressetross verborgen. Heimlich wird auf dem kleinen Friedhof im Ortsteil Bienrode ein intimer Gottesdienst für 35 Verwandte und Freunde abgehalten. Darunter ist auch Sabine K., die älteste Tochter, die in Berlin studiert und während der Tatzeit in Süddeutschland unterwegs ist – die einzige Überlebende der Familie.

Andererseits zeigt die Pressearbeit der Polizei und die Medienpräsenz auch Wirkung: Täglich werden Pressekonferenzen veranstaltet, in denen der Oberstaatsanwalt und der leitende Kriminaldirektor nach ermittlungstaktischem Ermessen Details über den Mord lancieren – auch wenn die Presse die zeitweilige Hinhaltetaktik der Braunschweiger Ermittlungsbehörden kritisiert. Zunächst geht die Polizei von drei oder mehreren Tätern aus. Dann, eine Woche nach der Tat, präsentiert sie einen einzigen Tatverdächtigen – der mit Hilfe der Presse gefasst wird.

Ein Verdächtiger, aber kein Geständnis

Die Rundfunkmeldungen vom 20. Januar hatte nicht nur Strafrichter Flotho verfolgt, sondern auch ein Häftling in dem Hamburger Gefängnis Fuhlsbüttel. Er ruft einen Vollzugsbeamten. Sein Hinweis wird der Kripo Hamburg zugetragen und erreicht so Kriminalrat Regtmeier in Braunschweig: „Der Insasse berichtete, er habe vor längerer Zeit mit einem Mann in einer Zelle gesessen, der ihm ‚vorgefaselt' habe, man müsste mal ein ‚großes Ding' drehen, einen Bankdirektor als Geisel nehmen und sich das Geld in das Haus des Direktors bringen lassen." Die Spur führt zu dem 43-jährigen Exil-Ungarn Ferenc S., 1,60 Meter groß, gedrungen, gelernter Maschinenschlosser. Nach einer gescheiterten Ehe und mehreren Versuchen, im bürgerlichen Leben Fuß zu fassen, hat er wegen Gewalttaten und Diebstählen zwölf Jahre im Gefängnis verbracht und lebt nun im Freigang bei einem Lehrerehepaar zur Untermiete.

Die Polizei observiert ihn und greift nach einigen Tagen zu. Festgenommen wird wenige Tage später auch der 37-jährige Kleinkriminelle Klaus P., ein Bekannter von S. aus dem Milieu. Mehrere hundert Hinweise gehen bei der Polizei ein. Eine Mordkommission mit 70 Beamten wertet die Informationen aus und bedient sich dabei erstmals moderner Computerdatenbanken. „Die älteren Kripo-Beamten hielten indes an ihren bewährten Karteikästen fest", erinnert sich Regtmeier. Die Ermittlungen verlaufen parallel: Einerseits verfolgen die Fahnder die „Mehrtätertheorie", nach der ein Einziger allein nicht in der Lage gewesen wäre, fünf Menschen umzubringen. Andererseits konzentrieren sich die Recherchen immer intensiver auf S., dem die Polizei die Alleintäterschaft zutraut. Allerdings: In Mascherode wurde S. nicht gesehen. Und der Verdächtige bestreitet vehement, der Täter zu sein. Im Laufe der Ermittlung wird sich eine Studentin melden, die ihn wiedererkennt. Sie berichtet, in der Mordnacht mit ihm im Zug von Braunschweig nach Hannover in einem Abteil gesessen zu haben. Er habe sich als Computerspezialist ausgegeben, der ein Hamburger Lehrerehepaar kenne, das seine Wohnung an Hilfesuchende untervermiete.

Während die Mordkommission in Braunschweig keine unmittelbar belastenden Körperspuren oder Textilreste findet, wird sie in Hamburg fündig – mit Hilfe des Kumpanen Klaus P., der sie zu einer Stelle in der Nähe der Hamburger Rennbahn führt. Dort soll S. das Geld aus Braunschweig vergraben haben. Hubschrauber überfliegen das Gelände und fotografieren das Gebiet. Die Auswertung, so Richter Manfred Flotho, ergibt eine Stelle mit frisch aufgewühlter Erde.

„Die Beamten fingen an zu graben und fanden zunächst einen Hasenkadaver. Dann schaufelten sie weiter und stießen auf eine orangefarbene Geldkassette. Darin lagen etwa 140.000 Mark. Und unter den Scheinen befand sich ‚Fanggeld' – nummerierte Scheine aus der Volksbank Braunschweig." Die Ermittler entdecken in einer zweiten Wohnung, in der S. verkehrt, Indizien, die den Exil-Ungaren schwer belasten: angekohlte Geldbanderolen mit der Aufschrift „Volksbank Braunschweig", den Schlüssel zur Geldkassette, ein Beil mit Erdresten von der Grabungsstelle.

Außer diesen harten Beweismitteln finden sie bei S. weitere Spuren: eine Paketschnur, wie sie bei dem Mord verwendet wurde, ein Telefonbuch, in dem die Namen von Bankdirektoren angestrichen sind, und eine Schachtel „Reval"-Zigaretten, wie sie auch am Tatort gefunden wurden. Vor allem aber wird S. von Klaus P. schwer belastet. Ihm habe „Ferry" angedeutet, den fünffachen Mord begangen zu haben.

„Ferry" sitzt derweil im Braunschweiger Gefängnis am Rennelberg in Untersuchungshaft. „Ein ruhiger, umgänglicher Zeitgenosse. Mit dem hatten wir keine Probleme", erzählt ein pensionierter Vollzugsbeamter, der damals für S. zuständig war. Der Exil-Ungar lebt abgesondert von den anderen Insassen. Mehrmals am Tag wird er kontrolliert. Drei Zellen werden extra für ihn in Sicherheitszellen umgebaut. In einem der Räume befindet sich seine Kleidung, in den anderen beiden wird er abwechselnd untergebracht. Keiner soll wissen, in welcher Zelle sich S. gerade befindet. Bei den Freistunden im Hof joggt er an der roten Backsteinmauer entlang – allein. „Wir hatten Sorge, dass der Häftling im

Gefängnis einem Anschlag der Unterwelt zum Opfer fallen könnte", so der Beamte, der nicht genannt werden möchte.

Auch den Ermittlern und der Staatsanwaltschaft gegenüber bleibt S. schweigsam. Beharrlich streitet er ab, mit dem fünffachen Mord etwas zu tun zu haben. Auf Anraten von Beamten im „Rennelberg" wendet er sich an den 36-jährigen Rechtsanwalt Jörg Goltermann, einen bekannten Braunschweiger Strafverteidiger: „Ich wollte weder seine Geschichte noch ein Geständnis von ihm hören, sondern mir ein eigenes Bild von den Fakten machen. Meine Arbeitsthese war, dass S. ein überaus normaler Mann war, der ohne moralische Hemmungen sein Ziel verfolgt und seine Taten nicht sozial verantwortet." Ähnlich sieht es der psychologische Gutachter: S. sei „clever, geschickt, verschlagen – knastschlau, aber auch geltungsbedürftig", erinnert sich Richter Flotho an den Inhalt des Gutachtens: „Daher muss es ihn wohl auch gereizt haben, anderen gegenüber Andeutungen zu machen, dass er die Tat begangen hat. Ein konkretes Geständnis legte er aber niemals ab." Für Anwalt Goltermann ist es dagegen schwer, die Beweismittel der Polizei zu entkräften. S. konnte ihm keine Begründungen dafür liefern, wie das Beil und die Banderole in seinen Besitz kam, sagt der 65-jährige Jurist heute. „Wenige Wochen später hat er mir das Mandat entzogen. Ich bin ihm nicht bös' darüber, auch wenn ich damals gern mit ihm über seinen Entschluss gesprochen hätte." Drei neue Strafverteidiger übernehmen nun den Fall: Staranwälte aus Hamburg, darunter Leonore Gottschalk-Solger, die unter anderem Häftlinge in Hamburg-Fuhlsbüttel vertreten hat. Dort gelten die Rechtsanwälte, so schreibt das Wochenblatt „Die Zeit" im April 1977, als „die Engel von Santa Fu". Zu Recht: Das versierte Anwaltstrio wird die Braunschweiger Richter mit ihrer speziellen Verteidigungsmethode buchstäblich ins Schwitzen bringen.

Ein schweißtreibender Prozess

Am 2. Februar 1978 eröffnet Manfred Flotho unter großer Medienpräsenz den Mordprozess vor dem Schwurgericht des Landgerichts Braunschweig – es ist ein reiner Indizienprozess. Der Vorsitzende bemüht sich um eine unvoreingenommene Verhandlung. „Beispielhaft unvoreingenommen", lobt „Spiegel"-Reporter Gerhard Mauz und kommt zu dem Attest: „Wenn

Ferenc S. unschuldig ist, hat seine Verteidigung vor diesem Gericht jede ihr zustehende Chance. Sollte Ferenc S. schuldig oder mitschuldig sein, so muss er gerade dieses Gericht fürchten." Die Strafverteidiger dagegen bezweifeln, ob ein fairer Prozess überhaupt möglich sei. „Es gab eine Stimmung gegen den Angeklagten", erzählt die heute 69-jährige Leonore Gottschalk-Solger und nennt den Brief des Göttinger Gerichtsmediziners Berg, der die Leichen untersucht hat. In diesem Schreiben an die Mordkommission spricht er den Beamten seine „kameradschaftlich empfundenen Glückwünsche" für deren Ermittlungserfolge aus. Für die Strafverteidiger ist klar: Der Gerichtsmediziner ist voreingenommen – und als Gutachter untragbar. Das Gericht stimmt dem Antrag auf Befangenheit zu und lässt Berg nur noch als sachverständigen Zeugen aussagen.

Die Staatsanwaltschaft fordert fünfmal lebenslänglich sowie 28,5 Jahre Strafe, die Verteidigung dagegen plädiert auf Freispruch. Sie stellt vor allem den Hauptzeugen der Anklage in Frage: Klaus P. Für Gottschalk-Solger scheint er sogar ein Täter zu sein, der S. belastende Beweise wie die Geldkassette und die Geldbanderole untergeschoben habe. Schließlich habe die Polizei anfangs auch gegen ihn ermittelt und bei ihm 16.860 Mark aus der Beute gefunden, dann aber ihr Augenmerk allein auf S. als Haupttäter gerichtet. Klaus P., so vermutet die Anwältin 29 Jahre später, „hat offenbar viele Vorteile versprochen bekommen. Und er hatte ein Alibi, das ihm von einer Verlobten gegeben wurde und von Gaststättenzeugen. Das war alles mit großem Fragezeichen zu versehen!" Auch hätten die Beweismittel nicht ausgereicht: „Das waren alles Indizien, die nicht vollständig waren." Die Strategie der Verteidiger zielt darauf, die Glaubwürdigkeit der Zeugen zu erschüttern, den Prozess formal auszuhebeln und durch ständig neue Beweisanträge die Staatsanwaltschaft und das Gericht unter Druck zu setzen. Diese Form der „Konfliktverteidigung" ist für Manfred Flotho und die anderen Richter damals Neuland.

„Das kannten wir nicht in Braunschweig. Daher musste ich jedes Wort, das ich sagte, sorgsam abwägen, da es ja hätte umgedreht werden können. Abends, wenn ich nach Hause kam, lief mir der Schweiß unter den Achseln." Flotho will verhindern, dass der Prozess in die Länge gezogen wird und wegen der Voreingenommenheit des Gerichts hätte neu eröffnet werden müssen: „Wenn zehn Tage zwischen den Verhandlungstagen gelegen hätten, wäre das der Fall gewesen.“ Das hätte bedeutet: neue Ermittlungen und neue Befragungen. „Solche eine Prozedur hätte die Zeugen völlig zermürbt.“

Neue Details

Der Prozess rollt noch einmal die Details vom 19. Januar 1977 auf: So wurde der sechsjährige Martin gegen 14.30 Uhr zuletzt beim Spielen auf der Straße gesehen. Mutter Brigitte traf gegen 16.00 Uhr mit ihrem Auto ein und kurz darauf der 16-jährige Stefan, der sich um 17.00 Uhr mit einem Freund verabredet hatte. Doch als ihn dieser abholen will, habe Brigitte K. die Tür geöffnet und behauptet, Stefan sei nicht da – obwohl sein Moped in der offenen Garage stand. Ein Anzeichen dafür, dass der oder die Täter bereits im Haus waren und die Familie gefangen hielten. Für Leonore Gottschalk-Solger sind es mindestens zwei Täter gewesen, die die Kinder einzeln fesselten und erdrosselten. Kriminalrat Wilhelm Regtmeier hält dagegen auch heute an der Ein-Täter-Theorie fest: S. hatte sich demnach durch die Haustür Zutritt zu der Wohnung verschafft, Brigitte K. und Sohn Martin überwältigt und gefesselt. Als Stefan nach Hause kam, habe er auch ihn überrascht – ebenso wie die elfjährige Schwester Nele, die um 18.30 Uhr von einer Freundin heimkehrte. Wolfgang K. traf als Letzter ein. Er hat offenbar keinen seiner Angehörigen mehr gesehen. Sie lagen bereits in verschiedenen Räumen gefesselt und eingesperrt. Gegen 21.00 Uhr rief K. seinen Prokuristen an. Um 22.30 Uhr brachte Kurt R. das Lösegeld. Laut Gerichtsmedizin wurden die Morde zwischen 20.00 und 24.00 Uhr verübt. Spät in der Nacht nahmen der oder die Täter den roten VW-Käfer von Brigitte K. und ließen ihn am Braunschweiger Bahnhof zurück.

Das Urteil

34 Verhandlungstage dauert der Prozess. 180 Zeugen werden vernommen, 22 Sachverständige gehört. S. verfolgt die Verhandlung meist mit regloser Miene und schweigt: Er habe nichts mit den fünf Morden zu tun. Als die Beweisaufnahme abgeschlossen ist, ziehen sich die Richter für das Urteil zurück. Nach drei Wochen liegt es auf dem Tisch: Am 12. Mai

1978 verkündet Manfred Flotho: lebenslang für Ferenc S. wegen fünffachen Mordes, räuberischer Erpressung und erpresserischen Menschenraubs! Die Urteilsschrift ist 191 Seiten lang, dreieinhalb Stunden benötigen die Richter, um sie vorzulesen. Hauptbeweis ist die Geldspur, die nach Hamburg führt. Beweiskräftig seien auch die Aussagen der Zeugen und früheren Mithäftlinge. Klaus P. bleibt straffrei. Allerdings: Das Urteil lässt bewusst offen, ob S. die Tat allein begangen hat. Das Urteil sei, so sieht Manfred Flotho heute, gerecht gewesen. „Wir haben die Spuren, die wir im Haus fanden, mit den Spuren, die nach Hamburg führten, und den Aussagen der Zeugen verbunden. Es gab viele Indizien, an denen auch wir Zweifel geäußert haben. Aber es gab kein einziges Indiz, das S. entlastet hätte. Er war der Haupttäter!“ Das sieht auch der Bundesgerichtshof so. Er weist im Jahr 1979 den Revisionsantrag von S. zurück.

Ferenc S. sitzt seit 1978 in der Vollzugsanstalt Celle. Zurückgeblieben ist in Braunschweig die Erinnerung an eines der brutalsten Verbrechen in der deutschen Nachkriegsgeschichte. Wer Einheimische fragt, bekommt sofort eine Antwort: Die Tat hat sich im kollektiven Gedächtnis der Stadt eingenistet. Und sie hat Traumata hinterlassen – bei Richter Manfred Flotho wie bei Verteidigerin Leonore Gottschalk-Solger gleichermaßen. Die Verteidigerin erinnert sich noch an den Ortstermin in Mascherode im Februar 1978. Ein Jahr nach der Tat lag alles noch so da wie am 19. Januar 1977: die Teller auf dem Tisch, das Essgeschirr und die Kinderpantoffeln. Das habe sich auf ihrer geistigen Netzhaut eingeprägt. Flotho wiederum erinnert sich an das erste Mal, als er die Ermittlungsakten in den Händen hielt. Bis heute hat er den Geruch der Fotochemikalien in der Nase, der aus dem „Bildband“ mit den Fotos von den fünf Leichen strömte. 1980 verließ Flotho das Landgericht und ging ins niedersächsische Justizministerium. Nie wieder wollte er schwere Strafsachen verhandeln. 1990 kehrte er zurück nach Braunschweig ans Oberlandesgericht, dem er als Präsident bis zum Jahr 2001 vorstand. Viele Urteile hat er in seiner 36-jährigen Laufbahn gesprochen, nur ganz wenige bei sich zu Hause aufgehoben. Die in einen blauen Einband gefasste Urteilsschrift im Mordfall „K.“ gehört dazu. Auch daran scheitert das, was Flotho den „Mechanismus des Vergessens“ nennt.

Eckhardt Reimann

Zwei Männer im Mantel

Wie aus einem Faschingsscherz ein Fahndungserfolg wurde

Wenn es darum geht, sich die Konkurrenz vom Leib zu halten, dann melden sich sogar Zuhälter bei der Polizei. Die „Sitte" in Hannover hatte aus dem Milieu einen Tipp bekommen: „Da sind zwei Neue im Revier, mit langen Ledermänteln und Schlapphüten. Kümmert euch mal um die!", forderten die Größen des Rotlichtbezirks. Um die zwei Neuen im Quartier zu treffen, mussten die Fahnder nicht weit laufen, sie konnten die Herren mit Mantel und Hut jeden Tag zum Dienstbeginn auf dem Weg in das Gebäude der Kriminalpolizei begrüßen.

„Wir waren locker und cool und hatten uns die Walter 7.65 vorne an den Gürtel gehängt."

Am Rosenmontag des Jahres 1977 waren die zwei Kriminalhauptmeister Ehrike und Rieb übermütig geworden: Werner Rieb hatte von seinem Vater einen schweren grünen Ledermantel geerbt, der ihm trotz seiner Größe von fast 1,90 Meter bis über die Waden reichte. Auch sein Partner Detlef Ehrike trieb einen Ledermantel auf, ebenfalls in flaschengrün, so dass die beiden zumindest durch die Mantelfarbe noch entfernt an einen Polizisten erinnerten. Der Rest der Verkleidung bestand aus engen Hosen, hohen Stiefeln, einem Leder-Schlapphut auf dem Kopf und der Zigarette im Mundwinkel. Die Walter 7.65 ließen sie in einem Gürtelholster von der Hüfte baumeln. Diese Mischung aus Westernheld und Karnevalspolizist brachte ihnen den Spott der Kollegen. „Die spinnen, die beiden!", war noch der harmloseste Kommentar. Ganz anders aber war die Reaktion im Zuhälter-Milieu in Hannovers Steintorviertel.

Der erste Weg im neuen Gewand führte die beiden Ermittler in eine verruchte Dealer- und Zuhälter-Kneipe, wo es nicht lang dauerte, bis sie erkannt wurden. Kein Wunder, Werner Rieb war erfolgreicher Boxer im Halbschwergewicht – der Polizist und einige der Ganoven kannten sich vom Training im Ring. In der Kneipe gab es für die beiden in ihren Mänteln nicht wie bei der Kripo lautes Gelächter, stattdessen gab es Klopfer auf die Schulter und zur Belohnung für den erfrischenden Auftritt ein Glas Sekt – auf Kosten des Hauses natürlich.

Beste Beziehungen zu Ganoven

Solche Nettigkeiten hatten Ehrike und Rieb nicht nur ihrem Faschingsscherz zu verdanken. Seit langem hatten die beiden ein beinahe kumpelhaftes Verhältnis zu den Menschen aufgebaut, die sie gelegentlich festnehmen mussten. Die zwei Kriminalpolizisten sprachen den Jargon des Viertels und gaben trotz ihres mageren Gehalts auch mal einen aus. Man vertraute sich, so weit das zwischen Kriminalist und Kriminellem eben geht. Diese guten Beziehungen zu den Vertretern der Unterwelt brachten Rieb und Ehrike oft hilfreiche Hinweise – ein Geschenk, das ihre Kollegen so gut wie nie erhielten. Eines Tages zog sie ein Ganove beiseite und erzählte von einer unscheinbaren Garage in Hannovers Stadtteil Stöcken. Die Fahnder fuhren hin und fanden hinter dem Tor Kisten voller Diebesgut, darunter zahlreiche Autoradios und einige der damals noch immens teuren Autotelefone. Die Kollegen konnten sich nur wundern, woher die beiden Herren mit den komischen Klamotten dieses Versteck nun wieder kannten.

„Wir wollten keine Verbrüderung. Jeder wusste, auf welcher Seite er steht."

Die Nähe zur anderen Seite hat schon manchen guten Beamten herübergezogen. Oft beginnt der Prozess fast unmerklich: Erst gibt der Ganove einen Tipp und später auch mal der Polizist, wenn er vielleicht ganz beiläufig vor einer bevorstehenden Razzia warnt. Die Gefahr des Seitenwechsels kennt auch Werner Rieb: „Man muss in seinem Charakter gefestigt sein", erklärt er. „Wir wollten zwar der Kumpeltyp sein, aber wir wollten keine Verbrüderung."

Der Revolver im Strumpfband

Wenn es um eine Festnahme ging, wurde die Rollenverteilung besonders deutlich. Das Duo im Mantel wurde 1977 auf eine Faschingsparty geschickt. In einem der Wahrzeichen Hannovers, dem aus roten Backsteinen gemauerten „Anzeiger Hochhaus", befand sich damals im Keller eine Disko namens

„Rotation". Dort, so die Hinweise, feiere ein entflohener Strafgefangener Karneval. Der Mann galt als nicht gerade umgänglich, der Polizeibericht beschrieb ihn als renitent und rabiat. Das konnten Ehrike und Rieb bei Bedarf auch sein: Die beiden wühlten sich in ihren Mänteln durch die Rauchschwaden in die feiernde Diskothek, aber sie kamen nicht sehr weit.

Zwei fröhliche Mädchen stellten sich ihnen in den Weg. „Ihr seht ja toll aus, wie Al Capone", juchzten sie und wollten unbedingt tanzen. Von den beiden Beamten war Werner Rieb der Mann mit den flinken Fäusten, sein etwas kleiner gewachsener Partner Ehrike dagegen hatte die flinkere Zunge. „Wenn wir schon aussehen wie Al Capone, haben wir natürlich auch eine Knarre dabei", gab Ehrike an. Die Mädchen lachten und verlangten: „Zeigen!"

„Darf ich nicht, aber Du kannst mal fühlen" erwiderte Ehrike, griff die Hand des Mädchens und legte sie unter dem Mantel auf seine Dienstpistole. Welche Erfahrung auch immer die Frau mit Waffen hatte, diese hier konnte sie eindeutig ertasten. Die Lust auf ein Tänzchen mit dem komischen Vogel war ihr spontan vergangen.

„Keine Zicken, wir nehmen dich jetzt mit!"
Ehrike und Rieb stand nun nichts mehr im Weg, um zur geplanten Verhaftung zu schreiten. Der Gesuchte saß an der Bar mit dem Rücken zum Saal und trank ein Bier. Der Mann hatte offenbar die Fähigkeit, über sich selbst zu lachen, er saß dort als Sträfling verkleidet. Die beiden Polizisten stellten sich neben ihm auf und riefen halblaut: „Kripo, mach keine Zicken, wir nehmen Dich jetzt mit!" Der Mann im Streifenkostüm drehte sich um, blickte auf die Mäntel, die Schlapphüte und die Gürtelholster und musste grinsen. „Ihr seht ja stark aus, ich komme freiwillig mit", verkündete er. Ein Mann, ein Wort, und schon war die Verhaftung völlig unspektakulär gelaufen.

Als die beiden Fahnder mit ihrem Fang die Disko verließen, flackerte ihnen im Eingang plötzlich der Schein mehrerer Blaulichter entgegen, eines davon gehörte zu einem Notarzt-

Detlef Ehrike (links) und Werner Rieb: Zwei Männer im Mantel.

wagen. Den hatte der Chef geschickt, er hatte bei der Verhaftung in der Disko eine wilde Schießerei befürchtet. Ganz Unrecht hatte er nicht, denn es hätte alles anders ausgehen können, wenn sich der als Gefangener verkleidete Gefangene an sein Bein gegriffen hätte. Vielleicht hatte er sich deshalb so über die Polizisten im John-Wayne-Aufzug gefreut, weil er selbst einen ähnlichen Tick hatte: In einem Strumpfband am Bein trug er eine kleine Pistole, einen Derringer, genau wie die Saloon-Damen im Western.

Dunkle Männer in der Bank

Am Aschermittwoch ist ja eigentlich alles vorbei, selbst die schönste Verkleidung wird gegen die alltäglichen Sachen getauscht. Doch Detlef Ehrike und Werner Rieb hängten ihre Mäntel nicht wieder in den Schrank, noch zwei Jahre lang gingen sie mit ihnen und den Schlapphüten auf Verbrecherjagd, allerdings eher im Winter.

Einsatz ohne Spezial-Kommando

Die schweren Mäntel und das Drumherum machten nicht nur Eindruck auf die Ganoven, sie stärkten auch das Selbstbewusstsein ihrer Träger. Pfingsten 1977 klingelte das Telefon beim Kriminaldauerdienst in Hannover und ein braver Bahnwärter aus Wunstorf meldete sich mit einer verdächtigen Beobachtung. Der Mann hatte vom Fenster seines Bahnwärterhäuschens aus gesehen, wie hinter der gegenüberliegenden Bank ein Auto mit dunklen Gestalten hielt. Wegen der Pfingst-Tage hatte die Bank geschlossen – und nach Mitarbeitern, die Überstunden machen wollten, sahen die Männer im Auto nicht aus. Ehrike und Rieb zogen ihre Ledermäntel über, stiegen in einen zivilen Dienstwagen und machten sich nur zu zweit auf den Weg in die Nachbarstadt Hannovers.

In Wunstorf angekommen, näherten sie sich vorsichtig der Bank. Sie bemerkten einen Briefkastenschlitz in der Außenwand des Gebäudes. Im Inneren dahinter befand sich ein Tresor, in den Tankstellenpächter oder Kioskbesitzer ihre Einnahmen während der Feiertage einwarfen. Bei einem Blick auf die Fenster der Bank fiel den beiden Kriminalbeamten auf, dass sie von innen mit Tüchern verhängt waren.

„In einer solchen Situation würde man heute die Jungs vom Spezial-Einsatzkommando rufen und erst einmal abwarten.“ So sieht Werner Rieb die Lage jetzt, damals aber wartete er nicht, sondern zog die Pistole aus dem Gürtel und ging mit seinem Partner entschlossen in die Bank. Dort hörten sie das leise Fauchen eines Schweißbrenners. Zwei Männer mit Schutzbrillen vor den Augen und Handschuhen versuchten in aller Ruhe, den gut gefüllten Nachttresor zu knacken. Die Räuber waren völlig auf den Geldschrank konzentriert, so dass sie die beiden Ermittler, die hinter ihnen standen, überhaupt nicht bemerkten. Ihre Festnahme gelang ohne Spezialkommando.

Tarnen durch Auffallen

Im Laufe seines Berufslebens entwickelt ein guter Polizist ein gewisses Gespür dafür, hinter welchem Gegenüber sich ein Krimineller verbirgt. Die Gegenseite ist allerdings genauso sensibilisiert. „Die können uns riechen“, glaubt Detlef Ehrike von den Verbrechern. Manchmal aber gelingt den Fahndern die Täuschung. Bei Ehrike und Rieb waren die auffälligen Ledermäntel die beste Tarnung, als sie zu einer Messerstecherei in Hannovers Stadtteil Linden gerufen wurden. Der Täter hatte seinem Opfer auf offener Straße ein Auge ausgestochen und war getürmt. Uniformierte Polizisten verhörten gerade die Zeugen der Tat, als sich Ehrike und Rieb wie zufällig vorbeikommende Passanten dem Tatort näherten. Den beiden fiel eine Gruppe junger Leute auf, die sich weitab stehend aufgeregt unterhielt. Die zwei Fahnder schlenderten hinüber, mischten sich unter das Volk und hielten die Ohren offen. Die jungen Leute kümmerten sich nicht um die schrägen Typen im Mantel. Stattdessen sprachen sie ungehemmt über den Kerl mit dem Messer und diskutierten, wo er sich jetzt wohl verstecken würde. Ehrike und Rieb hatten genug gehört: Noch in der Nacht wurde der Messerstecher gefasst.

Ein Finger tut es auch

Auch in der Welt der Diebe, Zuhälter und leichten Mädchen ist die Polizei nicht immer der Gegner, manchmal wird sie sogar gebraucht. Eine Prostituierte bat Detlef Ehrike und Werner Rieb um Hilfe. Ihr Mann war aus dem Gefängnis abgehauen und hatte dann mit ihr Kontakt aufgenommen. Die Ehe war nicht mehr viel wert und der Mann drohte seiner Frau übelste Dinge an, wenn sie ihm nicht Geld zur

Flucht beschaffen würde. Die beiden Beamten sagten der verängstigten Frau, sie solle sich keine Sorgen machen und fassten einen Plan: Die Dirne sollte ihren Mann zur Geldübergabe auf den Lister Platz in Hannover bestellen. Die Frau machte mit und verabredete sich mit ihrem Mann, blieb aber natürlich zu Hause. An ihrer Stelle warteten die beiden Kriminalpolizisten zum vereinbarten Zeitpunkt auf den entflohenen Gefangenen. Der Treffpunkt war klug gewählt, auf dem Lister Platz stehen zahlreiche Ausstellungskästen, in denen die Geschäftsleute, die rund um den Platz ihre Läden betreiben, die neuesten Angebote zeigen. Die Kästen boten den beiden Fahndern genug Schutz, so dass sie den ganzen Platz überblicken konnten.

Der Flüchtling kam pünktlich. Er war sich offenbar sicher, seine Frau mit seinen Drohungen mal wieder eingeschüchtert zu haben und erwartete sie mit dem Geld. Trotzdem war er vorsichtig und drückte sich selbst hinter einem der Schaukästen herum, um sich einen Überblick über das Treiben auf dem Platz zu verschaffen. Den Mann, der mit Hut und Ledermantel über den Platz spazierte und sich die Auslagen ansah, beachtete er allerdings nicht. Das war sein Fehler. Werner Rieb schlich sich immer näher an den Verbrecher heran und stand schließlich direkt hinter ihm.

Der Erfolg brachte Rieb in Laune für ein Späßchen, statt seine Pistole zu ziehen, streckte er seinen rechten Zeigefinger aus, stieß ihn dem Mann in den Rücken und knurrte: „Kriminalpolizei, Hände hoch!“ Der völlig überraschte Häftling streckte verdattert die Arme in die Luft. Rieb packte sie, zog sie mit kräftigem Griff hinter den Rücken des Mannes und legte ihm Handschellen an. Dann drehte er den Mann um und trieb den Spaß auf die Spitze. Rieb pustete sich mit Westernheld-Geste imaginären Rauch vom immer noch ausgestreckten Zeigefinger und sagte grinsend: „Schönen Dank“. Sehr lässig, nur der Gefangene konnte gar nicht lachen. Er bedachte Rieb minutenlang mit Schimpfwörtern. An den unfeinen Wortschwall erinnert sich der Beschimpfte heute noch im Einzelnen, wiedergegeben werden kann er hier aber nicht.

„Ich hatte zwar meine Pistole dabei, habe aber öfter nur den Finger genommen. Das hat jedes Mal geklappt."

Es roch nach Schnaps und Ärger

Immer wieder waren Detlef Ehrike und Werner Rieb in den Siebzigerjahren im Einsatz am Steintor, zwischen Porno-Kino und Animier-Bar. Die beiden Ermittler mit ihren Mänteln tauchten dort auch zu Zeiten auf, zu denen niemand mit ihnen rechnete. Eines Sonntags, morgens um 5.00 Uhr, klopften sie bei einem Sex-Salon an die Tür. Während Hannover schlief, tobte darin seit Stunden eine Party. Es roch nach Schnaps und nach Ärger, denn am Ende einer langen und feuchten Feier sind die harten Steintor-Jungs nicht ungefährlich. Werner Rieb machte sich darüber wenig Sorgen, er verließ sich auf seinen guten Ruf als Boxer.

Wahre Autorität braucht keine Waffen!

„Die wussten, dass ich hinlangen kann“, erklärt er. „Ich habe denen gesagt, wer mich anfasst, dem schieße ich die Kniescheibe kaputt, dann muss er sein Leben lang humpeln und immer an mich denken. Ich habe aber während meiner ganzen Laufbahn nie geschossen.“

Am Steintor hatte man Respekt vor den beiden Polizisten und ließ sie auf der morgendlichen Feier im Sex-Salon in Ruhe. Ehrike und Rieb schoben sich von Tisch zu Tisch, grüßten und wechselten ein paar Worte, als sie an der Bar plötzlich einen Mann erkannten, dessen Namen sie auf der Wache gerade noch auf einem amtlichen, rotgefärbten Papier gesehen hatten. Per Haftbefehl wurde der Mann an der Theke gesucht. Die Polizisten drängten sich zur Bar und sprachen ihn mit Vornamen an: „Hör zu, Du hast’n roten Schein, komm mal schön mit uns mit!“ Die Aufforderung ließ den Angesprochenen pampig werden. „Was wollt Ihr von mir?“, keifte er die Polizisten an. Die Lage wurde spannend, doch jetzt griffen die anderen Ganoven ein. „Mach hier kein Theater! Wenn Du den roten Lappen hast, gehst Du mit den beiden mit, verstanden?“, befahlen sie. Keine Chance also für den Mann an der Bar, aber einen Versuch machte er noch. Er ließ sich einen Zettel und einen Stift geben und schrieb: „Komme Montag, 8.00 Uhr.“ Auf so viel vertrauensvolle Zusammenarbeit wollten sich die Fahnder nun doch nicht einlassen. Obwohl er sein Versprechen brav unterschrieben hatte, nahmen sie ihren Fang sofort mit zur Kripo.

Ein blaues Auge für den Chef

„Sie müssen sich kriminalpolizeilich adäquat kleiden!“

Die beiden lässigen Kriminalisten mit ihren Mänteln und Hüten fanden Anerkennung in der Unterwelt, aber nicht so sehr in der Welt der beamteten Vorgesetzten. Es kam, wie es kommen musste: „Ehrike, so wie Sie hier herumlaufen, so geht das nicht!“, verkündete eines Morgens der Dienststellenleiter. „Sie müssen sich kriminalpolizeilich adäquat kleiden!“, verlangte er. Am nächsten Tag kam Detlef Ehrike ohne Ledermantel, stattdessen trug er einen schwarzen Anzug, ein weißes

Hemd und eine schwarze Krawatte. Sein Chef konnte auch Mensch sein. „Mann Ehrike, muss ich Ihnen mein Beileid ausdrücken?“, fragte er mit besorgtem Blick. Doch für Ehrike gab es keinen Grund zu trauern. „Das ist meine kriminalpolizeilich adäquate Kleidung“, erklärte er – „zur Todesursachen-Ermittlung.“ Diese Frechheit siegte, die Bemerkungen des Chefs über die Kleidung hörten von nun an auf, Ehrike und Rieb konnten wieder ihre Mäntel tragen. Nachdem das geklärt war, nahmen sie ihren Chef mal mit auf einen Gang durch das Rotlichtviertel – der Vorgesetzte war ganz begeistert von der Art der beiden Polizisten, mit den Ganoven umzugehen. Er war sogar so beeindruckt, dass er es mal selbst ausprobieren wollte. Es muss an den Folgen übermäßigen Alkoholgenusses gelegen haben, dass der Dienststellenleiter in seiner Freizeit völlig allein in ein Spielcasino ging und herumbrüllte, er wolle den ganzen Laden dicht machen. Das Casino machte weiter, aber der Dienststellenleiter kam mit einem blauen Auge heraus. Seine Mitarbeiter hatten später reichlich Mühe, ihn zu überzeugen, sein Veilchen zu kühlen und die Sache auf sich beruhen zu lassen.

Detlef Ehrike und Werner Rieb genossen den Respekt bei ihren Kunden und ihren Kollegen, aber irgendwann ist auch der schönste Spaß mal nicht mehr witzig. Nach gut zwei Jahren im Ledermantel war 1979 Schluss. Wenn die beiden heute an die alten Tage denken, werden sie richtig wehmütig:

„Es war eine tolle Zeit, wir hatten viel Spaß. Aber wir haben auch die Kriminalität bekämpft.“

Männer ohne Mantel

Werner Rieb hat erst seinen grünen Ledermantel und einige Jahre später auch seinen Beruf als Polizist an den Nagel gehängt. Gemeinsam mit seiner Frau betreibt er jetzt die große Gaststätte eines Sportvereins in Hannover. Riebs ehemaliger Partner Detlef Ehrike hat seinen Mantel immer noch und ist ein wenig stolz darauf, dass er bis heute hineinpasst. Er trägt das schwere Stück aber nur, wenn er vor Publikum aus selbstverfassten Kriminalgeschichten vorliest. Ehrike blieb Kriminalbeamter und ist heute der Sprecher des Landeskriminalamtes Niedersachsen.

Eckhardt Reimann

Die Leiche im Abflussrohr

„In Indien kann man leicht verschwindien."

Die Männer vom Rohrreiniger-Trupp hatten in ihrem Berufsleben schon einige merkwürdige Dinge aus den Abflüssen geholt, aber so etwas hatten sie noch nie gesehen: Vor ihnen lag eine abgetrennte Hand. Die Rohrreiniger hatten sie gefunden, als sie die verstopften Toiletten eines italienischen Restaurants im hannoverschen Stadtteil List freispülen wollten. Nach ihrem Fund riefen sie die Polizei. Es war Sonntag, der 30. Oktober 1977, als in der Jordanstraße in Hannover das Telefon beim Kriminaldauerdienst klingelte. Dieser Dienst ist so eine Art Feuerwehr der Kriminalpolizei, denn die Beamten, die dort arbeiten, müssen immer als Erste raus, wenn der Verdacht auf ein schweres Verbrechen oder eine Gewalttat besteht.

Noch mehr Fundstücke

An diesem Sonntag saß Detlef Ehrike am Telefon des Kriminaldauerdienstes und nahm den Anruf der Rohrreiniger entgegen. Ein paar Sätze der erschrockenen Männer reichten aus, und Ehrike machte sich sofort mit einem Kollegen auf den Weg, um sich die Hand aus der Kanalisation anzusehen. Während die beiden Kriminalbeamten unterwegs waren, hatte der Reinigungsdienst seine Arbeit fortgesetzt und noch mehr grausige Fundstücke aus den Rohren gefischt. Auf einer Plane hatten die Männer neben der Hand auch Teile von Armen und Beinen eines Menschen ausgebreitet.

Gesperrte Kanäle

Als die Kriminalbeamten bei dem Restaurant eintrafen, war ihnen klar, dass hier viel Arbeit auf sie wartete – ausgerechnet an einem Sonntag. Ehrike ließ das Restaurant sperren, rief die Kollegen vom Erkennungsdienst an und versuchte dann, jemanden bei der Stadtentwässerung zu erreichen. Dort gab es am Sonntag nur eine Notbesetzung, doch nach einigem Hin und Her kam endlich ein Mitarbeiter ans Telefon, der genug Kompetenzen hatte, um das Rohrleitungssystem rund um das Restaurant abzuschotten. Ehrike musste verhindern, dass Teile der Leiche in den endlosen Verzweigungen der Abwasserkanäle Hannovers verloren gingen.

Wer ist der Tote?

Den Männern vom Reinigungsdienst war die Freude an der Arbeit zwar abhanden gekommen, aber sie spülten unverdrossen weiter und brachten dabei auch einen Penis zutage. Damit war zumindest das Geschlecht der Leiche geklärt. Aber wer war der Mann, und wie kamen seine Körperteile in das Abwassersystem? Inzwischen waren sechs Ermittler am Tatort und Ehrike und seine Kollegen begannen, die Menschen in der Gaststätte zu befragen. Ein Gast des Pizzarestaurants hatte sich über eine verstopfte Toilette beklagt. Das war nicht die erste Klage über Probleme mit der Spülung. Auch die Bewohner des Hauses, in dessen Erdgeschoss das Restaurant lag, hatten sich seit einigen Tagen über nur langsam ablaufendes Abwasser beschwert. Aber erst als die Restauranttoiletten nicht mehr funktionierten, hatte der Wirt den Reinigungsdienst gerufen.

Pizzabäcker unter Verdacht

Der Besitzer der Pizzeria beschäftigte in seiner Küche mehrere ungelernte Aushilfen aus verschiedenen Ländern, die die Pizzas belegten, das Geschirr abwuschen und gelegentlich kellnerten. Seit einigen Tagen war der 25-jährige Murat

■ Erkennungsdienst

Anders als 1977 treten die Mitarbeiter des Erkennungsdienstes heute in weißen Schutzanzügen mit Kapuze am Tatort auf. Die Kollegen lästern dann gern über die Herrschaften im „Ganzkörper-Kondom". Der Schutz ist nötig, da sich die Untersuchungsmethoden der Kriminalwissenschaft in den vergangenen Jahrzehnten derart verfeinert haben, dass die Beamten, hätten sie den Anzug nicht, so genannte „Fremdspuren" legen könnten. Das heißt, Haare oder Hautzellen eines ungeschützten Ermittlers könnten sich mit den Spuren am Tatort vermischen.

Ali K. aus Bangladesch nicht zur Arbeit erschienen. Das war ärgerlich, aber wirklich Sorgen machte sich der Wirt über den fehlenden Mitarbeiter nicht. Murat hatte vor einigen Tagen die Bemerkung gemacht, er wolle seine Schwester in Frankfurt besuchen. Vielleicht hatte er einfach vergessen, sich bei seinem Arbeitgeber abzumelden. Neben dem verschwundenen Mann aus Bangladesch arbeiteten in der Pizzeria noch der 26-jährige Pakistani Niza A. und der 31-jährige Inder Baldev S., die der Wirt alle drei gemeinsam in einer kleinen Dreizimmer-Wohnung oberhalb seines Restaurants untergebracht hatte.

Wohnungsdurchsuchung

Der Verdacht der Ermittler fiel schnell auf die beiden übriggebliebenen Mitglieder der Zwangs-Wohngemeinschaft, so dass sie den Pakistani und den Inder zunächst als wichtige Zeugen mit in das Präsidium nahmen. Zwar sprachen beide ein wenig deutsch, aber die Fahnder mussten erst Dolmetscher holen, um sich mit den Männern wirklich verständigen zu können. Während die beiden Pizzabäcker mühsam verhört wurden, durchsuchte die Kriminalpolizei ihre Dreizimmer-Wohnung. Gegen Mitternacht war klar: die Tat war dort geschehen, Experten des Landeskriminalamtes hatten Blutspuren entdeckt. Der Fund war für die Ermittler Grund genug, die beiden Mitbewohner des Toten nicht mehr als Zeugen zu betrachten, sondern sie über ihre Rechte zu belehren und sofort festzunehmen. Einen weiteren Grund für die Festnahme lieferte die Schwester des Pizzeria-Besitzers: Sie hatte ausgesagt, dass sich besonders der Inder Baldev S. seit dem Verschwinden seines Kollegen sehr verdächtig benommen habe.

Ein Fall voller Widersprüche

Szenenwechsel: Fast 30 Jahre später im Landgericht Hannover. Die Richterin und Pressesprecherin des Landgerichts Sabina Thiem sitzt hinter ihrem aufgeräumten Schreibtisch, auf dem ein kleiner Weihnachtsstern um sein Überleben kämpft. Die blonde Richterin im dunkelblauen Kostüm zieht die Nase kraus: Auf dem Tisch verbreitet ein Stapel vollgestopfter und zerfranster Akten muffigen Dachbodengeruch. Sabina Thiem blättert in den teils 30 Jahre alten Papieren und zieht den indischen Reisepass von Baldev S. aus einem braunen Umschlag. Das Foto zeigt einen schmalgesichtigen

Der grausame Fund im Abflussrohr beschäftigte auch die Presse.

Mann mit Turban, schwarzem Bart und dunklen Augen. Laut Pass wurde Baldev S. im Juni 1946 in Rangwahl geboren, ist 1,60 Meter groß, nicht verheiratet und hat als Beruf Mechaniker gelernt. Weiter hinten in dem Ausweis finden sich Stempel aus Iran, Oman, Syrien, der Schweiz, Italien und Österreich und schließlich ein Eintrag vom 30.9.1976: An diesem Tag reiste der Inder Baldev S. über Frankfurt in die Bundesrepublik Deutschland ein. „Eine unappetitliche Geschichte, aber auch voller Widersprüche", beurteilt die Richterin den Fall Jahrzehnte nach dem Fund der Leichenteile im Abflussrohr.

Drastische Methoden

Die Ermittler hatten es nach der Festnahme der beiden Mitbewohner des Getöteten zunächst schwer bei den Verhören. Der Grund waren weniger die Sprachschwierigkeiten, sondern vielmehr, dass der Pakistani und der Inder überhaupt nicht sprechen wollten, sie verweigerten jede Aussage. Die Ermittlungen brachten aber bald die Entlastung für den jungen Mann aus Pakistan. Als Tatort stand die gemeinsame Wohnung fest, und die Rechtsmediziner konnten auch einen ungefähren Zeitpunkt festlegen, wann Murat K. zu Tode gekommen war. Diese Erkenntnis brachte dem Pakistani die Freiheit, er war zur Tatzeit nachweislich nicht zu Hause. So blieb als einziger Verdächtiger der Inder Baldev S., der immer noch schwieg. Um ihn zum Reden zu bringen, griff die Kriminalpolizei zu einer drastischen Methode: Sie brachte ihn in die Gerichtsmdeizin und zeigte ihm die ordentlich aufgereihten Leichenteile. Von diesem Arrangement findet sich auch heute noch ein unschönes Foto in den Gerichtsunterlagen. Als der Inder vor der zerstückelten Leiche stand, machte er geschockt eine Aussage: „Das ist der Murat, das habe ich gemacht", zitiert ihn Richterin Thiem aus den Akten. Außerdem erklärte Baldev S. den Ermittlern, dass sie den Kopf des Toten in einer Reisetasche in einer Ecke eines Lagerkellers des Restaurants finden würden. Die Angaben stimmten exakt, die Beamten entdeckten die Tasche mit dem Kopf und weiteren Leichenteilen. Andere, größere Teile holten sie aus den Müllcontainern des Restaurants. Eine alte Dame, die in einer Wohnung über der Pizzeria wohnte, hatte Baldev S. beobachtet, wie er mehrere schwere Tüten in die Container geworfen hatte. Damit schien der Fall geklärt, der Inder stand nach eigener Aussage vom 31. Oktober 1977 als Täter fest und kam in Untersuchungshaft.

Der Täter kehrt zurück

Ende Februar des Jahres 1978 klingelte bei der Polizei Hannover das Telefon, am Apparat war eine schrecklich aufgeregte Frau: „Kommen sie schnell, der Mörder ist wieder da!“ Die alte Dame hatte, wie sie es oft tat, aus dem Fenster ihrer Wohnung über der Pizzeria in den Innenhof geblickt und dort eindeutig Baldev S. hantieren sehen, von dem sie dachte, er säße im Gefängnis. Der Polizist auf der Wache schickte eine Streife los, die in dem Haus tatsächlich auf Baldev S. traf. Knapp vier Monate nach seinem Geständnis, seinen Mitbewohner getötet zu haben, war der Inder wieder auf freiem Fuß. Ein Richter hatte ihn nach einem Haftprüfungstermin aus dem Gefängnis entlassen. „Die Gründe für die Freilassung kann ich den Akten nicht entnehmen“, sagt Richterin Sabina Thiem heute vorsichtig, „es war zu diesem Zeitpunkt alles nicht so eindeutig, wie es zunächst aussah.“

Neue Version

Was war passiert? Einen Tag nach seinem Geständnis beim Anblick der Leichenteile war Baldev S. vorschriftsmäßig von einem Richter vernommen worden. Über Nacht hatte der Inder über seine Lage nachgedacht – vor dem Richter erzählte er jetzt eine Version der Geschichte, die zwar nur ein wenig anders klang, aber in wesentlichen Punkten verändert war, zum Beispiel in der Frage der Tasche mit dem Kopf des Toten. Baldev S. behauptete nun, die Tasche nicht selbst in den Vorratskeller gebracht zu haben, er habe sie dort nur stehen sehen, als er etwas aus dem Keller holen wollte.

„Das habe ich getan“

„Das habe ich getan“, hatte Baldev S. gesagt, als er die zerstückelte Leiche sah. Bei dieser Aussage blieb er, doch vor dem Richter erklärte der Inder nun, dass er die Tat in Notwehr begangen habe. Er sei an diesem Abend stark betrunken nach Hause gekommen und habe in der gemeinsamen Wohnung Murat K. getroffen, der gerade einen Brief schrieb.

Laut Aussage des Inders lebten die beiden Männer im dauerhaften Streit – auch an diesem Abend gerieten sie wieder aneinander, dabei soll es um ein Mädchen gegangen sein. Der Streit wurde lauter, die Vorwürfe heftiger, bis Murat K. ein Schimpfwort benutzte, das im Kulturkreis der beiden Männer als überaus bösartig gilt. Das brachte den betrunkenen Baldev S. derart in Wut, dass er mit Fäusten auf seinen Mitbewohner losging. Der angegriffene Murat K. rannte in die Küche, kam mit einem langen Messer zurück und wollte auf den Inder einstechen. Der flüchtete in Todesangst auf den Balkon, Murat zerrte an der Tür, bis der Inder schließlich wieder hereinkam. Murat griff erneut an und würgte den Inder. Der bekam in höchster Not das Messer zu fassen und stach auf seinen Angreifer ein – unter anderem will er ihn in den Halsbereich getroffen haben. Der schwer verletzte Murat ließ den Inder los, taumelte rückwärts und fiel mit dem Kopf gegen die Rippen einer Heizung. Schließlich starb er.

In Einzelteile

Das war die Version, die der Inder Baldev S. laut Gerichtsprotokoll dem Vernehmungsrichter zum Tod seines Mitbewohners vortrug. Auch für das Zerstückeln der Leiche hatte er eine Erklärung. Als er merkte, dass er Murat K. umgebracht hatte, sei er in Panik geraten und habe die Leiche unbemerkt verschwinden lassen wollen. Daher habe er den Körper in Einzelteile zerlegt, die größeren Stücke weggeworfen und die kleineren in die Toilette gespült. Das allerdings habe zu einer Überschwemmung in der Wohnung geführt und er habe versucht, die Rohre mit WC-Reiniger und Bürste wieder frei zu bekommen, bis schließlich der Reinigungsdienst die Leichenteile herausspülte.

Suche nach dem Motiv

Natürlich wollte der Vernehmungsrichter wissen, warum es zwischen den Männern ständig zum Streit kam, der dann tödlich endete. Wie in allen bisherigen Vernehmungen gab es von Baldev S. auch in dieser Frage keine klare Antwort. „Das ist mein Problem“, sagte er dem Richter. In einem anderen Verhör hatte er allerdings erklärt, dass Murat K. ihm ständig Frauen ausgespannt habe, außerdem habe es Streit um Geld gegeben. Als Richterin Sabina Thiem diese Aussagen Jahre später in den alten Akten liest, stellt sie fest: „Das sind die klassischen Motive: Geld und Liebe. Allerdings hat sich damals in den Vernehmungen nie so ganz klären lassen, was denn die genauen Gründe für die Tat waren. Das wäre vermutlich im Rahmen einer Hauptverhandlung herausgefunden worden." Doch eine ordentliche Gerichtsverhandlung über die Tat des Baldev S. hat es nie gegeben.

Freiheit für den Täter

Nach der Aussage des Inders vor dem Vernehmungsrichter am 1. November 1977 stellte dieser einen Haftbefehl aus und schickte Baldev S. in Untersuchungshaft. Während der Tatverdächtige im Gefängnis saß, arbeiteten die Experten der Kriminalpolizei weiter. Die Leichenteile wurden in das Gerichtsmedizinische Institut der Universität Göttingen gebracht – dort fand man heraus, dass die Notwehr-Version des Inders durchaus stimmen könnte. Murat K. war durch starke Blutungen gestorben, die eine Stichwunde an seinem Hals verursacht hatte. Die Leiche sei anschließend mit einer Geflügelschere und einem 15 Zentimeter langen Messer zerlegt worden, schrieben die Gerichtsmediziner in ihrem Gutachten.

Knapp vier Monate nachdem Baldev S. verhaftet worden war, gab es einen Haftprüfungstermin. Der Richter berief sich auf das Papier der Göttinger Pathologen, die sowohl Einstiche an den angegebenen Stellen, als auch eine Verletzung am Hinterkopf des Murat K. gefunden hatten, die vom Sturz gegen die Heizungsrippe stammen konnte. Das Gutachten stützte die Geschichte, die der Inder über den Tod des Mitbewohners erzählt hatte.

Vielleicht hat der Richter bei der Haftprüfung auch die Trunkenheit des Mannes mit in seine Überlegungen einbezogen, möglicherweise war der Täter ja schuldunfähig. Außerdem wies der Inder nach, dass er eine neue Arbeitsstelle und eine neue Wohnung bekommen konnte. Offenbar waren es all diese Einzelheiten, die den Richter zu dem Schluss brachten, dass die Version von der Notwehr nicht zu widerlegen sei; außerdem bestand in den Augen des Richters dank Wohnung und Job keine Fluchtgefahr. Der Haftbefehl wurde außer Vollzug gesetzt und so kam Baldev S. nach kurzem Aufenthalt im Gefängnis am 20. Februar 1978 wieder auf freien Fuß. Allerdings war seine Freiheit eingeschränkt, der Richter verhängte eine so genannte Meldeauflage: Der Inder musste seinen Pass abgeben und einmal pro Woche auf der Polizeiwache erscheinen.

Zweifel an der Notwehr

Dieser Tag der Haftprüfung hätte schon das Ende einer merkwürdigen Geschichte vom grausamen Tod eines jungen Mannes aus Bangladesch sein können, aber für die Kriminalpolizei waren noch zu viele Fragen offen. Gibt es noch andere Spuren an den Leichenteilen, die nicht zur Version des Inders passen? War er wirklich so betrunken, wie er behauptete? Ist Murat K. tatsächlich in Notwehr getötet worden, oder hätte es auch ganz anders gewesen sein können?

Während Baldev S. sich brav einmal in der Woche bei der Polizei meldete, wurde sein Fall noch genauer untersucht. Die Kriminalisten fragten einen Sachverständigen nach dem Grad der Alkoholisierung des Inders am Tatabend und der Experte kam zu dem Schluss, dass der Mann bei seiner Größe, seinem Gewicht und der von ihm selbst angegebenen Menge Alkohol keineswegs so betrunken gewesen sein konnte, dass er schuldunfähig gewesen wäre. Auch die Leichenteile wurden noch eingehender untersucht, und nun fanden die Pathologen zehn weitere Einstiche, die nicht mehr zu der Tatversion des Inders passten. Auch die Gewaltanwendung am Kopf des Toten sah nach den jüngsten Erkenntnissen nicht mehr so aus, als ob sie allein durch einen Sturz versucht worden sein könnte. Die Geschichte von der Notwehr des Inders begann zu bröckeln, und die Staatsanwaltschaft entschloss sich am 12. September 1978, Anklage zu erheben. Gut drei Monate später wurde offiziell das Verfahren gegen Baldev S. eröffnet, die Anklage lautete auf Totschlag und Störung der Totenruhe, die sich durch das Zerstückeln der Leiche ergab. Außerdem wurde dem Inder Sozialhilfebetrug vorgeworfen. Bei den Ermittlungen war herausgekommen, dass er beim Sozialamt Hilfe zum Lebensunterhalt beantragt hatte, obwohl er im Pizzarestaurant genug Geld verdiente.

Ein Mann verschwindet

Die Maschinerie des Prozesswesens war in Gang gekommen – für Baldev S. wurde die Lage brenzlig, was er spätestens merkte, als ihm die Anklage zugestellt wurde. Doch zunächst blieb er in Hannover und meldete sich auflagegemäß einmal pro Woche bei der Polizei – bis zum April 1979, da erschien der Inder nicht mehr auf der Wache. Am 16. Mai setzte das Schwurgericht den Haftbefehl gegen ihn wieder in Kraft, doch es gab niemanden mehr, den man hätte verhaften können – Baldev S. war verschwunden.

Die Kriminalpolizei setzte S. auf die internationale Fahndungsliste, die auch für Indien gilt, aber es gab von nirgendwo eine Meldung, dass er gesehen worden sei. Ein Jahr nach dem Verschwinden des Angeklagten wurde das Verfahren gegen ihn im März 1980 vorläufig eingestellt, da der Mann, der sich vor Gericht verantworten sollte, „unbekannten Aufenthaltsorts" sei, wie es amtlich heißt, wenn man jemanden nicht finden kann.

Ein Brief nach 20 Jahren

In den folgenden 20 Jahren passierte nicht viel, in der Gerichtsakte finden sich regelmäßige Vermerke der Ermittlungsbehörden, dass die Fahndung immer noch erfolglos sei. Dieser Zustand dauerte von April 1979 bis zum 16. September des Jahres 2002, an diesem Tag erreichte die Staatsanwaltschaft in Hannover ein Schreiben des niedersächsischen Landeskriminalamtes: „Gemäß nachfolgender Mitteilung der indischen Behörden ist der Baldev S. bereits am 28.5.1995 verstorben. Das Bundeskriminalamt bittet um Mitteilung, ob die internationale Fahndung zurückgenommen werden kann."

Zu dem Brief gehört ein Fax der Deutschen Botschaft in der indischen Hauptstadt Neu Delhi, in dem zu lesen ist, was die indischen Behörden den Deutschen mitgeteilt haben: Demnach sei Baldev S. nach langem Aufenthalt in Deutschland in sein Dorf zurückgekehrt, ein Datum dieser Rückkehr wird allerdings nicht genannt. Am 28. Mai 1995 sei er dann verstorben, sein Bruder habe die Leiche in Anwesenheit einiger Nachbarn verbrannt. Weitere Verwandte oder eine eigene Familie des Baldev S. gebe es nicht, sein Bruder habe alle Habseligkeiten verkauft und sei ins Ausland gegangen. Der momentane Aufenthaltsort des Bruders sei nicht bekannt.

Als Richterin Sabina Thiem das Fax aus der Akte vorliest, blickt sie skeptisch: „Das kann natürlich niemand überprüfen und das Landeskriminalamt erwartet nicht, dass aus Indien noch eine offizielle Stellungnahme oder ein Totenschein kommt“, meint sie. Für die deutschen Ermittlungsbehörden reichte die Mitteilung der Botschaft jedenfalls aus. Das Verfahren gegen Baldev S. wurde am 7. November 2002 eingestellt, da der Angeklagte verstorben sei.

Als Richterin Thiem schließlich den allerletzten Satz auf dem Fax der deutschen Botschaft in Neu Delhi über das Ableben des Baldev S. sieht, muss sie leise lachen: „Nach den Jahren ist das doch ein schönes Ermittlungsergebnis“, liest sie vor. Vielleicht dachte der Beamte, der den ironischen Schlusssatz formulierte, dass man genau so eine Geschichte über seinen eigenen Tod bräuchte, wenn man vor der Polizei seine Ruhe haben möchte. Für Richterin Thiem jedenfalls ist klar: „In Indien kann man leicht verschwindien.“

„Man muss darüber reden“

Wie Polizisten Ermittlungen bei Gräueltaten verarbeiten

Detlef Ehrike, wenn Sie an einem Tatort zum Beispiel abgeschnittene Körperteile entdecken, was empfinden Sie dabei?

Ehrike: Wenn man am Anfang seiner Karriere steht, geht es einem nicht so gut, muss ich ehrlich sagen. Es gibt auch Kollegen, die sind damit nicht fertig geworden. Das ist auch nicht weiter schlimm, da muss man in einem anderen Sachgebiet arbeiten, beispielsweise im „Betrug“.

Was mich persönlich anbetrifft: Ich hatte damals einen Kollegen, der hat mich an die Sachen herangebracht. Wir haben gesagt, du musst, wenn du in Mordsachen ermittelst, so sattelfest sein, dass du hinterher „Currywurst Rot-Weiß“ essen kannst, und das hat dann auch geklappt. Wenn man in einer guten Truppe arbeitet, dann ist das mehr als die halbe Miete. Das heißt, wenn man von einer Grauen erregenden Ermittlungshandlung zurückkommt, dann merken die anderen schon: „Der hat was Schlimmes erlebt, wir fragen ihn mal.“ Dann redet man darüber und die Sache ist o.k. Außerdem gibt es heute in den regionalen Beratungsstellen der Polizei Männer und Frauen, die sind extra geschult, und mit denen kann man Gespräche führen, um über solche Probleme hinwegzukommen.

Gibt es nicht auch Charaktere, die solche Erlebnisse in sich hineinfressen?

Ehrike: Wenn man in der Mordkommission arbeitet, dann setzt man sich sowieso jeden Tag morgens und abends hin und fragt nach: Was hat der Einzelne erlebt? Wenn man natürlich in der Ermittlung schon Jahre lang drinsteckt, dann gibt es kaum noch Sachen, die einen derart beschäftigen, dass man davon umfällt. Ich habe zum Beispiel früher auch nie gedacht, dass meine Klamotten derart stinken können. So habe ich mich beispielsweise nach einer „unappetitlichen“ Ermittlung leise ins Schlafzimmer geschlichen, mich ausgezogen und ins Bett gelegt. Da wurde meine Frau wach und fragt: „Was riecht denn hier so?“ Das sind so Begebenheiten, die machen einen ein bisschen nachdenklich.

Gibt es Tricks, wie man sich ein dickes Fell zulegt?

Ehrike: Man kann keinen pauschalen Weg nennen, das muss individuell gemeistert werden. Das geht eigentlich nur in Gesprächen. Wenn man von vornherein merkt, man kommt nicht dagegen an, dann muss man die Sache lassen, dann soll man andere Ermittlungen machen.

Florian Breitmeier

Der Meistermacher

Ein Fußball-Trainer unter Mordverdacht

Sturm in Hannover

Der Druck ist groß, die Arena ist klein. Fast eine Stunde vor Beginn ist er schon da. Er will sich an diesen Ort und die Atmosphäre gewöhnen, an die Zuschauer, an die Reporter, an die Kameras. Gleich geht es los. Der Trainer nimmt Platz auf der rot gepolsterten Bank. Auch die dunkle, weiß gepunktete Krawatte sitzt. Vor Helmut K. geht ein Gewitter nieder. Die Blitzlichter der Fotografen. Donnerwetter, dieses Hannover! Die Stadt seiner größten Erfolge. 1954 lag ihm Hannover zu Füßen. Damals, als er mit „96“ die Deutsche Fußball-Meisterschaft holte. Zehn Jahre später schafft er mit den „Roten“ den Aufstieg in die noch junge Bundesliga. Auch 1975 führt er Hannover 96 nach dem zwischenzeitlichen Abstieg in die Bundesliga zurück.

Dazwischen liegen immer wieder Stationen fern der Leine: Ulm, Aachen und Berlin. Man nennt ihn „Fiffi“, weil er in allen Lebenslagen durch die Zähne pfeift. Viele tanzten in Hannover mal nach Fiffis Pfeife. Aber das ist lange her. Helmut K. weiß, das hier wird seine wichtigste Begegnung. Die Anspannung ist ihm anzusehen. Körperverletzung mit Todesfolge, so lautet am 31. Juli 1984 die Anklage vor dem Landgericht Hannover. Helmut „Fiffi“ K. soll den Tod seiner Frau verursacht haben. Einige Zuschauer munkeln gar von Mord. Ein Meistermacher unter Mordverdacht – unglaublich. Als der Vorsitzende Richter den Schwurgerichtssaal betritt, wird es still.

Rückblende …

Die 37-jährige Notärztin ist sich unsicher. Vor ihr liegt die erste Stromleiche ihrer Berufspraxis. Der Anruf kam am Sonntagmorgen, kurz nach 7.00 Uhr. Nun steht die Medizinerin am 1. Juli 1979 mit zwei Sanitätern im Badezimmer von Gerda und Helmut K. in Arnum bei Hannover. Ein Polizeibeamter notiert in den Notizblock, dass ein Fön läuft. Gerda K. liegt mit dem Rücken auf dem Boden, mit dem Oberkörper halb auf dem Flur, mit den Beinen vor der Badewanne. Gegen 7.30 Uhr entdeckt die Notärztin, dass bei der Toten die Leichenstarre bereits eingesetzt hat. Ein sicheres Indiz dafür, dass Gerda K. schon seit Stunden tot sein muss.

Helmut K. schildert die Ereignisse wie folgt: Am Samstagabend kehrt das Ehepaar von einem gemeinsamen Urlaub auf Sylt zurück. Als er am nächsten Morgen aufwacht, rät seine Frau ihm, noch eine Stunde zu schlafen. Gegen 7.00 Uhr steht K. auf und ruft nach seiner Frau. Mutti, so nannte er seine Gerda. Mutti. Mutti! Mutti? Keine Antwort. K. beginnt im Haus zu suchen. Ein Wasserhahn tropft.

Das Badezimmer ist verschlossen, und der Schlüssel steckt von innen. Der 64-Jährige bricht die Tür auf und sieht seine Frau tot in der Badewanne. Neben ihr liegt ein Fön. Helmut K. versucht, den leblosen Körper aus der Wanne zu ziehen. Dabei rutscht er aus. Der Kopf seiner Frau schlägt auf den Wannenrand. K. nimmt alle Kraft zusammen. Schließlich gelingt es ihm, die Tote aus der Wanne zu ziehen. Im Badezimmer findet er einige von seiner Frau geschriebene Zettel. Abschiedsworte gerichtet an die Kinder, Abschiedsworte gerichtet an ihn. Auf einem Zettel steht: „Ich nehme mir das Leben." Auf einem anderen: „Ich möchte verbrannt werden." Vor einer Stunde gab Gerda ihm noch einen Kuss. Helmut K. schaut auf seine tote Frau und fragt: „Mutti, was hast Du mir angetan?"

Die Notärztin stutzt. Wenn Helmut K.'s Zeitangaben stimmen, lässt sich die Leichenstarre bei der Toten nicht erklären. Die Verunsicherung drückt sich auf dem ausgestellten Totenschein aus: „Verdacht auf Stromtod", schreibt die Ärztin. Ein Gerichtsmediziner ist nicht vor Ort. Die weitere Untersuchung erfolgt in der Medizinischen Hochschule Hannover (MHH). Am Hinterkopf der Toten finden sich starke Blutergüsse. Im Obduktionsprotokoll wird aber nicht darauf eingegangen, wie die Hämatome entstanden sein könnten, ob durch Schläge, einen Sturz oder das Ziehen über den Beckenrand. Diese Lücke wird später viel Platz für Spekulationen bieten.

Der Toten wird auch der Magen herausgenommen. Der medizinische Befund schließt Stromtod als Todesursache nicht aus. Die Leiche wird zur Einäscherung freigegeben – trotz des Widerspruches zwischen der festgestellten Leichenstarre und dem von Helmut K. umrissenen Todeszeitpunkt seiner Frau. Es ist im Prinzip dieser Widerspruch, der Jahre später den K.-Prozess ins Rollen bringt. Menschliche Abgründe werden in ihm offenbar, aber auch Schlampereien, und einige Fragen werden trotz zahlreicher Gutachten und Expertenurteile nicht beantwortet werden können.

Offensivdrang im Vorfeld

Vielleicht wäre es gar nicht zum Prozess gekommen, wenn nicht ein Kriminalbeamter der Polizei Hannover eine hartnäckige Energie an den Tag gelegt hätte. Der Polizist glaubt Helmut K. kein Wort. Er schließt einen freiwilligen Stromtod von Gerda K. aus. Das gerichtsmedizinische Gutachten aus der Medizinischen Hochschule hält er für abwegig. Der Ermittler ist überzeugt, K. hat den Tod seiner Frau aktiv verursacht. Der Kripomann beginnt mit seinen Ermittlungen. Er stellt sich eine Wanne in sein Dienstzimmer, wirft eingeschaltete Föne hinein und misst Wasserstände. Obwohl die ersten Ermittlungen kurz nach dem Tod von Gerda K. beginnen, wird Helmut K. erst vier Jahre später das erste Mal vernommen. Er muss im Juni 1983 eine Versuchsperson an den Armen aus der Wanne ziehen. K. scheitert. Für den Beamten ein Beweis, dass der nach einer Kriegsverletzung an der linken Hand gelähmte K. seine Ehefrau nicht aus der Wanne gezogen haben kann.

Der Versuch hat allerdings mehrere Haken: Die Testperson ist ein Mann – 10 Zentimeter größer als Gerda K. und 10 Kilo schwerer. Zudem ist die Testperson nicht nackt, sondern trägt einen schwarzen Taucheranzug. Bei einem zweiten Versuch muss eine Kriminalbeamtin in die Wanne steigen. K. ist bei diesem Test auf Anraten seines Anwalts allerdings nicht dabei. Diese Badewannen-Experimente sind in Deutschland einmalig. Die Akribie, die der Kriminalbeamte dabei an den Tag legt, verblüfft auch die überregionalen Medien. Im August 1984 bemerkt das Magazin »Der Spiegel«, dass der Polizist mit einer Energie ermittelt habe, die doch wohl über das kriminalistische Engagement hinausginge.

Einmal wähnt sich der Ermittler bereits am Ziel. Er erhält von Helmut K. ein „Teilgeständnis“, das dieser aber kurze Zeit später widerruft. Ihm sei zugesichert worden, so K. später vor Gericht, die Akten würden bei einer entsprechenden Aussage endgültig geschlossen. Die Verdächtigungen und Vernehmungen hätten an seinen Nerven gezerrt. Seiner Enkelin sei auf dem Schulhof schon hinterher gerufen worden: „Dein Opa ist ein Mörder.“ Er wollte endlich Ruhe, deshalb habe er sich zu der verhängnisvollen aber nun widerrufenen Aussage gedrängt gefühlt, so Helmut K.

Die Staatsanwaltschaft ist misstrauisch. Die Ermittler sind sich sicher: Helmut K. hat seine Frau so stark verletzt, dass diese starb. Aufgrund der Leichenstarre spricht für die Kriminalpolizei vieles dafür, dass Gerda K. nicht zwischen 6.00 und 7.00 Uhr morgens starb – wie von Helmut K. angegeben, sondern früher, etwa zwischen Mitternacht und 3.00 Uhr. Helmut K. habe mit dem Fön dann einen Selbstmord in der Wanne vorgetäuscht, um die Tat zu verschleiern.

Weite Wege auf engstem Raum

Am 31. Juli 1984 beginnt vor dem Landgericht Hannover der Indizien-Prozess. Zu diesem Zeitpunkt ist die Leiche seit fünf Jahren eingeäschert, eine erneute Obduktion nicht mehr möglich. Gerichtsmedizinische Untersuchungen vom möglichen Tatort wurden am Todestag nicht gemacht – man war ja von Selbsttötung ausgegangen. Als während der Ermittlungen nach dem in der Medizinischen Hochschule Hannover herausgenommenen Magen der Gerda K. gefragt wird, stellt sich heraus, dass der Magen verschwunden ist. Niemand weiß mehr, wo er aufbewahrt wurde. Zwischen dem Tod von Gerda K. und dem Prozessauftakt gegen Ehemann Helmut liegen mehr als fünf Jahre. Und natürlich stellt sich die Frage, wie dieser ungewöhnlich lange Zeitraum zu erklären ist. Nach K.'s Verteidiger, Anwalt Fritz Willig, zeige sich damit, dass es der Staatsanwaltschaft sehr schwer gefallen sein müsse, genügend Indizien für eine Anklage zu sammeln.

Wer damals die Prozessberichterstattung aufmerksam verfolgt, kann zu der Vermutung gelangen, dass auch andere Dinge im Vorfeld des K.-Prozesses eine Rolle gespielt haben könnten: So ist es bemerkenswert, dass der Richter in der Gerichtsverhandlung den eifrigen Kriminalbeamten nach dessen persönlichem Verhältnis zu dem Gerichtsmediziner der Medizinischen Hochschule Hannover fragt.

Der Polizist antwortet, dass es keine persönlichen Animositäten zwischen ihm und dem MHH-Professor gebe. Dennoch schießen Spekulationen ins Kraut: Die lokalen Zeitungen berichten von einer angeblichen Trunkenheitsfahrt des Polizisten. Im anschließenden Prozess soll der Rechtsmediziner den Kripomann schwer belastet haben. Wollte jemand den Gerichtsmediziner, der ja von einem Selbstmord ausging, vielleicht blamieren? Die Versuche im Fall K. hätten lange vor jener Trunkenheitsfahrt im Mai 1981 begonnen, die die Ursache für die angebliche Feindschaft zwischen ihm und dem Rechtsmediziner sein soll, wird der befragte Polizist in der »Neuen Presse« am 10. August 1984 zitiert. Dass persönliche Rivalitäten zwischen den am K.-Prozess beteiligten Personen im Vorfeld der Verhandlung eine Rolle gespielt haben könnten, ist nicht auszuschließen – beweisen lässt sich aber nichts. Beweisen lässt sich offenbar auch nichts mit den aufwändigen Badewannen-Experimenten. Zwar werden alle Versuche mit und ohne Helmut K. gefilmt und später vor Gericht vorgeführt, aber der Richter zeigt sich von dem Bildmaterial wenig beeindruckt. Er beruft stattdessen einen Ortstermin im ehemaligen Badezimmer der K.s ein.

Das Reihenhaus in Arnum hat mittlerweile neue Besitzer. Längst ist das Bad zu Niedersachsens berühmtestem Örtchen geworden. So dürfen die Eltern von drei Kindern regelmäßig erleben, wie sich Gutachter die Klinke in die Hand geben, Polizeibeamte berufsbedingt ein Vollbad nehmen und Ermittler lange und kurze Lineale an die Wannenwände halten. Der Familienvater bereut es längst, die Wanne nicht schon herausgerissen zu haben. Im August 1984 können die neuen Hausbesitzer sehen, dass eine Große Schwurgerichtskammer durchaus in ein deutsches Reihenhaus-Badezimmer passt. Die Wanne ist leer, das Bad ist voll. 14 Personen stehen auf engstem Raum: Richter, Beisitzer, Schöffen, Staatsanwalt, Verteidiger, Angeklagter und Gutachter. Ein in der niedersächsischen Justizgeschichte einmaliger Vorgang. Neue Erkenntnisse liefert der Ortstermin nicht. Der Tathergang lässt sich nicht rekonstruieren.

Sozialer Abstieg
Während der 13 Prozesstage kommt eine Menge über das Eheleben der K.'s ans Tageslicht. Helmut K. habe seine Frau mehrmals betrogen und geschlagen, sagen Zeugen. Die Eheleute hätten zudem häufig um Geld gestritten. Manches Mal soll Gerda K. ihren Mann wegen 20 Mark angebettelt haben. Doch Gerda K. seien auch größere Summen Bargeld einfach durch die Finger gelaufen. Helmut K. habe Bargeld schließlich nur noch gegen Quittung ausgestellt. Hatte Hannover 96 verloren, habe Gerda K. gut daran getan, sich im Hintergrund zu halten.

K. war als harter Trainer bekannt. Sein Ton den Spielern gegenüber war oft der eines Feldwebels: Herrschend, aufbrausend, verletzend. Zuweilen verwechselte er wohl die harte Trainerbank im Stadion mit dem weichen Sofa daheim. Denn Schreie, Streit und

Stilles Örtchen in Arnum: „Mutti, was hast Du mir angetan?"

Schläge, das gab es, wenn man vielen Zeugenaussagen im K.-Prozess Glauben schenken mag, des Öfteren im Sollingweg in Arnum.

Helmut K. sagte vor Gericht, dass seine Frau Alkoholikerin war und Psychopharmaka schluckte. Die Frau habe, so argumentierte die Verteidigung, den sozialen Abstieg des Ex-Fußball-Trainers nicht verkraftet. In Spitzenzeiten habe K. als Trainer von Hannover 96 oder Hertha BSC Berlin bis zu 12.000 Mark im Monat verdient – später mussten die K.s von 600 Mark Rente leben. Zudem habe sich die Ehefrau gegen den von Helmut K. gewollten Umzug von Hannover nach Berlin gesträubt. In Berlin hatte sich der ehemalige Trainer ein Jugendgästehaus gekauft. Gerda K. habe Berlin gehasst. Sie sei wegen des bevorstehenden Umzugs verzweifelt gewesen, sie wollte in Hannover bleiben. Deshalb habe seine Frau den Selbstmord gesucht, sagte K.

Mehrere Zeugen sagen während des Prozesses aus, dass Gerda K. wohl des Öfteren Selbstmordgedanken geäußert habe – das letzte Mal angeblich drei Tage vor ihrem Tod. Dennoch drängt sich eine Frage auf: Warum sollte sich Gerda K. ausgerechnet einen Tag nach einem gemeinsamen Sommerurlaub mit dem Ehemann umbringen?

Ein Kenner der K.'s, der BILD-Redakteur Bernd Stubmann aus Hannover, will wissen, dass sich das Ehepaar nach der Rückkehr von Sylt gestritten hat. Helmut K. soll im Briefkasten das Schreiben einer Kioskeigentümerin aus Arnum gefunden haben. Brisanter Inhalt des Schreibens sei ein Schuldschein über mehrere tausend Mark gewesen. Gerda K. soll in dem Brief aufgefordert worden sein, die Schuld für erhaltene Alkoholika unverzüglich zu begleichen. Helmut K. sei außer sich gewesen und habe seine Frau infolge eines Streits auch geschlagen. Diese sei dann mit dem Hinterkopf gegen den Kaminsims gestoßen. Danach sei Gerda ins Bett gegangen. Dies habe ihm K. erzählt, sagt der BILD-Reporter.

Die Verteidigung rückt auf

Im K.-Prozess werden insgesamt 42 Zeugen befragt. Sieben Rechtsmediziner geben ihr Expertenurteil ab. Dass so viele rechtsmedizinische Expertenmeinungen eingeholt werden, ist absolut ungewöhnlich – darin zeigt sich aber auch die Kompliziertheit des Falles. Manche Gutachter sahen den Tod durch eine äußere stumpfe Gewalteinwirkung verursacht, andere Mediziner stützten die These vom Selbstmord in der Badewanne. Doch nach wie vor stand der Widerspruch zwischen der festgestellten Totenstarre und dem von Helmut K. beschriebenen Todeszeitpunkt seiner Frau im Raum – zweifellos eine Trumpfkarte der Anklage. Schließlich beauftragte die Verteidigung einen ausgewiesenen Experten aus Berlin mit einem Gutachten. Dieses Gutachten bringt im K.-Prozess die Wende – und für den Angeklagten den Freispruch.

Der Berliner Rechtsmediziner Volkmar Schneider kommt zu dem Schluss, dass zwischen der Totenstarre und der Aussage K.'s kein Widerspruch besteht. In zwei anderen Stromtodfällen habe er festgestellt, so Schneider, dass die Totenstarre bei Menschen, die einen Stromtod erleiden, auch nach einer Stunde einsetzen kann. Strom beschleunigt

Ein Meistertrainer auf der Anklagebank: Helmut K. (vorne rechts).

das Einsetzen der Totenstarre, das hätten jüngste wissenschaftliche Untersuchungen ergeben. Die Notärztin konnte das vor fünf Jahren noch nicht wissen, als sie sich über die Totenstarre und den angeblichen Todeszeitpunkt Gerda K.'s verwundert zeigte.

Auch für die Blutergüsse im Nacken von Gerda K. hatte Volkmar Schneider eine Erklärung. Durch den Stromstoß verkrampfte die Nackenmuskulatur, das Muskelgewebe zerriss und Blut trat tief unter der Haut aus. Ein Stoß oder Schläge konnten die tief unter der Haut sitzenden Hämatome an Gerda K.'s Hinterkopf demnach nicht ausgelöst haben. Damit waren die beiden wesentlichen Verdachtsmomente der Anklage vom Tisch. Auch wenn der Staatsanwalt in seinem Schlussplädoyer davon sprach, dass ihm Restzweifel blieben, so kam er dennoch nicht umhin, für den Angeklagten Freispruch zu fordern. Denn letztendlich hatte es die Anklage in den 13 zurückliegenden Verhandlungstagen nicht vermocht, Helmut K.'s Aussagen zu widerlegen. Der Richter schloss sich in seiner Urteilsbegründung dem Gutachten Volkmar Schneiders an: Gerda K. sei nicht an einem Sturz oder an Schlägen gestorben. Für ihren Tod gebe es nur eine Erklärung: Stromschlag. „Eine andere Möglichkeit als die Schilderung des Angeklagten ist kaum noch denkbar", so der Schwurgerichtsvorsitzende.

Bitterer Erfolg

Dank der neuen wissenschaftlichen Erkenntnisse stand Helmut K. am Ende des Prozesses besser da als vorher. Denn nun wurden seine Angaben von Seiten der Gerichtsmedizin gestützt. Sein Freispruch war damit mehr als ein „Im Zweifel für den Angeklagten." Nicht wenige Beobachter der Verhandlung kamen in ihren Schluss-Kommentaren aber zu dem Urteil, dass das Ende des K.-Prozesses schon vor der Verhandlung abzusehen war. Zu wacklig sei die Beweislage gewesen, zudem seien die Geschehnisse vom 1. Juli 1979 fünf Jahre später nicht mehr zu rekonstruieren gewesen. Die rund 350.000 Mark, die der Prozess mit seinen zahlreichen Versuchen, Experimenten und Gutachten gekostet haben dürfte, gingen zu Lasten des Steuerzahlers. Helmut K. hat den Prozess letztendlich mit seiner Gesundheit bezahlt. Nach dem Prozess war er ein physisch und psychisch gebrochener Mann. Moralisch habe er sich am Tod seiner Frau immer schuldig gefühlt, sagt BILD-Redakteur Bernd Stubmann. 1991 habe K. ihm zuletzt von seinen Selbstvorwürfen erzählt. Das war wenige Wochen vor seinem Krebstod in Berlin.

Die schönste Nebensache der Welt

Im Rückblick scheint sich Helmut K.'s Leben während des Prozesses zu verdichten. Ein Leben reich an Eskapaden, Erfolgen, aber auch Erniedrigungen. Zwei Dokumente, die lange vor dem Tod Gerda K.'s verfasst wurden, sollen nicht unerwähnt bleiben.

1965 hatte sich Gerda K. in einem offenen Brief an die Redaktion des Fußballmagazins »Kicker« gewandt. Dass eine Trainerfrau auf diese Weise öffentlich Stellung zum Beruf ihres Mannes nimmt, ist ohne Beispiel. In dem Brief heißt es:

„Wir sind seit 23 Jahren verheiratet und haben zwölf Umzüge hinter uns. Das letzte Schlafzimmer, das wir kauften, war bereits das vierte." Gerda K. nennt ihren Mann einen rastlosen Trainer voller Leidenschaft. Und weiter: „Ich habe in den vielen Jahren unserer Trainerfamilie neben Ärger, Verdruss, Depression bei höchster nervlicher Anspannung aber auch Stunden unwahrscheinlichen Beglücktseins erleben dürfen. Und so kamen nach den unzähligen Zerreißproben jene Augenblicke, wo ich vor Freude weinen durfte...".

Ehemann Helmut sinniert in seiner Autobiografie „Fiffi – gefeiert und gefeuert" 1971 über die Schnelligkeit des Lebens.

„Ja, diese Düsengeschwindigkeit. Sie herrscht nicht nur in der Luft, sie ist auch in unserem ganzen Streben nach dem Erfolg vorhanden. Der Hochleistungsmotor bestimmt unsere Arbeit".

Der Druck auf einen Trainer ist offenbar immer groß. Mancher ergreift die Flucht nach vorn. Oft bleibt vieles dabei auf der Strecke. Helmut K. führte ein Leben auf der Überholspur. Nicht jeder konnte oder wollte ihm dabei folgen.

Andreas Barnickel

Der Fall G.: Tödlicher Raub für 100 Mark Beute

Hartnäckige Ermittlungsarbeit der Polizei führt zum Täter

21. Dezember 1984. Drei Tage vor Heiligabend in Wilhelmshaven: Gegen 12.30 Uhr betritt ein junger Mann das kleine Lederfachgeschäft von Elfriede G. in der Werftstraße 105. Die 71-jährige Inhaberin hält sich an diesem Mittag allein in ihrem Geschäft auf. Doch der vermeintliche Kunde will kein Weihnachtsgeschenk kaufen, er hat es auf die Tageseinnahmen der Geschäftsfrau abgesehen. Unvermittelt fällt der Räuber über sein Opfer her und sticht zigmal mit dem Messer zu. Dann schnappt er sich die Einnahmen aus der Geldkassette und flüchtet unerkannt. Wenig später entdeckt eine Kundin die tote Geschäftsfrau, die in ihrem Blut liegt und alarmiert die Polizei.

Hier geschah der Mord: Das Lederfachgeschäft von Elfriede G. in der Werftstraße.

Der Körper des Opfers ist mit Messerstichen übersät

Als die Beamten eintreffen, sind sie von dem Bild geschockt, das sich ihnen in dem Geschäft bietet: Der Körper des Opfers ist mit Messerstichen übersät. 27 Mal hat der Täter zugestochen, in Herz und Bauch, Oberschenkel; sogar die Hand der Geschäftsfrau weist Verletzungen auf. Was der Täter nicht wissen konnte: Sein Opfer hatte die Tageseinnahmen vom Vormittag nicht einmal eine halbe Stunde zuvor zur Bank gebracht. In der Geldkassette befinden sich vermutlich nicht mehr als 100 Mark Beute. Der brutale Tod der in Wilhelmshaven angesehenen Geschäftsfrau schockt nicht nur die Ermittler, sondern ist noch wochenlang das Thema in der Jadestadt. Mehrere tausend Mark Belohnung setzen Familienangehörige und die Bezirksregierung Weser-Ems aus. Mit Lautsprecherwagen, die durch die Straßen fahren, sucht die Polizei Zeugen des tödlichen Raubüberfalls.

Fingerabdrücke und Blutspuren

Doch eine heiße Spur gibt es nicht. Nur auf der Geldkassette finden Spezialisten Fingerabdrücke und Blutspuren. „Wir mussten davon ausgehen, dass diese Spuren tatrelevant waren", sagt Hans-Herbert Frank vom Kriminaltechnischen Institut des Landeskriminalamtes (LKA) in Hannover. Allerdings lassen sich damals die Fingerabdrücke lange Zeit nicht zuordnen, weil der mutmaßliche Täter bis dahin nicht als Krimineller in Erscheinung getreten war, für die Fahnder also ein unbeschriebenes Blatt ist. Die Polizei richtet eine zeitweise bis zu 20 Personen starke Sonderkommission ein. Die Beamten gehen den Hinweisen aus der Bevölkerung nach, über 600 Spurenakten füllen ganze Schrankwände, berichtet damals die Wilhelmshavener Zeitung. Aber der entscheidende Hinweis ist nicht dabei – der Täter bleibt unentdeckt.

Hilfe vom Landeskriminalamt

Ortswechsel: Das Landeskriminalamt in Hannover. In einem Kellerraum der Behörde werden die Fingerabdrücke von Menschen aus ganz Niedersachsen gesammelt, die irgendwann einmal mit dem Gesetz in Konflikt geraten sind. Tatverdächtige müssen üblicherweise bei der obligatorischen erkennungsdienstlichen Behandlung Fingerabdrücke von allen zehn Fingern und von den Handballen abgeben. Damals wie heute werden diese Abdrücke mit Hilfe eines Stempelkissens genommen. Werden dann Spuren an Tatorten irgendwo im Land entdeckt, können sie mit den beim LKA archivierten Fingerabdrücken verglichen werden. „Daktyloskopie“ nennt sich das Verfahren, das, so Hans-Herbert Frank vom Kriminaltechnischen Institut, auch heutzutage noch „zu den tragenden Säulen der Ermittlungsarbeit zählt“ - und auch im Fall Elfriede G. zum Erfolg führen soll, allerdings erst Jahre später.

Fingerabdrücke aus Wilhelmshaven

Da die Beamten der Sonderkommission nicht weiterkommen, werden die Fingerabdrücke von allen Taten, die sich nach dem Raubüberfall auf das Ledergeschäft in der Region Wil-

■ Daktyloskopie

Der Begriff „Daktyloskopie“ kommt aus dem Griechischen und bedeutet so viel wie „Fingerschau“. Grundlage des Verfahrens ist die Tatsache, dass jeder Mensch unverwechselbare Fingerabdrücke hinterlässt. Die so genannten „Papillarleisten oder -linien“ (die feinen Linien in der Haut) sind individuelle Muster an den Handinnenflächen und Fußunterseiten, die nicht vererbbar und von Natur aus unveränderlich sind. Sie weisen verschiedene Merkmale auf und können an Tatorten (zum Beispiel an Gläsern oder Türgriffen) gesichert werden. Allerdings können die Abdrücke, die meistens Schweiß- oder Talgspuren sind, mit dem bloßen Auge nicht erkannt werden, sondern müssen mit verschiedenen Methoden am Tatort sichtbar gemacht werden („Spurensicherung“). Aber nicht alle gefundenen Spuren sind verwendbar.

Parallel dazu werden alle Tatverdächtigen erkennungsdienstlich behandelt, das heißt, es werden Abdrücke von allen zehn Fingern und den Handballen genommen und anschließend archiviert. Allein das Landeskriminalamt in Hannover verfügt über mehr als 200.000 Tatortspuren in seinem Archiv.

Werden an einem Tatort Fingerabdrücke gefunden und sichergestellt, können diese mit den vorhandenen Spuren im Archiv verglichen werden.

Zusätzlich existiert seit Anfang der Neunzigerjahre das „Automatisierte Fingerabdruck Identifizierungssystem", kurz AFIS, beim Bundeskriminalamt: Es handelt sich dabei um eine zentrale Datenbank, die einen bundesweiten Vergleich von Tatortspuren ermöglicht. Dieser Vergleich funktioniert auch heutzutage manuell: zwar am Bildschirm, allerdings ist immer noch das geschulte Auge der Experten ausschlaggebend. Computer können den direkten Vergleich der verschiedenen Finger-Muster noch nicht übernehmen. Trotz zusätzlicher moderner Verfahren wie der DNA-Analyse ist die Daktyloskopie für die Kriminaltechniker weiterhin unverzichtbar und gilt laut LKA als eine „tragende Säule der kriminaltechnischen Ermittlungsarbeit". Wird ein Täter mit Hilfe des Systems identifiziert, fertigen die Sachverständigen Gutachten an und vertreten diese, sollte es zu einem Prozess kommen, auch vor Gericht.

Mit Hilfe der bundesweiten AFIS-Datenbank konnte 1993 das erste Kapitaldelikt aufgeklärt werden: Nach dem brutalen Mord an einer 75 Jahre alten Frau in Wildeshausen im Landkreis Cloppenburg kamen die Ermittler dem Täter, einem 23 Jahre alten Mann, auf die Spur. Er hatte einen Fingerabdruck an einem Fenster hinterlassen, durch das er in das Haus seines Opfers eingedrungen war. Vier Jahren später spürten Zielfahnder den Täter auf und ließen ihn festnehmen.

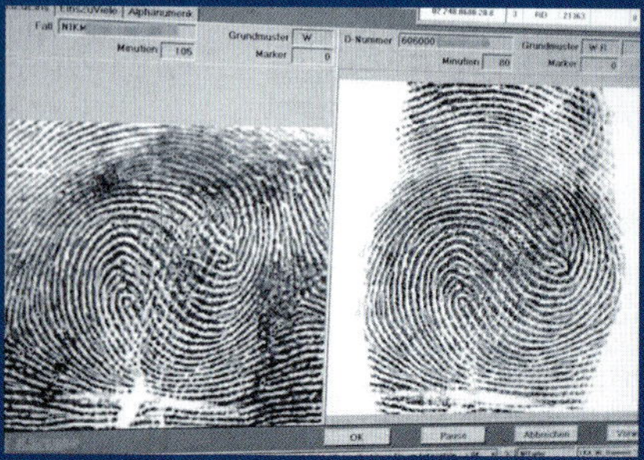

Vergleich von Fingerabdrücken am Computer.

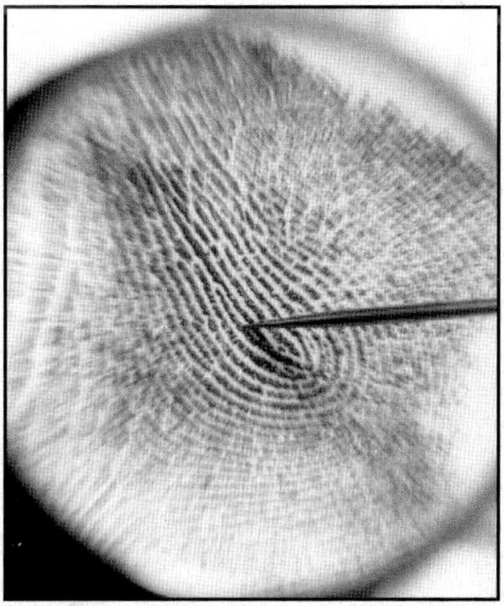

helmshaven ereignen, nach Hannover geschickt. Das LKA wird in dieser Zeit aus der Jadestadt förmlich mit Fingerabdrücken überschüttet, heißt es damals in Presseberichten – wohl in der Annahme, dass der für den Tod von Elfriede G. Verantwortliche ein weiteres Verbrechen begehen wird und irgendwo seine Fingerabdrücke hinterlässt. Einer der Spezialisten beim LKA ist besonders eifrig, der mittlerweile verstorbene damalige Polizeihauptmeister bleibt vermutlich auch auf den sanften Druck der Wilhelmshavener Kollegen hin am Ball und vergleicht über zwei Jahre lang Fingerabdruck um Fingerabdruck. Eine Fleißarbeit: „Insgesamt waren das 60.000 Einzelvergleiche", erzählt Hans-Herbert Frank, der die Abteilung Daktyloskopie heute leitet. Denn Mitte der Achtzigerjahre unterstützt noch kein Computer die Experten. Die bei jedem Menschen unterschiedlichen feinen Linien in der Haut („Papillarlinien") müssen mit der Lupe und Vergrößerungsgeräten verglichen werden.

Spurenakte 602 bringt Fahnder auf die Spur

Im Januar 1987 dann die überraschende Erfolgsmeldung: Spurenakte 602 führt zum Täter. Die Fingerabdrücke eines Autodiebes stimmen mit denen auf der Geldkassette aus dem Wilhelmshavener Ledergeschäft überein. Der Polizeihauptmeister im fernen Hannover will seinen Augen nicht trauen: Er ist fündig geworden, weil der 21-jährige Thorsten K. im Oktober 1986 bei einem versuchten Autodiebstahl in Wilhelmshaven auf frischer Tat erwischt wird und die routinemäßig genommen Fingerabdrücke mit denen des Raubmörders vom 21. Dezember 1984 übereinstimmen. Mehr als zwei Jahre nach dem brutalen Überfall auf das Ledergeschäft in der Werftstraße 105 klicken die Handschellen. Thorsten K., beim Überfall gerade einmal 19 Jahre alt, gilt als dringend verdächtig und kommt in Untersuchungshaft. Allerdings bestreitet der junge Mann zunächst, den Laden jemals betreten zu haben. Zum besagten Zeitpunkt habe er sich mit seiner Schwägerin, Heidi K., in einem Schnellrestaurant in der Fußgängerzone aufgehalten, so seine Aussage. Näher will sich der Tatverdächtige nicht äußern.

Hatte Thorsten K. eine Komplizin?

Der Fall Elfriede G. wird noch komplizierter: Die Zeugin Heidi K., eine frühere Barfrau, kann nicht mehr angehört werden, weil sie wenige Monate zuvor in einem Wilhelmshavener Hochhaus ermordet worden war. Als mutmaßlicher Täter gilt ein Bekannter der Frau, der wegen der Vorwürfe in Untersuchungshaft sitzt, den Mord aber bestreitet. Und noch etwas macht den Fall G. so schwierig: Gleichzeitig suchen die Ermittler nach einer jungen Frau, die nach Angaben einer Zeugin beim Raub auf das Ledergeschäft aus dem Laden gestürmt sein soll und vielleicht an dem Überfall beteiligt war. War diese Unbekannte möglicherweise die inzwischen tote Heidi K.?

Die Ermittler sind sich allerdings sicher, dass der Fall bereits gelöst ist. Und auch im folgenden Prozess gegen Thorsten K.

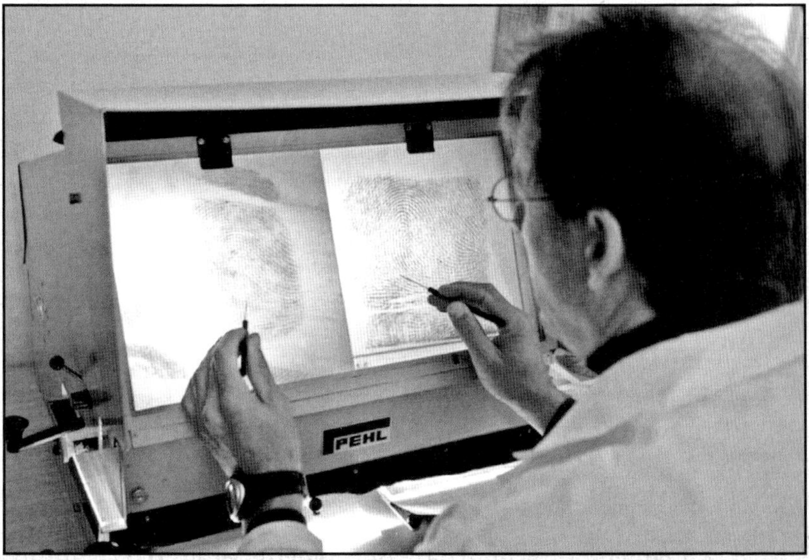

Anhand der Fingerabdrücke überführt: Thorsten K. hinterließ Spuren.

wegen des Überfalls auf das Ledergeschäft geht die Staatsanwaltschaft davon aus, dass der junge Mann ein Alleintäter ist. Die Verteidigung hingegen vertritt die Auffassung, dass die ermordete Heidi K. als Komplizin am Raubüberfall beteiligt war – mehr noch: Heidi K., und nicht ihr Schwager Thorsten, habe die Geschäftsfrau erstochen. Doch tote Zeuginnen können nicht aussagen. Im Laufe der Verhandlung räumt der Angeklagte sogar ein, an dem Raubüberfall beteiligt gewesen zu sein -- die Geschäftsfrau erstochen habe aber seine Schwägerin.

Hat das Opfer den Täter beim Überfall überrascht?

Nach neun Prozesstagen fällt die Jugendkammer des Oldenburger Landgerichts ihr Urteil: Thorsten K., inzwischen 22 Jahre alt, wird zu einer achtjährigen Freiheitsstrafe verurteilt. Wegen Totschlags in Tateinheit mit Raub. Die Kammer geht davon aus, dass Thorsten K. der alleinige Täter ist und die Inhaberin des Ledergeschäfts mit zahlreichen Messerstichen getötet hat. Das Gericht ist der festen Überzeugung, dass das 71-jährige Opfer den Täter während des Überfalls überrascht hat und dieser möglicherweise aus Angst vor Entdeckung überreagiert hat. Von Mord will das Gericht aber nicht sprechen. Es lasse sich nicht mehr feststellen, ob der Täter mit der Absicht gehandelt habe, sein Opfer zu töten. Dass möglicherweise auch Heidi K. an dem Überfall beteiligt war, glaubt das Gericht aufgrund der Ermittlungsakten und der Zeugenaussagen im Prozess nicht. Die Verteidigung legt Revision gegen das Urteil ein, der Fall G. landet vor dem Bundesgerichtshof in Karlsruhe.

Das revidierte Urteil

Die Bundesrichter entscheiden, dass der Schuldspruch dahingehend geändert werden muss, dass sich Thorsten K. des Totschlags in Tateinheit mit Diebstahl, und nicht in Tateinheit mit Raub schuldig gemacht hat. Der Fall muss erneut verhandelt, das Strafmaß angepasst werden. Und obwohl Fragen offen bleiben: Ohne die Fingerabdrücke auf der Geldkassette und die hartnäckige Arbeit des Polizeihauptkommissars beim Landskriminalamt in Hannover hätte Thorsten K. nie nachgewiesen werden können, am Überfall auf das Lederfachgeschäft in der Werftstraße 105 beteiligt gewesen zu sein.

Kathrin Pagendarm

Der Heidemörder

Ein Täter, der keine Gnade kannte

„Thomas H. wirkt nach außen charmant, intelligent – sehr bemüht, zu gefallen. Diese Fassade bröckelt allerdings ziemlich schnell – in dem Moment, wo Sie ihm etwas versagen müssen, kommt Thomas H. als derjenige zum Vorschein, der er in meinen Augen war und ist: Nämlich als jemand, dem es darum geht, über andere Macht und wenn irgendwie möglich, auch Gewalt auszuüben – eine Bestie, auch, wenn ich das nur ungern über einen Menschen sage."

(K. K., ehemalige Hausleiterin im Maßregelvollzug, Krankenhaus Ochsenzoll, Hamburg)

„Er verfügt über große manipulative Fähigkeiten..."

(Claudia Brockmann, Polizeipsychologin, Landeskriminalamt Hamburg)

„Man denkt erst, er könne kein Wässerchen trüben..."

(Hans Peter Kröger, ehemaliges Mitglied der damaligen Mordkommission, Winsen a. d. Luhe)

Die Morde

Am 25. November 1987 wird die 21-jährige Studentin Andrea G.-N. am helllichten Tag vom damals 22-jährigen Thomas H. in Hamburg-Rissen bedroht. Er hält ihr auf der Straße ein Messer an den Hals und zwingt sie, mit in seine Wohnung zu kommen. Die Frau hat Todesangst und wehrt sich deshalb nicht; sie hofft, Thomas H. mit defensivem Verhalten von seinem Vorhaben abbringen zu können. Doch sie schafft es nicht, ihn zu beeinflussen. Zwei Tage später finden Bauarbeiter die Leiche von Andrea G.-N. schrecklich zugerichtet in einem Gebüsch bei Kaltenkirchen.

Am 11. Februar 1988 verlässt die 28-jährige Hausfrau Petra M. ihre Stammkneipe im Osten Hamburgs. Dabei wird sie von Thomas H. beobachtet. Auch sie bedroht er und zwingt sie, zu sich in den Wagen zu steigen. Am nächsten Tag findet man die Frau tot, nackt und gefesselt, auf einem Acker.

Auch die 22-jährige Kosmetik-Schülerin Lara H. erleidet zwischen dem 26. und 27. November 1989 ein grauenhaftes Schicksal. Sie hat ihre Bahn verpasst; Thomas H., der zufällig vorbeikommt, erkennt ihre missliche Lage und nimmt sie in seinem Wagen mit. Er verschleppt Lara in seine Wohnung in der Nordheide, vergewaltigt und tötet sie. Anschließend verstümmelt er die Leiche. Fünf Tage später wird die tote Lara in einem Waldstück in der Nähe ihres Wohnortes in der Nordheide entdeckt. Die Polizei hat bereits nach dem Mord an der Studentin G.-N. eine Sonderkommission gebildet. Doch erst das Verbrechen an der Kosmetikschülerin Lara H. bringt sie dann auf den Grafiker Thomas H.

Spurensuche und Festnahme

Die Polizei kommt dem Heidemörder, wie Thomas H. von der Boulevard-Presse genannt wird, auf die Spur, weil der grausam zugerichtete Körper der Lara H. die Fahnder an eine Vergewaltigung erinnert, die Thomas H. zwei Jahre zuvor in Hamburg begangen hatte. Hans Peter Kröger, damals Mitglied der Mordkommission, erinnert sich an den Moment, in dem die Beamten Thomas H. an seiner Wohnungstür mit ihrem Verdacht konfrontieren:

„Auf mich wirkte er sehr ruhig. (...) Im ersten Moment hatte ich nicht den Eindruck, dass es sich um den Mörder der Lara H. handelt. Er wirkte sportlich-attraktiv und im Großen und Ganzen eigentlich sicher. Ich habe mich dann mit einem älteren Kollegen unterhalten, und der sagte: „Das ist unser Mann – hast du nicht gesehen, wie er am ganzen Körper geflattert hat?“

Spur Nr. 456a

Der ältere Kollege täuscht sich nicht. Die Mitarbeiter der Spurensicherung stellen Thomas H.'s Wohnung auf den Kopf und sichern insgesamt 1.500 Spuren. Die mit der Nummer

456a ist der Schlüssel: Sie besteht aus einem mikroskopisch kleinen, roten Faserbündel, das auch in einem Röhrenknochen eines abgehackten Fingers der getöteten Lara entdeckt worden war. Kurt Bickel., Biologe beim Landeskriminalamt Hannover, hat die Spuren damals ausgewertet:

„(...) die Spur 456a stammt aus dem Heizungskeller des Tatverdächtigen Thomas H. Es handelte sich dabei um Fasern, die offensichtlich von einer Hundedecke stammten. Die Decke wurde zwar nie wieder aufgefunden, aber trotzdem war klar, dass sie aus dem Lebensbereich des Thomas H. stammte, denn wir haben damals weitere Fasern - zum Beispiel im Staubsaugerbeutel - gefunden."

„Nett und hilfsbereit"

Heiligabend 1990 verhaftet die Polizei den – wie ihn eine Nachbarin beschreibt – netten und hilfsbereiten jungen Mann. Und auch auf Hans-Peter Kröger von der Mordkommission wirkt der Heidemörder zunächst vollkommen harmlos:

„Seinerzeit (...) machte er eher einen naiven, etwas kindlichen Eindruck. Ich hatte eigentlich das Gefühl, er könnte kein Wässerchen trüben. Später, als wir ihn dann vernommen haben, musste man schon den Eindruck gewinnen, dass er genau wusste, was er tat (...)"

Das bekommt Kröger am eigenen Leib zu spüren. Bei der Vernehmung weint der mutmaßliche Täter ständig und gibt sich reumütig. Kröger und sein Kollege hoffen auf ein Geständnis:

„Er (Thomas H.) sagte immer wieder: „Ich hab's im Bauch, ich krieg es aber nicht in den Kopf und kann es so nicht ausdrücken (...)."

Schließlich scheint der Verdächtige völlig fertig mit den Nerven zu sein. Kröger, der meint, ein ganz gutes Verhältnis zu Thomas H. zu haben, bittet seinen Kollegen, kurz den Raum zu verlassen, um Thomas H. beruhigen zu können. Der Kollege folgt der Aufforderung. Keiner von beiden ahnt, dass Thomas H. die Situation eiskalt ausnutzen wird. Er unterstellt Kröger nach der Vernehmung, dass dieser ihn geschlagen hat, während er mit ihm allein im Raum war – der Fahnder habe damit ein Geständnis erpressen wollen. Gegen Kröger wird daraufhin ein Strafverfahren eingeleitet, das über mehrere Jahre dauert – bis zum Ende des Mordprozesses gegen Thomas H. Der Verdacht der Misshandlung kann schließlich ausgeräumt werden, doch Kröger schwebt bis dahin ständig in Angst um seinen Job.

„Letztendlich", so Kröger, „ist die Wahrheit dann doch ans Licht gekommen. Ich habe ihn nicht ge-

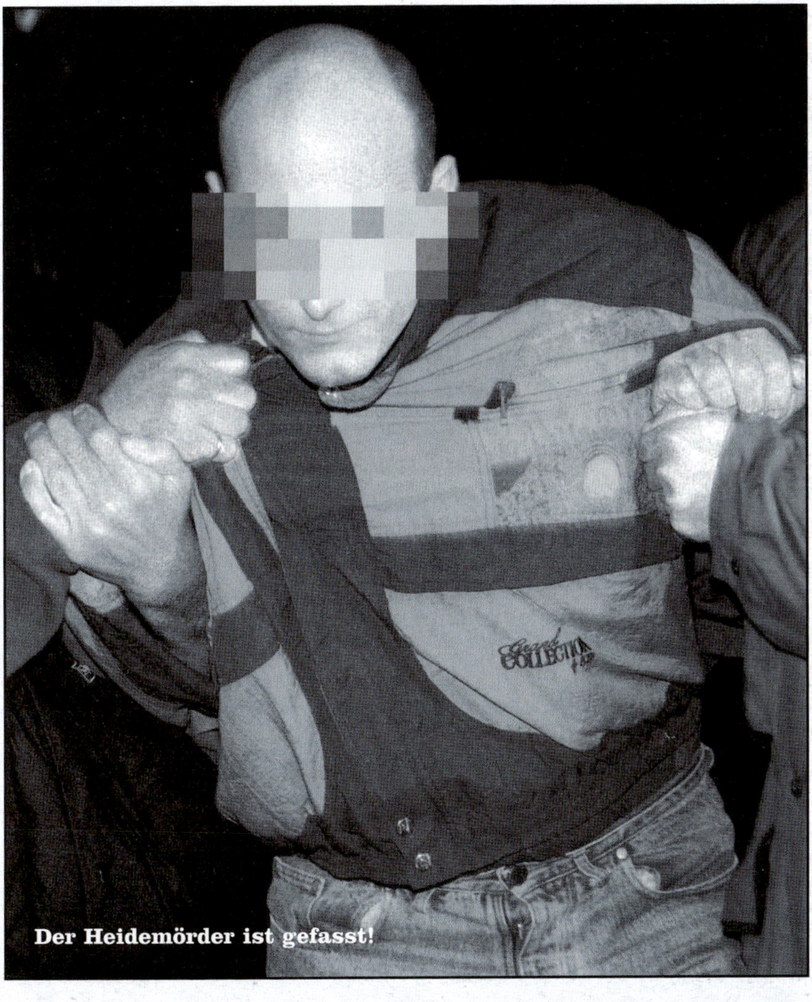

Der Heidemörder ist gefasst!

schlagen. Er hatte sich das Ganze ausgedacht, um meine Aussage beziehungsweise sein Geständnis widerrufen zu können."

Das Urteil

1993 wird Thomas H. vom Landgericht Hamburg zu zweimal lebenslänglich verurteilt. Ein Jahr später überweist ihn das Landgericht Stade in die Psychatrie nach Ochsenzoll. Doch auch hier gibt der Mörder keine Ruhe. K. K., damals Hausleiterin des Maßregelvollzugs im Krankenhaus Ochsenzoll, erzählt:

„Er war ständig darum bemüht, den Mitarbeitern klar zu machen, wo seine Rechte liegen und wenn er sie nicht in einem normalen Gespräch durchsetzen konnte – dabei ging es von der Auswahl der Nahrung bis dahin, einen eigenen Computer zu besitzen –, hat er sofort rechtliche Schritte eingeleitet und sein ganzes Umfeld so instrumentalisiert, dass es nicht nur dazu gezwungen war, ihm Rede und Antwort zu stehen, sondern auch dazu, sich mit seinen Anwälten herum zu schlagen (...). Er hat nie und zu keinem Zeitpunkt nachgelassen."

Thomas H. soll sich in Ochsenzoll einer Therapie unterziehen, doch er weigert sich. Die üblichen Ansätze würden seiner komplexen Persönlichkeit nicht gerecht, meint er. Schließlich sei er kein gewöhnlicher Mörder, sondern leide unter einer multiplen Persönlichkeitsstörung.

Die Ärzte glauben Thomas H. nicht, denn nichts an seinem Verhalten deutet auf eine multiple Persönlichkeit hin, so das einhellige Urteil der Fachleute. Da er sich jeder anderen therapeutischen Maßnahme verweigert, schreiben die Ärzte Thomas H. schließlich ab. Nur die damals 39-jährige, aus Israel stammende Verhaltenstherapeutin Tamar S. zeigt Verständnis. Die beiden gehen eine enge Verbindung ein; sie passen wie Schlüssel und Schloss zueinander. Denn Tamar S. bekommt von ihren Kollegen nur wenig Anerkennung; sie halten die Frau für unprofessionell, weil sie unter anderem zu emotional auf die Patienten reagiert. Thomas H. wiederum verfügt über ausgeprägte manipulative Fähigkeiten. Indem er Tamar S. einredet, nur sie könne ihm helfen und sie sei die

Stichwort: Multiple Persönlichkeit

Eine „multiple Persönlichkeitsstörung“ oder auch „dissoziative Identitätsstörung“ zeichnet sich dadurch aus, dass zwei oder mehrere Persönlichkeiten in einem betroffenen Menschen angesiedelt sind. Jede dieser Persönlichkeiten hat ein bestimmtes Alter, ein bestimmtes Geschlecht und eine bestimmte Funktion. Der Betroffene weiß um einige dieser Persönlichkeiten, um andere nicht. Sie haben oft unterschiedliche Stimmen, eine andere Gestik und Mimik, sogar eine andere Körperhaltung und andere körperliche Erkrankungen. Die verschiedenen Persönlichkeitsanteile können abwechselnd in den Vordergrund treten – auch mehrmals in einer Stunde. Ein Anteil – die so genannte „Gastgeberpersönlichkeit“ – regelt den Großteil des Alltags. Treten die anderen Anteile mit ihr in den Wechsel, werden ganz normale Alltags-Situationen besonders im Kontakt mit anderen Menschen schnell zum Problem, weil die „Gastgeberin“ oft keine Kontrolle über die einzelnen Innenpersonen und ihr Handeln hat.

Die Ursachen für eine dissoziative Identitätsstörung entwickeln sich in der frühen Kindheit, meist vor dem fünften Lebensjahr. Der Grund sind schwere, oft dauerhaft sich wiederholende Traumatisierungen wie zum Beispiel sexueller Missbrauch. Durch das Trauma wird ein bestimmter Persönlichkeitsteil abgespalten (dissoziiert); dies dient als Überlebensstrategie. Die betroffene Person kann bis an die 100 Persönlichkeitsanteile entwickeln.

(Quelle: www.Dissoziative Identitätsstörung.de, Hardtwaldklinik, Bad Zwesten)

einzige, die ihn versteht, gewinnt er sie für sich. Tamar S. verfällt ihm regelrecht und lässt sich schließlich von ihm zur Fluchthilfe überreden.

Die Flucht und die Folgen

Nach Ansicht der ehemaligen Hausleiterin K. K. hätte das Klinik-Personal in Ochsenzoll die federführenden Ärzte auf die enge Verbindung von Thomas H. und Tamar S. aufmerksam machen können. Damit hätte es wahrscheinlich das Schlimmste verhindert. Doch interne Querelen verhindern eine offene Kommunikation, die an dieser Stelle so wichtig gewesen wäre:

„Es gab zu der Zeit eine etwas unglückliche Personal-Konstellation. Das heißt, die Kommunikation untereinander war nicht besonders ausgeprägt. Weil Tamar S. selber sehr ausgegrenzt wurde, hatte das zur Folge, dass der eine oder andere, der sonst vielleicht öffentlich etwas gesagt hätte, lieber im Vier-Augen-Gespräch mit Tamar S. über mögliche Fehler geredet hat. Zu dem Zeitpunkt war es allerdings auch nicht absehbar, dass es auf eine solche fatale Konstellation (K. K. meint das Verhältnis zwischen Thomas H. und Tamar S.) hinaus laufen würde."

Ungehindert können Tamar S. und Thomas H. die Flucht des Serienmörders planen. In einem geeignetem Moment nimmt die Therapeutin die Schlüssel zur Turnhalle Ochsenzoll an sich. Am 27. September 1995 gelingt Thomas H. die Flucht über das Dach der Halle. Er verschwindet spurlos. Das Krankenhaus Ochsenzoll versucht angesichts des Presse-Ansturms zunächst, Schadensbegrenzung zu betreiben. Die ehemalige Hausleiterin K. K. erinnert sich:

„Wir haben uns natürlich im Hause gefragt, was haben wir falsch gemacht. Dabei kam dann auch heraus, dass die Treffen, die zwischen Tamar S. und Thomas H. stattgefunden haben, durchaus nicht allen verantwortlichen Personen bekannt waren. Die Aufarbeitung der Geschehnisse ist später nicht so geschehen, wie es hätte passieren müssen. Die Stimmung war anschließend von gegenseitiger Vorsicht geprägt."

Die Fahndung

Der Druck, den dreifachen Frauenmörder zu finden, ist enorm. Reinhard Chedor hat damals die Sonderkommission und damit auch die Fahndung geleitet:

„Uns war klar: Es ist keine Frage dessen, ob er wieder mordet – sondern eine Frage des Wann und des Wie. Außerdem war die Bevölkerung natürlich stark beunruhigt. (...) Der Fall Thomas H. hat schon besondere Anforderungen an uns gestellt. Man musste sehr viel Geduld und Kraft aufbringen."

Die Polizei löst sofort eine Großfahndung nach dem dreifachen Frauenmörder aus. Rund 250 Menschen, die mit Thomas H. damals Kontakt hatten, werden nach einem bestimmten Raster überprüft. Die Überlegungen, von denen sich die Fahnder leiten lassen, beschreibt Polizeipsychologin Claudia Brockmann, damals auch Mitglied der Sonderkommission, so:

„Von wem lässt sich eine Person, die so eine Persönlichkeitsstruktur wie Thomas H. hat, überhaupt helfen? Und: Wer würde Thomas H. – auch vor dem Hintergrund des Wissens um seine Taten und seiner Nichttherapierbarkeit – bei einer Flucht unterstützen? Vor dem Hintergrund seines Bedürfnisses nach Einzigartigkeit, aber auch seinem Misstrauen gegenüber anderen Personen musste Thomas H. zu Helfern schon länger Kontakt gehabt haben. Und: Er musste davon überzeugt gewesen sein, dass diese Person auch die logistischen Voraussetzungen für eine Flucht mitbringt – was ja bei Tamar S. der Fall war, weil sie die Schlüssel zu den Räumlichkeiten hatte (außerdem verfügte Tamar S. über sehr viel Geld aus einem Erbe, Anm. d. Verf.). Die Person, die ihm hilft, musste auch der Überzeugung sein, dass er im Klinikum Ochsenzoll nicht richtig untergebracht ist, dass er die Morde zwar begangen hat, sie aber eigentlich kein Teil von ihm sind, und dass es wichtig ist, ihn mit einer entsprechenden Methode zu therapieren, die nur eben im Klinikum Ochsenzoll nicht angeboten wird. Die Person musste daran glauben, dass ihm geholfen werden könnte, wenn er nur die richtige Therapie angeboten bekäme."

Tamar S. gerät damit sofort in Verdacht, Thomas H. bei der Flucht geholfen zu haben. Faktisch war sie die letzte, die mit

Thomas H. zusammen war; und die besondere Beziehung der beiden bleibt den Fahndern ebenfalls nicht verborgen.

Doch es gibt noch mehr Helfer – ein Helferumfeld, wie es die Polizei nennt. Zum Beispiel den wegen Betruges verurteilten Hamburger Rechtsanwalt Martin Sch., den Thomas H. in der Untersuchungshaft kennen gelernt hatte. Allerdings haben die Fahnder ein Problem: Keiner der Beteiligten nimmt Kontakt zu dem Geflohenen auf, weil sie alle ahnen, dass sie überwacht werden. Um endlich auf die Spur des Flüchtigen zu kommen, agieren der damalige Leiter der Sonderkommission, Reinhard Chedor und seine Mitarbeiter mit einem Trick. Bisher wurde das stets bestritten, denn der „Kunstgriff" bewegte sich im Grenzbereich zwischen „legal" und „illegal" und verlangte von allen Beteiligten großes Fingerspitzengefühl. Bei NDR 1 Niedersachsen hat Chedor das gut gehütete Geheimnis gelüftet:

„Als wir relativ sicher waren, welche Menschen für die Organisation der Flucht in Betracht kommen, haben wir ein Schreiben gefertigt – ein Erpresserschreiben. Wir haben (...) geschrieben, dass wir jemand sind, der genau weiß, dass diese Leute für die Flucht von Thomas H. verantwortlich sind. Und dieses Schweigen wollte sich dieser jemand dann auch bezahlen lassen. Das hat dann dazu geführt, dass sich die Beteiligten über Thomas H. unterhalten haben und das wiederum war für uns noch mal die Bestätigung, dass sie damit zu tun haben. Der „Erpresserbrief" hat uns aber nicht weiter gebracht in Bezug auf das Versteck von Thomas H."

Dieser Knoten platzt erst mit einem weiteren Kunstgriff.

Die Festnahme nach der Flucht

Die Fahnder nehmen Tamar S. vor ihrer Wohnungstür unter dem Vorwand fest, dass Fluchtgefahr besteht. Bei dieser Aktion sind die Fahnder nicht allein: Sie werden von vielen Reportern begleitet, die vorher in den Plan eingeweiht wurden. Denn Thomas H. soll durch Zeitung, Funk oder Fernsehen von der Verhaftung erfahren. Polizei-Psychologin Claudia Brockmann hat die Strategie damals entwickelt:

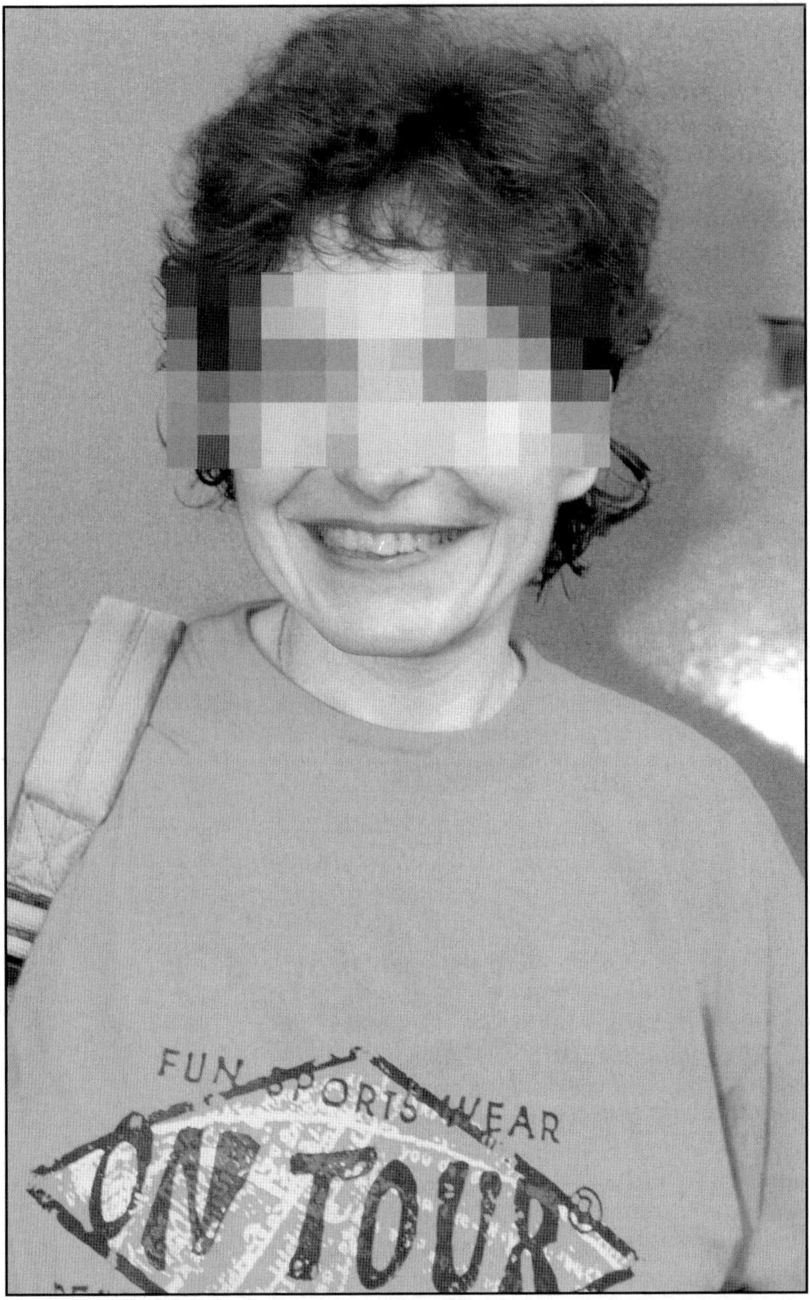

Tamar S.: Fluchthilfe für den Heidemörder.

„Es stand von Anfang an fest, dass er die Flucht nicht alleine durchziehen kann – ein so genanntes Helferumfeld war die Bedingung dafür. Wenn man ihm das entzieht, kann er nicht mehr weiter, braucht aber nach dem Scheitern eine großen Auftritt, nach dem Motto ‚Hier bin ich', um den so genannten ‚Herauskommer' zu haben: ‚Ich wollte ja nur mal auf die Zustände im Klinikum Ochsenzoll aufmerksam machen'. Das war die Prognose, die zu seiner Persönlichkeit passte – und die ist dann ja auch so aufgegangen."

Sylvester 1995 – einen Tag nach der Festnahme von Tamar S. – stellt sich Thomas H. auf der Revierwache 31 in Hamburg-Hohenfelde. Die Beamten erkennen ihn zunächst nicht, so sehr hat er sich verändert. Erst als Thomas H. eine Plastiktüte mit rund 160.000 Mark Bargeld auf den Tisch legt, Geld, das ihm Tamar S. aus ihrem Erbe beschafft hatte, reagieren sie und nehmen ihn fest. Es stellt sich heraus, dass Thomas H. nur wenige Straßen von der Wache entfernt in einer Wohnung gehaust hat – angemietet von Tamar S. Die beiden wollten in Tamar S.'s Heimat Israel fliehen.

Zurück nach Ochsenzoll

Nach seiner spektakulären Flucht wird Thomas H. zurück nach Ochsenzoll gebracht. Um eine erneute Flucht auf jeden Fall zu unterbinden, werden dort umfangreiche Sicherheitsmaßnahmen ergriffen. Die ehemalige Hausleiterin K. K. erinnert sich:

„Thomas H. ist in ein Einzelzimmer gekommen, er hatte keinerlei Kontakt zu anderen Mitpatienten, er hatte ausschließlich Kontakt zu ausgesuchtem Personal, das ohne ‚Fehl und Tadel' sein musste. Er hatte Einzel-Hofgang, was voraussetzte, dass jedes Mal das ganze andere Haus unter Verschluss ging, sobald er an die frische Luft kam. Thomas H. ist ständig kontrolliert worden, seine persönlichen Sachen wurden ständig neu durchgesehen und neu aufgelistet; er musste, wenn er neue Sachen beantragte, die alten heraus geben. Zum Beispiel: Wenn er neue Stifte brauchte, er war ja Grafiker, musste

Das Wohnhaus, in dem Tamar S. im zweiten Stock links unter falschem Namen eine Wohnung anmietete – hier versteckte sich Thomas H.

er die alten abgeben. Außerdem musste er in Abständen auch immer wieder umziehen, um das Zimmer, das er hatte, immer wieder gründlich durchsuchen zu können. In dieser Einzelunterbringung wurde er Tag und Nacht überwacht."

Seinen Frust über die Maßnahmen lässt Thomas H. am Krankenhaus-Personal aus – auch K. K. bekommt das zu spüren: Thomas H. droht der Hausleiterin damit, sie zu ermorden, falls er jemals wieder frei käme.

Der Urteilsspruch
Tamar S. wird nach der erneuten Festnahme von Thomas H. zu zweieinhalb Jahren Haft auf Bewährung wegen Beihilfe zur Flucht verurteilt. Im Januar 1997 heiraten Thomas H.

und Tamar S. – zur Überraschung aller, die mit den beiden zu tun haben und hatten. Denn Tamar S. war bekennende Lesbe. Es könne möglich sein, meint Polizeipsychologin Brockmann, dass die Heirat nur dazu diente, den Namen ‚Thomas H.' ändern zu können. K. K. sieht noch einen weiteren Aspekt:

„Wir waren total überrascht, dass er seine jetzige Frau nun partout heiraten wollte, und ich nehme an, dass auch das beträchtliche Erbe, das sie hatte, dazu beigetragen hat. Denn von einem Vollzug der Ehe konnte ja zu keinem Zeitpunkt die Rede sein. Und er geht mit seiner Frau einfach schlecht um. Er ist selten freundlich, geschweige denn höflich; er hat sie damals häufig angeblasen, wenn sie in seinen Augen etwas verkehrt gemacht hat und er hat sie durchaus auch mal als ‚dumme Kuh' bezeichnet. Und das Aufsichtspersonal, das bei solchen Besuchen nach wie vor dabei sitzt, hat sehr häufig schon geäußert, dass es diese Besuche lieber nicht so gerne beaufsichtigen würde, weil es so ätzend ist, ihm dabei zuzuhören, wie er mit seiner Frau umgeht."

Schlagzeilen

Seit Jahren ist es nun schon ziemlich still um den Serienmörder Thomas H. Doch für das ehemalige Mitglied der Mordkommission, Hans Peter Kröger steht fest, dass die Öffentlichkeit irgendwann noch mal von Thomas H. hören wird:

„Es war immer sein Ding, in den Schlagzeilen zu stehen, ob es nun damals um die Festnahme ging oder um die Gerichtsverhandlung. Immer wieder war er in den Medien präsent. Und dann kam seine Flucht, die Heirat mit seiner Therapeutin – auch da hat er sich wieder ins Rampenlicht gestellt – während der letzten 15 Jahre hat er es immer wieder geschafft. Und deshalb wird er wieder irgendetwas tun, um wieder Aufmerksamkeit zu bekommen."

Tamar S. lebt heute mittellos in Hamburg. Sie besucht ihren Mann nach wie vor regelmäßig, einmal in der Woche.

Melanie Thieltges

Vier Todesfälle und ein Elektriker

Der Mörder Otto P. geht als „Mister Volt" und „Elektro Otto" in die Kriminalgeschichte ein

An einem Frühjahrsmorgen im April 1989 werden die Kommissare Möller und Wehmeyer zu einer Todesermittlung in die triste Hochhaussiedlung Klingenberg im hannoverschen Stadtteil Vahrenwald gerufen. Sie ahnen noch nicht, dass hinter der grauen, graffitibeschmierten Fassade ein Mord geschehen ist. Im Ehebett der provisorisch eingerichteten Wohnung der Familie P. finden sie die Ehefrau und fünffache Mutter, Janja. Sie ist tot. Janja P. wurde nur 39 Jahre alt. In der Küche sitzt ihr Ehemann Otto, zitternd und rauchend bei einer Tasse Kaffee. Der graubärtige Mann mit den stechenden, dunklen Augen gibt zu Protokoll: Er sei am Abend vor seiner Frau zu Bett gegangen. Am Morgen habe er sie dann leblos neben sich gefunden. Seine Frau habe ein schwaches Herz gehabt.

Rätselhafte Hautveränderungen

Der herbeigerufene Notarzt kann keine Anzeichen äußerer Gewaltanwendung feststellen. Den plötzlichen Tod der 39-Jährigen kann er sich nicht erklären und schreibt „Todesursache ungeklärt" auf den Totenschein. Deshalb kommt die Leiche von Janja in die Rechtsmedizin. Dort entdeckt wenig später der Pathologe Joachim Eidam rätselhafte Hautveränderungen am linken Oberarm und am rechten Unterschenkel der Toten. Der Arzt sieht sich die warzenförmigen Gebilde mit der Lupe genauer an. Zum Teil sind es nur stecknadelkopfgroße, rötlich-graue Flecken, deren Rand wie vertrocknet wirkt und die in der Mitte aschige Krater bilden.

Die Stromtod-Theorie

Erst viele Jahre später soll nach zahlreichen medizinischen Gutachten auch juristisch anerkannt werden, was Eidam sogleich vermutet: Es handelt sich um Verbrennungen, die durch einen starken Stromschlag verursacht wurden. Doch über die Stromtod-Theorie von Eidam herrscht zunächst unter den Fachleuten keine Einigkeit. Bei der Obduktion stellen die Ärzte außerdem fest: Der Herzmuskel der Toten ist schlaff und seltsam verfärbt. „Kommissar Zufall" bringt die Ermittlungen ins Rollen: Der zuständige Kripobeamte Siegfried Kaminsky von der Polizeidirektion Hannover telefoniert mit einer Kollegin aus einem Nachbarrevier. Als er das Gespräch beendet, sagt er: „Du ich muss los, ich muss mich noch um eine Todesermittlung in Sachen Janja P. kümmern." Die für den Landkreis Hannover zuständige Kollegin wird hellhörig. Den Namen P. kennt sie, sie hat selbst schon einmal gegen P. in Sachen Brandstiftung im Dorf Resse in der Wedemark ermittelt. Diese Entdeckung verändert alles im Leben des arbeitlosen Elektrikers. Kripo-Fahnder Kaminsky recherchiert und wird fündig. Bald kommt ans Licht: Otto P. ist bereits zum vierten Mal Witwer.

Unheimliche Todesserie

Die unheimliche Todesserie der P.-Ehefrauen beginnt 1972 in Hannover. Otto P. lebt hier, seit er Ende der Fünfzigerjahre aus dem ehemaligen Jugoslawien als Gastarbeiter nach Deutschland gekommen ist. Seine erste Frau Maria, eine begüterte Bankdirektorin, die der gebürtige Serbe in seiner Heimatstadt Belgrad kennen gelernt hat, ihr Sohn aus erster Ehe und Ottos Mutter kommen mit ihm. Maria stirbt 1972 ganz plötzlich im Alter von 47 Jahren. Als Todesursache notiert der Arzt: Herzversagen. Auf Betreiben von Ottos Stiefsohn, der nicht an einen natürlichen Tod glaubt, wird viel zu spät eine Obduktion veranlasst. Doch die Leichenfäule hat bereits eingesetzt – der Pathologe vermerkt in seinem Bericht zwar seltsame, schorfartige Hautveränderungen an Armen und Beinen, weiß sie aber nicht zu deuten. Maria wird begraben, niemand ermittelt. Otto P. zieht um. Er trauert nicht lange. Kurz nach Marias Tod heiratet er seine Geliebte Gerda, die ein Kind von ihm erwartet. Gerda hat er auf der Arbeit kennen gelernt. Otto P. arbeitet zu dieser Zeit in der Zigarettenfabrik Reemtsma in Langenhagen als Betriebselektriker. In der Firma ist Otto beliebt, besonders bei den Damen.

„Charmant konnte er sein, er war ein Typ – äußerlich so ein Balkantyp eben, der Chancen bei Frauen hatte. Bei Betriebsfeiern hieß es immer: Auf die Bäume, Otto kommt!", erinnert sich ein Arbeitskollege. Auch Gerda erliegt seinem Charme. Das wird ihr schließlich zum Verhängnis: Gerda P. wird nur 45 Jahre alt. Sie stirbt 1975 – drei Jahre nach Maria. Der Polizei erzählt Otto P. eine Geschichte, die er nach Marias Tod schon einmal eingeübt hat: Am Abend sei er vor seiner Frau ins Bett gegangen, es habe einen kleinen Streit über verschütteten Wein gegeben. Am Morgen habe er sie dann leblos vorgefunden. Die Polizei sieht keinen Anlass für weitere Ermittlungen, der Hausarzt bescheinigt auch im Fall Gerda P.: Tod durch Herzversagen.

Experimente mit einem Stromkasten

Seine dritte Ehefrau Bärbel lernt Otto über eine Kontaktanzeige kennen. Er zieht zu ihr und ihren drei Töchtern in das Dörfchen Resse in der Wedemark. Bärbel ist eine gute Partie, sie hat gespart, ihre Eltern besitzen einen gut gehenden Zigarrenladen, den sie erben wird. Ottos neue Frau ist sehr korpulent. Hildegard Ude, langjährige Nachbarin und Bärbels Freundin erinnert sich daran, wie glücklich Bärbel war, endlich einen neuen Partner gefunden zu haben: „Ihr Otto war ihr ein und alles, groß und schlank, und dass sie nun so dick war, das störte ihn gar nicht. Und dann bekam

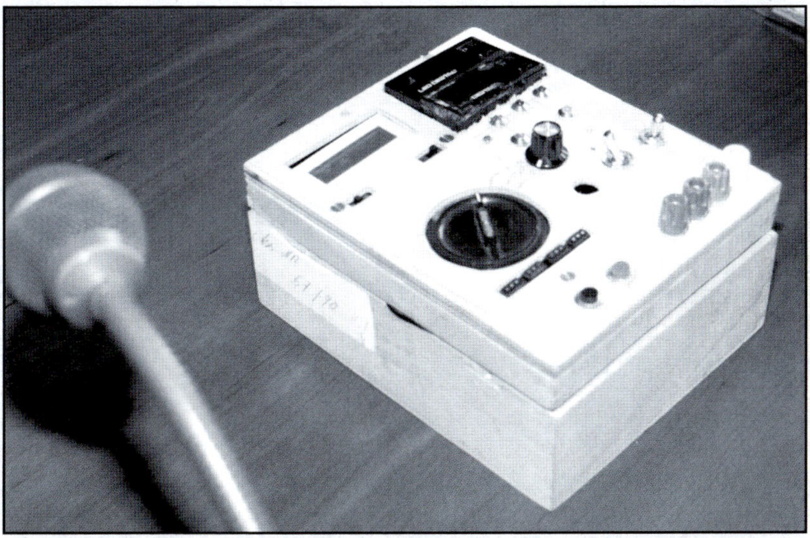

Mit diesem Gerät tötete „Elektro-Otto“ mehrere Ehefrauen.

sie ja auch einen Sohn mit ihm – da war die Freude groß – ein Junge. Sie hatte ja schon drei Töchter. Und der Otto war ganz vernarrt in den Jungen, die unmöglichsten Spielsachen – was er haben wollte, das kriegte er."

Otto ist bei den Dorfbewohnern beliebt, der Elektriker gilt als hilfsbereiter und freundlicher Nachbar. Die P.'s feiern gern: Zum Polterabend sind die Arbeitskollegen eingeladen, es wird Spanferkel gegrillt. Die Weingläser sind immer bis zum Rand gefüllt – Bärbel bekommt von ihrem Otto stets großzügig nachgeschenkt. „Sie musste immer trinken", erzählt Nachbarin Hildegard Ude. Und das hat einen Grund: Otto macht Experimente. Der gelernte Elektriker will ein Alkohol-Testgerät entwickeln, das über den Hautwiderstand funktioniert. Er träumt vom großen Geld als Erfinder. Bärbel ist gern Versuchskaninchen für ihren „tüchtigen" Otto: Oft verabschieden sich die Eheleute von den Kindern: „Wir sind im Werkraum" oder „im Wohnmobil und machen Versuche."

Hinter verschlossenen Türen legt Otto seiner Frau Elektroden an, experimentiert mit einem rätselhaften Stromkasten. Kommissar Kaminsky wird das Mordwerkzeug, einen quaderförmigen weißen Schaltkasten, wenige Jahre später bei der Hausdurchsuchung im Wohnzimmerschrank entdecken. Und bei Kaminskys Ermittlungen stellt sich heraus: Ähnliche Experimente hat es auch in den früheren Ehen von Otto P. gegeben, immer hat Strom eine Rolle gespielt.

Der Fahnder treibt Zeugen und Familienmitglieder auf. Die Indizien auf einen Zusammenhang zwischen den Experimenten und dem Tod seiner Frauen verdichten sich. Kaminsky findet heraus: Auch P.'s erste Frau Maria hat ihrer Schwiegertochter erzählt, dass Otto „an den Steckdosen manipuliert und dass sie Angst hat." Marias Sohn Krunoslav erlebt den Stiefvater als düsteren Tyrannen, der nur für seine seltsamen Experimente Zeit hat. Der erste Prozess gegen den Mörder, der als „Elektro Otto" und „Mister Volt" in die Kriminalgeschichte eingehen soll, beginnt am 28. Mai 1990 vor dem Landgericht Hannover. Otto P. ist wegen dreifachen Mordes an den Ehefrauen Maria, Bärbel und Janja angeklagt. Der Fall Gerda kommt mangels Beweisen nicht zur Sprache. Es wird der erste von insgesamt fünf Indizienprozessen und zugleich eine Revolution in der Rechtsprechung: Erstmals wird das Phänomen „Stromtod“ durch Spuren am Körper einer Leiche grundlegend erforscht.

Ein Mörder mit vielen Gesichtern

Was keiner ahnt: Frauenheld Otto P. ist hinter seiner geselligen Fassade nicht nur ein Familientyrann, er hat zudem pädophile Neigungen: In Resse macht er sich an seine minderjährigen Stieftöchter heran, begrabscht sie. Die verliebte Ehefrau Bärbel will das nicht wahrhaben. Wenige Jahre später wird Otto sogar ein Kind vergewaltigen: seine 11-jährige Stieftocher Vesna, die seine vierte Frau Janja mit in die Ehe gebracht hat. Das Mädchen vertraut sich Ermittler Kaminsky an. Der bringt P. für die Tat hinter Gitter. Die Morde an seinen Ehefrauen sind schwerer zu beweisen. Im Fall Bärbel P. in Resse schöpft wieder niemand Verdacht. Nur Ottos greise Mutter, die seit Jahren bei ihm lebt, scheint sein wahres Ich zu erkennen. Bärbel P.'s Freundin und Nachbarin Hildegard Ude erinnert sich, dass die alte Dame ihr gegenüber immer wieder stoisch wiederholt: „Otto ist ein böser Mann“. Richter Joachim Kuhtz, der P. zweimal verurteilt und ihn auf Anordnung des Bundesgerichtshofes schließlich wieder freisprechen muss, beschreibt Otto P. als „echten Finsterling, das personifizierte Böse“.

Charmant und bösartig

Ermittler Siegfried Kaminsky gelingt es auch in vielen Verhören nicht, zu P.'s Inneren vorzudringen: „Ich denke, er war eher ein in sich gekehrter Mensch, der seine wahren Gedanken, sein wahres Ich nicht nach außen gekehrt hat, so dass es für mich lesbar gewesen wäre.“ Otto P. benutzt Menschen skrupellos für seine Ziele. Er gaukelt seiner Ehefrau Bärbel vor, sein Alkoholtestgerät werde ein großer Erfolg, gibt vor, ein Genie zu sein. Auch ihre Nachfolgerin, die vierte Ehefrau Janja macht gutgläubig bei den Experimenten mit, die Kinder schauen durch das Schlüsselloch und sehen, wie Otto P. Janja Elektroden an Arme und Beine anschließt. P. ist auch in dieser Familie ein Tyrann: Er hält seine Frau finanziell kurz, die gebürtige Jugoslawin spricht kaum deutsch und ist ihrem Gatten hilflos ausgeliefert. Später werden ihre Kinder aussagen: Er hat sie wie eine Gefangene gehalten.

Gutachter bescheinigen Otto P. eine Persönlichkeitsstörung mit übersteigerter Selbstwahrnehmung. P. ist abwechselnd charmant und bösartig: Wer nicht nach seiner Pfeife tanzt, wird bedroht. So bringt er auch die 11-jährige Stieftochter Vesna nach dem sexuellen Missbrauch zum Schweigen. Staatsanwältin Dagmar Freudenberg, die den Fall P. wieder aufrollt, bescheinigt ihm, die „Klaviatur der menschlichen Psyche“ gut beherrscht zu haben. „Er hat mindestens drei Persönlichkeiten gehabt, eher mehr“, sagt die Juristin.

Ein makabarer Vers

Kripo-Ermittler Kaminsky lernt Otto P. als einen Menschen kennen, der im Grunde an seinen hochtrabenden Zielen mangels Begabung scheiterte. „Er hatte sicherlich viel Langeweile, diese hat er ausgefüllt mit seinen Experimenten; er hat darüber hinaus Gedichte geschrieben, die später im Mord-Prozess auch als Indizien eingeführt wurden. Ich erinnere mich an einen Vers, den wir in seinen Unterlagen gefunden haben – der offenbar auf seine doch sehr korpulente Ehefrau Bärbel in Resse bezogen war und wenige Tage vor ihrem Tod entstanden sein muss. Er lautete: ‚Nickel Brom und Kadmium, haun' selbst die dickste Schnecke um.“ Makaberer lässt sich ein Mord wohl kaum ankündigen.

Wie ihre Vorgängerinnen muss auch Ottos dritte Frau Bärbel P. jung sterben. Gemeinsam mit Otto will sie ein Haus kaufen; sie hebt ihre Ersparnisse ab, eine halbe Million Mark. Den Termin beim Makler am nächsten Tag kann die 43-Jährige nicht mehr wahrnehmen: Eine ihrer Töchter findet sie tot im Wohnmobil. Die Ärztin bescheinigt der übergewichtigen Frau: Tod durch Herzversagen. Die Töchter glauben nicht an einen natürlichen Tod, ihre Hinweise auf seltsame Male am Arm der toten Mutter wischt die Medizinerin als „Leichenflecken“ beiseite. Witwer Otto P. lehnt eine Obduktion strikt ab. Auf Bärbels Beerdigung ist er in Tränen aufgelöst. „Er hat sich fast umgebracht vor Schmerz“, sagt Nachbarin Hildegard Ude. Bärbel wird im „Familiengrab“ auf dem Resser Friedhof beigesetzt. Otto scheut keine Kosten für einen prachtvollen Sarg. Das Geld für den Hauskauf bleibt verschwunden. Wenig später stirbt Ottos kranke Mutter, nachdem er ihr auf dem Sterbelager Tee eingeflößt hat. Sie findet auf dem Friedhof neben Bärbel ihre letzte Ruhe. Im Rückblick auf die Ereignisse ist Nachbarin Hildegard Ude davon überzeugt: Auch beim Tod seiner Mutter und dem plötzlichen Tod seiner Schwiegermutter hat P. nachgeholfen. Ein Jahr nach dem Mord an Bärbel heiratet P. zum vierten und letzten Mal: Die attraktive Janja, die er in Jugoslawien kennenlernt. Sie zieht mit ihren Kindern Ivan und Vesna nach Resse. 1982 brennt das Haus der Familie ab, während die Familie im Urlaub in Jugoslawien ist. Nachbarin Ude und ihr Mann helfen den P.'s, die vorübergehend in die noch heile Garage ziehen, mit Möbeln aus. Später findet die Polizei heraus: Es war Brandstiftung. Otto hat das Haus anstecken lassen, um die Versicherungssumme zu kassieren. Dafür kommt er zwei Jahre ins Gefängnis.

Ein erfinderischer Angeklagter

Als die Staatsanwaltschaft 1989 die Exhumierung aller Leichen der Ehefrauen P.'s anordnet, hat sich Bärbels Körper in Wachs verwandelt, ein chemischer Prozess, der in bestimmten Böden vorkommt. Von Gerda sind nur noch Knochen übrig, die Leiche Marias ist zu stark verwest. Staatsanwaltschaft und Polizei konzentrieren sich in dem Mammutprozess auf den Fall Janja. Es gibt den Obduktionsbericht, der den schlaffen Herzmuskel bescheinigt, die Hautveränderungen, charakteristische „Strommarken" an Armen und Beinen von Janja. Es gibt den Stromkasten, den Kaminsky zusammen mit rund acht Litern leitfähiger Kochsalzlösung im Wohnzimmerschrank gefunden hat. Und es gibt Zeugen, die überlebt haben. Die Kinder von Janja, Bärbel und Maria sagen gegen ihren Stiefvater aus.

Unterdessen sitzt Otto wegen der Vergewaltigung von Vesna ein. Er wird mehrfach wegen Mordes angeklagt. Obwohl der Richter in Hannover von der Schuld Ottos in allen vier Fällen überzeugt ist, muss er ihn bei Bärbel und Maria mangels Beweisen freisprechen. Für den Mord an Janja verurteilt das Landgericht Hannover Otto P. zweimal zu lebenslanger Haft. Wegen Formfehlern hebt der Bundesgerichtshof die Urteile auf. 1995 spricht ihn das Göttinger Landgericht frei, ein vierter Pro-

Vor Gericht: Indizien überführen den Mörder Otto P.

zessanlauf platzt. Schließlich, zum nunmehr fünften Mal, rollt eine Staatsanwältin den Prozess 1997 in Göttingen erneut auf: Dagmar Freudenberg. Die Juristin weiß, wegen der ersten drei Morde ist Otto nicht mehr zu belangen. Aber im Fall Janja besteht eine Chance. Kripo-Ermittler Kaminsky und Staatsanwältin Freudenberg lassen nicht locker. Und sie sollen schließlich Erfolg haben.

Otto leugnet den Mord an Janja hartnäckig. In einem Interview sagt er: „Ich habe nichts gemacht. Warum sollte ich meine Ehefrau umbringen? So ein gutes Stück kriegt man nie wieder.“ Die Hautveränderungen an Armen und Beinen erklärt er als allergische Reaktion: Er habe seiner Frau einen Umschlag mit Extrakt aus Hahnenfuß-Gewächsen gemacht. Vor Gericht tritt Otto P., der inzwischen an Arteriosklerose und Nierenproblemen leidet, stets als gebrochener alter Mann mit Krücken auf, inszeniert seine Auftritte theatralisch. Der Erfindungsreichtum des Angeklagten, Indizien und Beweise im Mordprozess vor Gericht zu entkräften, kommt dem Elektriker auch im Gefängnis nicht abhanden.

Ein Sprecher der Staatsanwaltschaft Göttingen berichtet 1997: Otto P. habe von seinem Zellenfenster in der JVA-Hannover aus eine Möwe gefangen. Dazu habe er eine zum Angelhaken gebogene Büroklammer und einen Klumpen Margarine benutzt. Das mit einer Schlaftablette betäubte Tier habe er gerupft und mit Hilfe von Messer und Gabel, die er als Elektroden benutzte, unter Strom gesetzt. Damit habe er beweisen wollen, dass Strom – anders als die rechtsmedizinischen Gutachter behaupten – auf der Haut keine Spuren hinterlässt. Es soll ihm am Ende nichts nützen.

Nachdem Pathologen der Medizinischen Hochschule Hannover eine Reihenuntersuchung an 3000 Leichen vorgenommen haben und viele Gutachter gehört wurden, ist klar: Ein starker Stromstoss, der durch den Körper eines Menschen geleitet wird, hinterlässt Spuren: sichtbare auf der Haut und nachweisbare im Blut und am Herzen.

Die Summe der Indizien überführt Otto P.

Im April 1989 arbeitet Otto P. wieder an seiner Erfindung. Seiner Frau Janja hat der inzwischen arbeitslose Elektriker versprochen, dass alles besser wird. Dass sie zurück nach Jugoslawien gehen und reich werden, wenn er sein Alkoholtestgerät erst patentiert hat. Janja macht mit, sie stellt sich als Testperson zur Verfügung. Sie weiß nicht, dass Otto längst reich sein muss: Das Vermögen von drei toten Ehefrauen hat er eingeheimst. Fahnder Kaminsky hat ausgerechnet, dass Otto P. mindestens eine Million Mark „geerbt" haben muss. Das Geld wird nie gefunden. Otto zieht mit seiner Familie, inzwischen hat er mit Janja weitere drei Kinder, von Resse in die Siedlung Klingenthal in Hannover – Hochhaustristesse im sozialen Brennpunkt.

In der Ehe gibt es Spannungen, Otto hält Janja wie eine Gefangene, sperrt sie ein, gibt ihr kein Geld. Am 27. April 1989 hat Janja P. gute Laune: Sie hat sich endlich dazu durchgerungen, ihr sklavenähnliches Dasein an Ottos Seite zu beenden. Sie will sich scheiden lassen, vertraut sie ihrem Sohn Ivan an. Und sie freut sich auf den nächsten Tag. Nachbarn haben sie zu einer Hochzeit eingeladen, vorher will sie sich hübsch machen und zum Friseur gehen. Ivan sagt ihr seine Unterstützung zu, sollte der geizige Tyrann Otto seiner Mutter den Friseurbesuch verbieten. Janja trägt ein Kleid mit kurzen Ärmeln, Ivan bemerkt am Abend keinerlei Ausschlag oder Veränderungen an ihrer Haut. Es ist das letzte Mal, dass er seine Mutter lebend sieht: Am nächsten Morgen ist sie tot. Es gab Streit mit Otto, vermutlich wegen des Friseurbesuchs, vermutlich aber auch, weil Janja ihn verlassen wollte.

Am 9. Februar 1998 verurteilt das Göttinger Landgericht Otto P. wegen Mordes an seiner Frau Janja zu zehn Jahren Haft. Die Richter sehen es als erwiesen an, dass der Elektriker seiner schlafenden Frau Elektroden angebracht und sie mit Stromstößen getötet hat. Noch im selben Jahr stirbt Otto P. im Alter von 66 Jahren in der Haftanstalt Lingen an einem Schlaganfall.

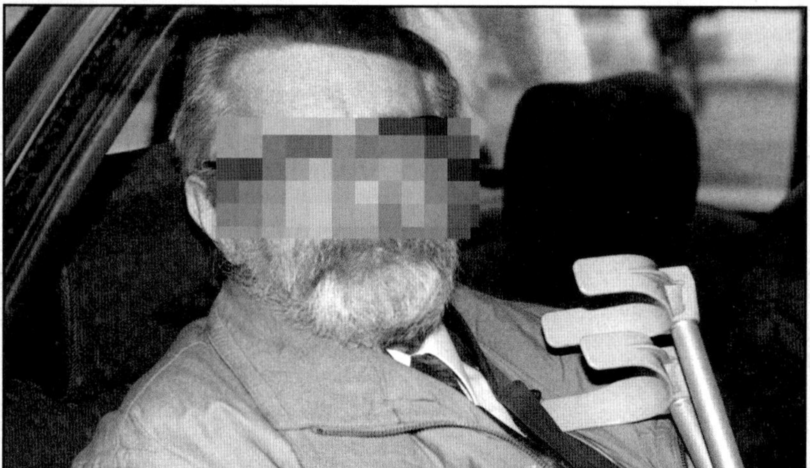

Otto P. bei seiner Verhaftung – der Elektriker kommt nun hinter Gitter.

Eckhardt Reimann

Der Bäckermeister und das weiße Pulver

Fahnder auf den Spuren eines Heroinschmugglers

Es geht doch nichts über einen gemütlichen Sonntag-Nachmittag: Während sich draußen der September von seiner eher schlechten Seite zeigte, saßen Frank Federau und seine Freundin entspannt zu Hause auf dem Sofa, hatten jeder eine große Tasse Kaffee vor sich auf dem Tisch stehen und sahen in aller Ruhe das Formel 1-Rennen. Nigel Mansell war im verregneten Barcelona gerade auf dem Weg zum Sieg, als in der Wohnung des Kriminalkommissars Federau in Hannover das Telefon ging.

Diese Störung war für ihn keine Überraschung. Federau gehörte zum Landeskriminalamt Niedersachsen und musste ständig damit rechnen, aus seiner Freizeit gerissen zu werden. Etwas unwillig nahm er den Hörer ab und führte ein kurzes Gespräch mit seinen Kollegen. Danach hatte er keine Zeit mehr für seine Freundin und die Formel 1 im Fernseher, der Kommissar musste jetzt selber Tempo machen. Schnell packte er ein paar Sachen in eine Leinentasche und hastete durch die leere Innenstadt Hannovers zum Hauptbahnhof. Dort kaufte er sich einen Fahrschein ohne Rückfahrt und setzte sich in den Zug nach Süden, sein Fahrtziel hieß München. Am Sonntag, den 29. September 1991, hatte der Fahnder Frank Federau die Verfolgung aufgenommen.

Fassade eines braven Bürgers

Der Mann, den er jagte, wäre der Polizei wohl kaum von selbst ins Visier geraten, doch die Ermittler hatten einen Tipp bekommen. Federaus Einheit war das Landesrauschgiftkommando, eine Sondergruppe, die das Landeskriminalamt gerade erst vor einem Jahr gegründet hatte. Mit der neuen Einheit wollte das Amt den überregionalen Drogenhandel besser in den Griff bekommen. Doch auch diese Spezialisten waren wie alle Ermittler auf Hilfe aus dem Milieu der Kriminellen angewiesen. Die Rauschgiftfahnder brauchten

Hinweise aus der Szene der Händler und Beschaffer, Hinweise auf bevorstehende Drogen-Lieferungen und die Schmuggler der heißen Ware.

Diese Hinweise rückten manchmal die erstaunlichsten Menschen in den Mittelpunkt der Ermittlungen. Einer der Informanten aus der Szene hatte die Fahnder auf die Spur eines Mannes gebracht, der nach außen hin harmloser nicht sein konnte: Es war ein scheinbar braver Bäckermeister aus dem hübschen Örtchen Berenbostel in einer Region namens Wedemark. Diese flache Gegend im Norden Hannovers besteht aus zahlreichen kleinen, bäuerlich geprägten Orten, von denen nicht wenige auf die Silbe -bostel enden. Zwischen den Bostels befindet sich sehr viel sattgrüne Landschaft mit Äckern, Wäldern und Wiesen.

Hier lebte der 42 Jahre alte Bäckermeister mit seiner 11 Jahre jüngeren Frau und zwei Kindern in einem grau gewordenen, kleinen Siedlerhäuschen. An den Garten grenzte ein Spielplatz und dort sahen die Dorfbewohner den kleinen gedrungenen Mann regelmäßig im Schwatz mit den Nachbarinnen, während er mit einem Auge das Treiben seiner Kinder beobachtete. Niemand in Berenbostel ahnte, dass dieser Familienvater immer wieder als Drogenkurier unterwegs war.

Ehefrau mit falschen Freunden

Die treibende Kraft hinter dem Doppelleben des Bäckermeisters war seine Frau. Sie war dunkelhaarig, von stämmiger Statur, etwas größer als ihr Mann und vor allem deutlich resoluter. Die Frau des Bäckers hatte schon lange Kontakt zur Drogenszene des nahe gelegenen Hannovers und über ihre Beziehungen zu einem türkischen Drogenhändler munkelte man, dass sie weit mehr als nur geschäftlich waren. Trotz der häuslichen Idylle sah es hinter der Familien-Fassade nicht gut aus: Die Ehe des ungleichen Paares kriselte schon lange und es war von Scheidung die Rede. Das letzte Band, das die zwei zusammenhielt, war offenbar die gemeinsame Verstrickung in den Drogenhandel.

Die beiden waren allerdings keine großen Nummern im Rauschgiftgeschäft der niedersächsischen Landeshauptstadt. Dazu wäre der Bäcker auch nicht der Typ gewesen. In

Vom Sofa in den Undercover-Einsatz: Bei Frank Federau und seinen Kollegen muss es auf der Jagd nach Verbrechern manchmal schnell gehen.

seiner leichten Naivität war er für die Rauschgiftbarone als unverdächtiger Drogenkurier aber gerade der Richtige – und dem Bäcker kamen die zusätzlichen Einnahmen höchst gelegen. Mehrere tausend Mark brachte eine Tour mit dem verbotenen Stoff und der Bäcker dachte, ob er sein Geld nun mit Mehl oder einem anderen weißen Pulver verdiene, mache eigentlich keinen Unterschied – außer bei der Höhe des Einkommens.

Ein entscheidender Anruf

Bisher waren alle Kurierfahrten des schlichten Bäckers völlig problemlos verlaufen und dieses schöne Leben hätte aus seiner Sicht noch lange so weitergehen können. Doch jetzt waren ihm die Drogenfahnder des Landeskriminalamts auf der Spur. Davon ahnte der Bäcker allerdings nichts, als bei ihm Ende September 1991 das Telefon läutete. Der Anrufer hatte einen ausländischen Akzent und eine klare Anweisung: Der Bäcker solle so schnell wie möglich nach München fahren, ein Lastwagen mit einer größeren Ladung Heroin sei von der Türkei aus unterwegs nach Bayern. Diese Sätze hörte aber nicht nur der Bäcker durch das Telefon in seinem Haus in Berenbostel, auch das Rauschgiftkommando hörte mit.

Unter der Lupe

Die Fahnder hatten den Hinweis auf den Bäcker erst kaum glauben können, doch dann nahmen sie den Mann und seine Frau vorsichtig unter die Lupe. Dabei fiel auf, dass das Paar zwar keine Arbeit hatte, aber trotzdem nicht gerade sparsam lebte. Der Tippgeber schien Recht zu haben! Die Polizei beschaffte sich eine richterliche Erlaubnis, das Telefon anzuzapfen. Außerdem beobachtete sie unauffällig das Häuschen in Berenbostel. Die Arbeit von Fahndern besteht oft aus Warterei, auch in diesem Fall. Wochenlang passierte nichts, doch dann kam plötzlich der entscheidende Anruf. Jetzt würde sich zeigen, ob der Tipp faul war oder ob sich das Warten gelohnt hatte!

Nachdem er seinen Auftrag erhalten hatte, packte der Bäcker einen kleinen Koffer, steckte sein Handy ein und setzt sich hinter das Steuer seines dunkelblauen Ford Fiesta. Mit dem

■ Drogenhauptstadt Hannover

Die Polizei kennt hier allein 250 Dealergruppen. Die Wege, auf denen beispielsweise Heroin in die Stadt kommt, sind immer noch dieselben, wie zu Zeiten des Bäckermeisters. Die Stadt Bingöl im kurdischen Teil der Türkei ist ein wichtiger Heroin-Umschlagplatz. Von dort wird die Droge nach Istanbul gebracht und bei den internationalen Speditionen in Lastwagen versteckt. Die Fahrer schmuggeln die Drogen oft ohne Wissen der Spediteure über die Grenzen. Hier in Deutschland wird das Heroin mehrfach gestreckt und an die Süchtigen verkauft. Im Norden Deutschlands sind die Preise niedriger, so dass auch Süchtige und Dealer aus anderen Regionen ihre Ware in Hannover einkaufen. Heroin ist immer noch die Droge Nummer Eins, allerdings wird immer mehr Kokain konsumiert. Das kommt meist aus Südamerika und ist mit 40,- bis 70,- Euro pro Gramm deutlich teurer als Heroin.

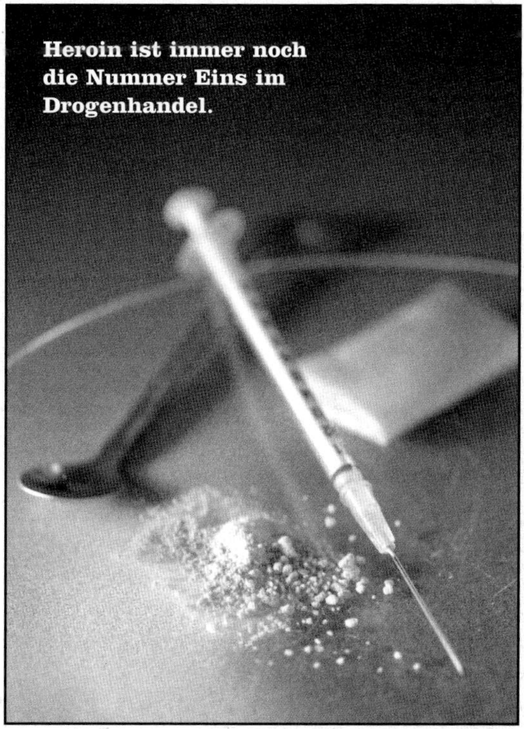

Kleinwagen fädelte er bei der Auffahrt Garbsen zunächst auf die Autobahn 2 und am Kreuz Hannover dann auf die Autobahn 7 in Richtung Süden ein. Der Bäcker war auf dem langen Weg nach München. Doch er war nicht allein. Hinter ihm fuhren mit einigem Abstand die Drogenfahnder, die die ganze Zeit sein Haus observiert hatten. Nachdem so viele Tage nichts passiert war, waren die Beamten von der plötzlichen Aktion am Sonntag etwas überrascht worden. Eine ordentliche Verfolgungsfahrt muss gut organisiert sein, wenn man nicht entdeckt werden will. Einfach mit nur einem Auto hinter dem Verdächtigen herzufahren ist vielleicht im Fernsehkrimi eine taugliche Methode, in der Wirklichkeit ist die Gefahr der Entdeckung bei einer weiten Fahrt von Hannover nach München viel zu hoch, selbst wenn der Verfolgte von seinem Schatten überhaupt nichts ahnt. Irgendwann fällt jedem auf, dass immer dasselbe Auto im Rückspiegel zu sehen ist und auch bei jeder Pause auf dem Parkplatz in der Nähe steht. Für eine erfolgreiche, also unbemerkte Verfolgung, braucht man vier oder fünf verschiedene Wagen. Nach hektischen Telefonaten hatten die Fahnder das Team zusammen, so dass sich immer wieder mal ein anderes Fahrzeug hinter den Fiesta des Bäckers setzen konnte. Der Drogenkurier blieb ahnungslos und zuckelte gemütlich südwärts, bis seine Reise auf dem Parkplatz eines kleinen Hotels am Rande der Münchner Innenstadt endete.

Tür an Tür

An der Hotel-Rezeption hielt man den Mann aus Niedersachsen für einen Besucher des Oktoberfestes, das gerade in vollem Gange war. Und das dachte die Dame am Empfang vermutlich auch von zwei weiteren Herren, die wenig später ebenfalls bei ihr ein Zimmer buchten. Einer von ihnen war Kommissar Federau, der mit der Bahn genauso schnell wie der Drogenkurier samt Verfolger in der bayerischen Hauptstadt angekommen war. Er und sein Kollege bekamen ein Hotelzimmer, das genau neben dem des Bäckers lag.

Frühstück mit dem Verdächtigen

Die Beamten waren noch nie so nah an einem Täter. Der allerdings war zu diesem Zeitpunkt noch gar kein Verbrecher, schließlich hatte er bisher nichts Verbotenes getan. Oberstes Gebot für die Kriminalpolizisten war jetzt, auf gar keinen Fall aufzufallen. Um sich zu tarnen, überlegten Federau und sein Kollege sogar, sich einen bayerischen Akzent zuzulegen, doch diese Idee verwarfen sie wieder. Die Wahrscheinlichkeit, mit falschem Bayerisch aufzufallen, war viel größer, als sich ungetarnt als Niedersachsen zu erkennen zu geben. Schließlich war München nicht nur zur Zeit des Oktoberfestes voll mit Besuchern aus allen Teilen Deutschlands und der Welt.

Nachdem Verfolgter und Verfolger ihre benachbarten Zimmer bezogen hatten, passierte zunächst gar nichts: Der Drogenkurier telefonierte mit seiner Frau und die Polizei hörte wieder mit. Aber die Frau daheim in Berenbostel wusste auch nichts von der erwarteten Lieferung. So blieb allen Männern in dem kleinen Hotel in München nichts anderes übrig, als zu warten.

Am kommenden Morgen trafen die Fahnder und der Schmuggler im Frühstücksraum aufeinander. Die beiden Kommissare grüßten ihren Verdächtigen freundlich und schielten immer mal wieder zum Tisch des Bäckers, während der sich sein Brötchen bestrich. Ihm schmeckte es, der Mann ahnte nichts von seinen neugierigen Nachbarn und zeigte kein Zeichen von Nervosität.

Warterei

Später am Tag verließ der Verdächtige das Hotel und wurde natürlich beobachtet. Die Fahnder aus Niedersachsen hatten die Kollegen aus Bayern um Amtshilfe gebeten und als der Bäcker aus dem Hotel trat, hefteten sich zwei Münchner Kriminalpolizisten an seine Fersen. Sehr lange dauerte sein Spaziergang allerdings nicht – nachdem er ein wenig ohne Sinn und Ziel herumgeschlendert war, kehrte er schon bald in das Hotel zurück.

Der Bäcker hatte offenbar Sorge, dass er nicht rechtzeitig starten könnte, wenn der entscheidende Anruf mit der Nachricht kam, wann und wo er seine Ware übernehmen sollte. Doch dieser Anruf kam nicht, nicht am ersten Tag und auch nicht am zweiten. Und so spazierte der Bäcker wieder gemächlich aus dem Hotel, um bald darauf zurückzukehren. So ging es auch am dritten Tag und am vierten Tag. Der Bäcker telefonierte regelmäßig mit seiner Frau und erzählte ihr genau, was er den Tag über machte. Viel war das nicht. Er lief planlos herum, die Kripo lief hinterher und konnte ihn bei so aufregenden Tätigkeiten wie dem Kauf einer neuen Zahnbürste beobachten. Weit ging der Bäcker nie, so dass die Fahnder schon vermuteten, er habe Angst, nicht wieder zurückzufinden. Die Drogenfahnder waren über die erneute Warterei zwar nicht glücklich, aber sie waren auch nicht überrascht. Sie wussten, dass Lastwagen aus der Türkei auf ihrem Weg nach Deutschland oft und lang aufgehalten werden: Sie stecken in Staus und müssen an Grenzen für Stunden oder auch mal Tage auf die Abfertigung warten.

Trotzdem war das Nichtstun zermürbend und Kommissar Federau und seinen Kollegen kamen langsam Zweifel, ob die ganze Aktion nicht doch ein Flop war. Doch dann kam Bewegung in das Spiel.

Anweisungen

Der Bäcker telefonierte wieder, aber diesmal nicht mit seiner Frau. Seine Auftraggeber teilten mit, dass der türkische Lastwagen mit den versteckten Drogen kurz vor der deutschen Grenze sei. Der Bäcker bekam genaue Anweisungen, wo die Übergabe der Ware stattfinden sollte. Außerdem bekam er den Befehl, die Päckchen mit dem Heroin nach Hamburg zu bringen.

Aufbruch am frühen Morgen

Die nächste Nacht war kurz. Schon am Abend hatte der Bäcker seine Hotelrechnung bezahlt. Am Morgen um 3.00 Uhr schlich er sich leise aus dem Haus, stieg in seinen Fiesta und fuhr auf die Münchner Ring-Autobahn. Die Fahrt dauerte nicht lang. Vor der Ausfahrt zu einer Raststätte ganz in der Nähe von München setzte der Mann im Fiesta den rechten Blinker und fuhr auf den Parkplatz. Die Raststätte war überfüllt mit Lastwagen, deren Fahrer noch schlafend in ihren kleinen Kabinen lagen.

Der Bäcker fuhr die langen LKW-Reihen ab, auf der Suche nach einem 40-Tonner aus der Türkei, der offiziell Äpfel geladen hatte. Nach etwa zehn Minuten fand er das richtige Fahrzeug und klopfte an die Fahrertür, Dann ging alles ganz schnell. Der türkische Fahrer des Lasters sprang heraus und blickte sich prüfend um – wie ein Kaninchen, das seine Höhle verlässt. Doch ringsherum schienen alle zu schlafen. Die Verfolger des Bäckers hatten weiten Abstand gehalten und beobachteten unbemerkt die Szene. Der Türke griff ins Fahrerhaus und förderte drei große Plastiktüten heraus, der Bäcker öffnete den Kofferraum des Fiestas und legte die Fracht hinein. Dann schloss er die Klappe leise, grüßte kurz in Richtung des Türken und fuhr wieder auf die Autobahn, das Ziel hieß nun Hamburg.

Zugriff

Der Lastwagenfahrer hatte seinen Teil des schmutzigen Geschäfts erledigt. Er war müde, schließlich war es noch sehr früh und er hatte eine Weile auf den Mann im Fiesta gewartet. Mit dem süßen Gedanken an den üppigen Zusatzverdienst bei der Heimkehr in der Türkei legte er sich auf die Pritsche in seiner Kabine und schlief ein.

Für die Kriminalbeamten kam jetzt der Moment, den sie in ihrer Sprache der Polizeiberichte „Zugriff" nennen. Doch wie greift man auf einen möglicherweise bewaffneten Mann in einer LKW-Führerkabine zu, in der gerade Platz für zwei Menschen ist? Die Polizei, kühn, jedoch unbedacht, setzte auf die Taktik, den Drogenschmuggler durch eine deutliche Überzahl zu beeindrucken. Fünf Mann drängten in die Kabine und rissen den geschockten Fahrer aus dem Schlaf.

Da der Mann sich mit Kriminellen auskannte, war er überzeugt, von Straßenräubern überfallen zu werden. Der Türke schrie so laut er konnte und wehrte sich mit Händen und Füßen gegen die Menschen in seinem Führerhaus. In diesem Knäuel von Armen und Beinen gelang es den Beamten schließlich irgendwann und irgendwie, den tobenden Mann zu bändigen und ihn mit Handschellen außer Gefecht zu setzen.

Ende einer Kurierfahrt
Während ihre Kollegen mit dem Türken rangen, fuhr die andere Hälfte der Kriminalpolizisten dem Bäckermeister nach. Sie waren ihm rund 20 Kilometer im gemütlichen Tempo Richtung Norden gefolgt, als sie sich zur Aktion entschlossen.

Eines der zivilen Polizeifahrzeuge zog an dem Fiesta des Bäckers vorbei, der Beamte auf dem Beifahrersitz drehte das Fenster herunter und schwenkte die Haltekelle. Was auch immer der der Bäcker in diesem Moment gedacht haben mag, er hielt jedenfalls artig auf dem Seitenstreifen

■ Preisverfall bei Heroin

Die Summe, die sich mit Heroin erzielen läßt, fiele heute weit geringer aus, als zur Zeit des schmuggelnden Bäckermeisters. Anfang der Neunzigerjahre musste ein Heroin-Süchtiger, der sich einen Schuss von einem Gramm setzen wollte, umgerechnet zwischen 50,- und 75,- Euro aufbringen. Das ist ein Betrag, der sich auf legale Weise kaum verdienen ließ. In den vergangenen 15 Jahren sind die Heroin-Preise gesunken, nun kostet ein Gramm zwischen 10,- und 20,- Euro. Aber auch diese Summe ist für die rund 150.000 Abhängigen in Deutschland nur durch Kriminalität und Prostitution aufzubringen.

der Autobahn an. Die Kriminalbeamten stiegen aus und sagten dem immer noch ganz entspannt wirkenden Mann, sie hätten ihn wegen einer Routinekontrolle angehalten.

Jetzt kam für die Fahnder der spannende Moment: Was würden sie im Kofferraum des Fiestas finden? Hatte der Bäcker drei Tüten Äpfel eingesteckt oder war der Kofferraum sogar leer, weil sich der Bäcker der heißen Ware in einem unbeobachteten Moment entledigt hatte? Als die Kofferraumklappe aufschwang entspannten sich die Gesichtszüge der Fahnder, vor ihnen lagen die drei Tüten und darin zahlreiche kleine rechteckige Pakete, wie es für eine Ladung Heroin typisch ist. Das war das Ende der Reise des Bäckermeisters, auch bei ihm klickten die Handschellen.

An noch zwei weiteren Orten waren an diesem Tag Polizisten in dieser Sache im Einsatz: Ein Team klingelte an der Haustür des Bäckers in Berenbostel und nahm die Frau des Drogenschmugglers fest. Und in Hamburg wurde ein als Empfänger der Ladung gedachter Jugendlicher gefasst – ein erst 17-jähriger Türke. Die Ermittler nahmen an, dass er von einer Dealerbande vorgeschickt wurde, da ihm wegen seines Alters weniger harte Strafen drohten.

Das fehlende Päckchen

Trotz aller Unsicherheiten und der ewigen Warterei war die Aktion ein voller Erfolg für das noch junge niedersächsische Landesrauschgiftkommando. Mehrere Drogenhändler saßen in Haft und die Fahnder konnten eine enorme Menge Rauschgift aus dem Verkehr ziehen. Mit Erfolgen geht die Polizei gerne an die Öffentlichkeit und so sollte der Drogenfund der Presse präsentiert werden. Die drei Plastiktüten mit dem Heroin waren nach der Aktion auf der Autobahn zunächst einmal im Keller der bayerischen Polizei gelagert worden. Jetzt ließen sich die Niedersachsen den Stoff nach Hannover ins Landeskriminalamt schicken. Als die Lieferung kam, zählten die Fahnder die Pakete, wogen sie ab und wunderten sich: Sie hatten 39 Pakete mit jeweils 500 Gramm Heroin, das macht zusammen 19,5 Kilogramm Rauschgift. Eine merkwürdige Menge, warum nicht 19 Kilo oder 20? Das wäre doch viel logischer. Wo also war das vierzigste Päckchen mit den übrigen 500 Gramm? Ein Anruf in München klärte die Lage. Den bayerischen Kollegen war beim Einpacken ein Heroinpaket vom Tisch gefallen. Zum Glück sind Kriminalisten etwas pedantisch, die Bayern hatten den Stapel mit den Rauschgiftpäckchen fotografiert. Das Einzelstück, das sie schließlich auf dem Fußboden fanden, ließ sich mit dem Foto eindeutig der Lieferung des Bäckermeisters zuordnen. Auch das letzte Paket wurde nach Hannover geschickt und als die Menge endlich komplett war, zeigte die Polizei ihren Fang stolz der Öffentlichkeit.

Tests hatten einen hohen Reinheitsgrad des Heroins ergeben, von den Dealern wäre es etwa auf die dreifache Menge gestreckt worden. Beim Verkauf an die Abhängigen auf der Straße hätte die Ladung aus dem Kofferraum des Bäckermeisters rund vier Millionen Mark eingebracht. Es war die größte Menge Heroin, die dem Landeskriminalamt Niedersachsen bis zu diesem Tag in die Hände gefallen war.

Stolze Beute: 20 Kilogramm Heroin konnte die Polizei durch ihre präzise Arbeit abfangen.

Guido Pauling

Die Stimme des Mörders

Der Polizistenmord bei Holzminden

„Äh gut'n Tach, Meier mein Name. Ich hab'n, äh, Wildunfall. Könnten Sie wohl jemanden vorbeischicken? Keiner verletzt, is' nur ein bisschen an der Stoßstange." Es war in den frühesten Morgenstunden des 12. Oktober 1991, um 2.29 Uhr, als der Anruf bei der Polizei in Höxter/Westfalen einging. Für den Beamten am Telefon schien es sich um keine große Sache zu handeln. Herr Meier hatte von einer Notrufsäule aus dem Solling angerufen; seine Position: der Waldparkplatz Rottmündetal an der Landesstraße 549 zwischen Neuhaus und Boffzen.

Der Polizist verständigte die Wache im niedersächsischen Holzminden. Von dort wurden zwei Polizeibeamte der Nachtschicht angerufen, die gerade draußen im Einsatz waren. Sie sollten einmal am Unfallort vorbeifahren, das angefahrene Tier von der Straße schaffen und schauen, ob der Anrufer, Herr Meier, dann weiterfahren könne. Wenn nur die Stoßstange leicht beschädigt war, dürfte es ja keine Probleme geben.

Um 2.35 Uhr meldeten sich die beiden Streifenpolizisten Andreas L. und Jörg W. Sie hatten gerade einen betrunkenen Autofahrer zur Blutprobe ins Krankenhaus gebracht und waren nun frei für einen neuen Einsatz. Da sie sowieso ganz in der Nähe seien, könnten sie ja zu dem Waldparkplatz fahren. Das war der letzte Funkspruch, der die Beamten auf der Wache in Holzminden erreichte. Wenige Stunden später war der Polizei klar, dass den beiden Kollegen etwas Furchtbares geschehen sein musste.

Eine Suche zu Lande, zu Wasser und in der Luft

Der Beamte in Holzminden war unruhig geworden, nachdem er mehr als eine Stunde lang nichts mehr von der Streifenwagenbesatzung gehört hatte. Er wusste zwar, dass die Funkverbindung im Solling nicht sonderlich gut ist, die Kollegen womöglich deshalb seine Anfragen nicht hörten und ihrerseits Schwierigkeiten hatten, sich zu melden. Doch irgendwann nach 4.00 Uhr machte er sich ernsthaft Sorgen. Also schickte er einen zweiten Streifenwagen zu dem Ort, an dem sich nach Auskunft des Anrufers Meier angeblich ein Wildunfall abgespielt hatte.

Die beiden Beamten, die nun nach ihren Kollegen Ausschau hielten, trafen wenig später auf einem leeren Parkplatz ein. Noch immer war es dunkel. Der Zivilstreifenwagen von Andreas L. und Jörg W. war nirgends zu entdecken. Im Schein ihrer Taschenlampen sahen die Polizisten eine Blutlache. Als erstes dachten sie an das verunglückte Wild. Doch als sie die Fläche weiter ausleuchteten, fanden sie noch mehr Blut, Zahnsplitter, dazu blonde Haarbüschel und Glasscherben. Ein eisiger Schreck durchfuhr die beiden Männer und ihre Angst wuchs, als sie auch noch Patronen aus einem NATO-Schnellfeuergewehr entdeckten.

Daraufhin begann eine der größten Suchaktionen in der Geschichte der niedersächsischen Polizei. Nachdem zunächst 20 Mann der Freiwilligen Feuerwehr Boffzen bei der Suche nach den vermissten Polizeibeamten geholfen hatten, rückte eine Hundertschaft Bereitschaftspolizisten aus Hannover an. Hundeführer aus Hameln und Hannover kamen zu Hilfe, am Himmel kreuzten zwei Polizeihubschrauber. Mehrere Anwohner aus Boffzen berichteten der Polizei, in der Nacht eine Gewehrsalve und danach einen einzelnen Schuss gehört zu haben. Doch da in den Wäldern viel gejagt werde, habe das niemand ungewöhnlich gefunden.

Am Mittag entdeckte ein Förster den Zivilstreifenwagen der Gesuchten, rund 50 Kilometer von dem Waldparkplatz entfernt, auf dem Truppenübungsplatz Sennelager zwischen Detmold und Paderborn. Der rote Passat war vollkommen ausgebrannt und von Gewehrkugeln durchlöchert. Daraufhin wurde die Suche auf das Gebiet um das Fahrzeug ausgedehnt – vergeblich. Andreas L. und Jörg W., beide Väter von zwei kleinen Kindern, blieben verschwunden. In den folgenden Tagen waren rund 6.000 Einsatzkräfte aus drei Bundesländern an der Suchaktion beteiligt. Einige Polizisten brachen ihren Urlaub ab, um zu helfen. Schlauchboote befuhren die Weser, Polizeitaucher suchten den Fluss ab, doch ohne Ergebnis. Die britische Luftwaffe setzte Tornados ein, die in geringer Höhe die Waldgebiete des Solling überflogen und mit Infrarotkameras Aufnahmen machten. Kaum jemand zweifelte noch daran, dass die beiden Polizisten Opfer eines Gewaltverbrechens geworden waren. Streifenpolizisten aus der Region fuhren voller Angst zu nächtlichen Routineeinsätzen, denn niemand konnte ausschließen, dass sich die Tat wiederholen würde.

Ein Anruf als einzige heiße Spur

Der einzige Anhaltspunkt, den die Polizei hatte, war die Stimme des Herrn Meier, die wie jeder Notruf automatisch aufgezeichnet worden war. Ein Spezialist des Bundeskriminalamts, der heute als Professor für Phonetik an der Universität Marburg arbeitet, konnte feststellen, dass der Anrufer 25 bis 30 Jahre alt war und aus der Region „südliches Niedersachsen/nordöstliches Nordrhein-Westfalen“ stammte – aus der Umgebung des Tatorts also. In den Radio- und Fernsehnachrichten wurde der aufgezeichnete Anruf ausgestrahlt, verbunden mit der Bitte an die Zuhörer und Zuschauer, sich zu melden, falls sie den angeblichen „Herrn

Fieberhafte Suche nach Spuren: Das ausgebrannte Fahrzeug von Andreas L. und Jörg W.

Meier" erkennen sollten. Außerdem richtete die Polizei eine Telefonnummer ein, bei der man anrufen und sich die Stimme auf Band noch einmal anhören konnte. Die Bevölkerung half so gut sie konnte mit: Zahlreiche Menschen wählten die angegebene Nummer, hörten wieder und wieder die Sätze: „Ich hab'n, äh, Wildunfall. Könnten Sie wohl jemanden vorbeischicken?" Hunderte Hinweise auf die unterschiedlichsten Personen gingen bei der Polizei ein, jeder Zeuge wollte den Anrufer vom Waldparkplatz identifizieren helfen. Und der Anrufer wurde tatsächlich erkannt.

Identische Aussagen

Unter der Vielzahl von Hinweisen gab es dutzende gleichlautende Aussagen, die meisten aus der Justizvollzugsanstalt Bielefeld-Brackwede. Mehrere JVA-Bedienstete wie auch einige Häftlinge erklärten, sie seien hundertprozentig sicher, dass die Stimme dem 29-jährigen Dietmar J. aus dem westfälischen Bredenborn gehöre. Mitte September erst war J. wegen guter Führung vorzeitig aus der Haft entlassen worden; ein Kleinkrimineller, der wegen Diebstahls und Wilderei polizeiauffällig geworden war.

Einsatz

Vier Tage nach dem falschen Notruf aus dem Solling rückte ein Spezialeinsatzkommando der Polizei Bielefeld in Bredenborn an. Als die Beamten das Haus stürmten, in dem Dietmar J. zusammen mit seinen zwei jüngeren Brüdern wohnte, ließen sich Dietmar und Ludwig, der jüngste der Brüder, ohne größere Probleme überwältigen. Der mittlere dagegen, Manfred, hielt sich in einem anderen Zimmer im oberen Stockwerk auf. Als er merkte, dass Polizei im Haus ist, rammte er sich ein Jagdmesser in die Brust. Die Beamten fuhren ihn sofort ins Krankenhaus, wo er in einer Notoperation gerettet wurde – unter anderem deshalb, weil sich mehrere Polizeibeamte als Blutspender zur Verfügung stellten.

Lieber nicht zum Feind

Nach der Festnahme fingen die Bredenborner an zu reden. Unheimlich seien die Brüder gewesen, hätten immer nur

Polizeieinsatz in Bredenborn: In diesem Haus wohnen die Polizistenmörder.

nachts das Haus verlassen. Einige Nachbarn hatten gar nicht mitbekommen, dass Dietmar bereits wieder aus der JVA Bielefeld entlassen und nach Hause zurückgekehrt war. Alle drei Brüder seien Einzelgänger, Sonderlinge gewesen. Die Stimme des Anrufers vom Waldparkplatz habe er sofort erkannt, erklärte ein Anwohner, doch auch die ausgesetzte Belohnung von 50.000 Mark habe nicht ausgereicht, ihn zu einem Hinweis an die Polizei zu bewegen – den Dietmar wolle er lieber nicht zum Feind haben.

Noch blieben die beiden Polizeibeamten Andreas L. und Jörg W. verschwunden. In Verhören schwiegen die festgenommenen Brüder zunächst. Doch dann brach der 25-jährige Ludwig sein Schweigen und berichtete von der Tat, die er angeblich mit seinen Brüdern gemeinsam begangen hatte. Vor Gericht wurde er später von diesem Vorwurf freigesprochen. Doch Ludwigs erstes Geständnis reichte aus, um den Haupttäter zum Reden zu bringen. Nachdem man ihn mit der Aussage seines Bruders konfrontiert hatte, gestand auch Dietmar J. den Doppelmord und führte die Polizei noch in der Nacht zu den Leichen der beiden Beamten. In einem Waldstück am Rande des Gebietes, das die Polizei tagelang abgesucht hatte, hatten Dietmar und Manfred J. ihre Opfer in 1,50 Meter Tiefe verscharrt.

Killer aus blindwütigem Hass

Warum aber war es zu dieser brutalen, sinnlosen Tat gekommen? Niemand konnte diese Frage einwandfrei beantworten, und Dietmar J. schwieg fortan zum Tathergang wie auch zu seinem Motiv. Einem Mithäftling im Gefängnis hatte er zuvor einmal gesagt, er fühle grenzenlosen Hass auf die Polizei; Polizisten müssten „abgeknallt und plattgemacht" werden. Doch woher kam dieser Hass? Wurde Dietmar J. zum Polizistenhasser, nur weil er in seinem Heimatkreis der Wilderei überführt worden war und die Polizei ihm deshalb den Jagdschein wie auch den Führerschein abgenommen hatte? Weil dadurch seine persönliche Welt zusammengebrochen war, in der er nachts frei durch die Wälder streifen und Wildtiere erlegen konnte, wie es ihm gefiel? Mussten deshalb zwei junge Familienväter sterben, denen in den Augen von Dietmar J. der „Makel" anhaftete, Polizist zu sein?

Die Polizisten müssen nach dem blindwütigen Mord ihre Kollegen zu Grabe tragen.

Die Tatwaffe
Ende Oktober entdeckte die Polizei bei einer erneuten Hausdurchsuchung die Tatwaffe, ein G3-Schnellfeuergewehr sowie weitere Maschinenpistolen, die das Brüdertrio mehrere Jahre zuvor bei Überfällen auf Bundeswehrstreifen erbeutet hatte. In einem Erddepot nahe dem Wohnort der Täter fanden die Ermittler außerdem die Dienstwaffen der getöteten Polizisten und größere Mengen Munition.

Der Tathergang
Mittlerweile war auch der Tathergang klar geworden: Dietmar J. hatte in der Nacht den fingierten Notruf abgegeben und damit die beiden Streifenpolizisten in eine tödliche Falle gelockt. Eine Viertelstunde später trafen Andreas L. und Jörg W. in ihrem Zivilstreifenwagen auf dem Waldparkplatz ein. Als sie das Fahrzeug verließen, feuerte Dietmar J. aus wenigen Metern Entfernung eine Gewehrsalve auf die Beamten ab. Einem der beiden versetzte er daraufhin noch einen einzelnen Schuss. Zusammen mit seinem Bruder Manfred verlud er die Leichen in den Streifenwagen; danach fuhren die Brüder den eigenen und den Polizeiwagen zum Truppenübungsplatz Sennelager, wo sie die Leichen in dem Waldstück vergruben und den Streifenwagen in Brand steckten. Kurz darauf begann die groß angelegte Suche, doch da waren die Täter schon längst wieder zu Hause.

Der Prozess
So klar alles auch zu sein schien, so langwierig und quälend verlief der anschließende Prozess. Ein halbes Jahr nach der Tat hatte die Staatsanwaltschaft Hildesheim Anklage erhoben. Noch einmal fünf Monate später, fast elf Monate nach den tödlichen Schüssen, begann vor dem Landgericht in Hildesheim der Prozess gegen die drei Brüder aus Bredenborn.

Die Verteidiger erhoben schwere Vorwürfe gegen die Polizei, sie habe dem Jüngsten, Ludwig, das Geständnis unter „folterähnlichen Methoden“ abgerungen. Ihm sei ein Foto seines Bruders Manfred mit geöffnetem Brustkorb auf dem Operationstisch gezeigt worden; daraufhin habe der junge Mann geschockt ein Falschgeständnis abgelegt. Wochenlang drehte sich alles nur um die Frage, inwieweit dieser Vorwurf richtig und Ludwigs Geständnis juristisch verwertbar sei oder nicht. So ungeheuerlich die Behauptung der Verteidiger auch war; belegen ließ sie sich nie. Der Bundesgerichtshof befand später, dass die Zweifel an den Ermittlungen und dem Urteil des Gerichts „offensichtlich unbegründet“ seien.

Zweieinhalb Jahre nach Prozesseröffnung, am 21. Februar 1995, wurde die nächtliche Bluttat auf dem Waldparkplatz doch noch geahndet. Das Landgericht Hildesheim verurteilte Dietmar J. wegen zweifachen Polizistenmordes und wegen weiterer Delikte zu lebenslanger Haft. Manfred J. bekam zehn Jahre Haft wegen Beihilfe zum Polizistenmord und Beihilfe zu schwerem Raub; Ludwig J. wurde zugebilligt, mit dem Mord nichts zu tun gehabt zu haben. Der jüngste der Brüder erhielt jedoch eine Haftstrafe von zwei Jahren auf Bewährung, ebenfalls wegen Beihilfe zu schwerem Raub. Damit ahndeten die Richter die Raubüberfälle auf Bundeswehrstreifen, bei denen die Brüder das Schnellfeuergewehr erbeuteten, mit dem der Älteste dann den Mord beging.

Das Motiv
Allgemeiner Hass auf die Polizei war nach Ansicht des Gerichts das Motiv für die Mordtat. Aufgrund des besonders brutalen Vorgehens erkannten die Richter bei dem Hauptangeklagten auf eine besondere Schwere der Schuld und ordneten Sicherheitsverwahrung an. Dietmar J. sollte nie wieder auf freien Fuß kommen.

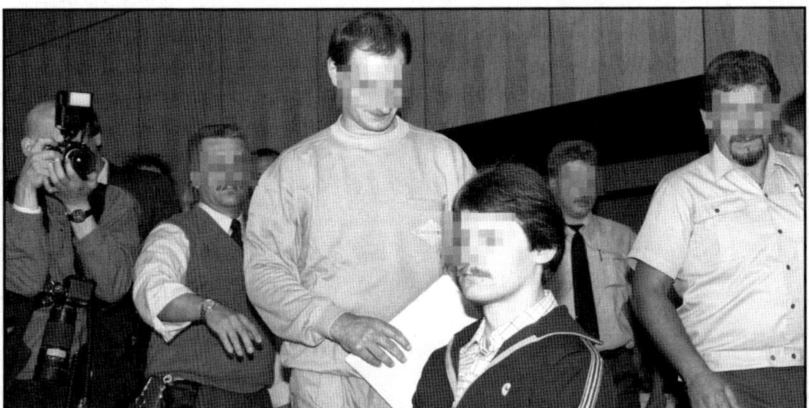

Gefasst: Dietmar und Manfred J. wird der Prozess gemacht.

Christian Prüßner

Ausnahmefall für die Medien

Die Entführung von Jan Philipp Reemtsma.

„Es ist mit ihr (der Erfahrung der Entführung) im Grunde nichts anzufangen. Sie lehrt nichts. Dass man Menschen nicht überfällt, nicht mit dem Kopf gegen die Wand schlägt, nicht ankettet, nicht in Isolation, nicht wochenlang in Todesangst hält, ist zuvor hinlänglich bekannt gewesen. Ich habe keine relevanten Erkenntnisse mit nach Hause gebracht. (...) Es schien mir aber hilfreich, mich auf den folgenden Seiten in der dritten Person (...) darzustellen."*

Entführung und Freilassung

„Das klingt jetzt ziemlich makaber, aber wir hatten alles in zwei Versionen vorproduziert. Eine für den Fall, dass Jan Philipp Reemtsma lebend freikommt, und eine für den Fall, das seine Leiche gefunden wird. Das heißt: Portrait Jan Philipp Reemtsma lebend, Portrait Jan Philipp Reemtsma gestorben. Das gleiche über sein Unternehmen, sein Wirken."

Anfang April 1996: Matthias Borchert ist gerade aus dem Urlaub zurückgekommen. Die Kollegen der NDR-Hamburg-Welle empfangen den Polizeireporter mit der Nachricht von einer ganz, ganz großen Entführung in Hamburg, „wir dürfen aber nicht drüber berichten. Das Leben der Geisel ist in Gefahr."

In der Redaktion beginnt die große Geheimniskrämerei. Welcher Kollege darf eingeweiht werden? Wie erkläre ich zu Hause, dass ich nächtelang unterwegs bin, ohne hörbares Ergebnis auf dem Sender? Wie kann ich über den bekannten Konzern des Entführten recherchieren, ohne etwas über den Grund der Nachfrage preiszugeben? Den Kontakt zur Polizei hält nun die Chefredaktion: „Die Chef-Redakteure mussten natürlich etwas gefüttert werden, damit die auch bereitwillig sagten: ‚Wir halten still'. Es hat auch Drohungen gegeben von bestimmten Medienvertretern: „Wenn wir nicht ständig auf den neuesten Stand gebracht werden, kommen wir damit raus."

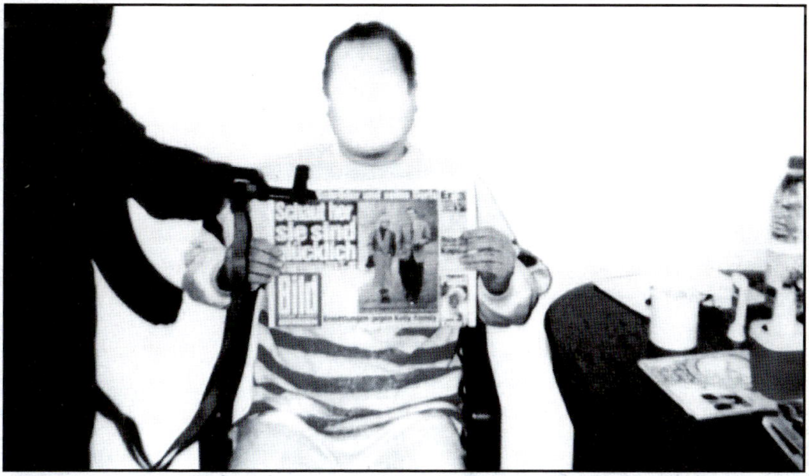

Entführt: Das Foto von Jan Philipp Reemtsma mit einer BILD-Zeitung vom 26. März 1996 wurde damals den Angehörigen als Lebensbeweis übermittelt.

„Er wachte oft auf in der Nacht. Es war dunkler in diesem Keller, als alle Dunkelheiten, die er bisher kennen gelernt hatte. Es war vollständig dunkel. Von nirgendher kam ein noch so winziger Lichtstreifen, und das blieb so, wenn er das künstliche Licht löschte, ob Tag, ob Nacht. Worauf er nicht gefasst war: Diese Dunkelheit nahm ihm die Luft. Sie war körperlich zu spüren. Mir fällt kein anderes Wort ein als dick. Er bekam Atemschwierigkeiten, hatte das Gefühl zu ertrinken, das Bedürfnis, um sich zu schlagen."*

Fast fünf Wochen lang schweigen die Medien in Hamburg. Fast fünf Wochen lang ist in keiner Zeitung etwas über die Entführung zu lesen, auf keinem Sender etwas zu hören. Die Befürchtung, das Leben Jan Phillip Reemtsmas zu gefährden, eint Redakteure und Reporter. Für die Polizeireporter der NDR Hamburg-Welle ein schwieriger Spagat: Auf der einen Seite die Mitverantwortung für ein Menschenleben, auf der anderen Seite die Pflicht und das Bedürfnis zu berichten. Kollegen des eigenen Senders müssen getäuscht werden, selbst für die Techniker, die 1996 noch für die Produktion von Beiträgen (in diesem Fall für die Produktion von Nachrufen), gebraucht wurden, werden Notlügen bemüht.

„Es war sogar so, dass uns Kollegen vom SDR anriefen und fragten: ‚Sagt mal, stimmt es eigentlich, dass Ihr in Hamburg einen großen Entführungsfall habt?' Und das tat mir in der Seele weh: Ich musste diesen Kollegen vom SDR anlügen und sagen: ‚Nein, mir ist nichts bekannt.' Das funktionierte tatsächlich nur so, dass man das auf einen ganz kleinen Kreis beschränkte, dass auch innerhalb der Redaktion nicht alle Bescheid wussten."

„Sein Gehen bekam bald manische Züge. Es war das einzige, was er ‚machen' konnte. Es fraß Zeit, es sparte Lektüre, es hielt den Kreislauf in Gang, es stellte vor allem Gedanken und Gefühle still. Masochistisch, vielleicht aber auch nur umsichtig, begann er, wenn er sich verzählte, beim angefangenen Hundert neu. Er lernte, wie viele Schritte in einen Tag gehen. 3000 schätzte er, könnten etwas weniger als eine Stunde sein, 4000 mehr."*

„Bei den Recherchen waren die guten Kontakte zur Familie des Entführten besonders wichtig", erinnert sich Matthias Borchert. Und aus dieser Quelle stammt auch die Information über die erfolgreiche Geldübergabe. „Wir wussten relativ schnell: Die dritte Geldübergabe hat geklappt. Wir wuss-ten, die Ansage der Entführer war: Spätestens 48 Stunden nach der Geldübergabe wird die Geisel freigelassen."

„Halb neun, es klopft. Wie immer: Kopf runter. ‚Ja, come in.' Öffnen, Schritte. Es ist nicht der Engländer. Der Teller wird hingestellt. Raschelt Papier? Schritte. Tür. Aufblicken. Die Wanne ist weg, der wechselt das Wasser. Tisch: Papier neben dem Teller. Er kann es nicht lesen, wo ist die Brille? Da, zwei Zeilen. PASTOR HAT CORREKT BEZAHLT. MORGEN NACHT WERDEN SIE FREI SEIN:"*

Sondersendungen werden vorbereitet, Nachtbereitschaften organisiert, Übertragungswagen gebucht. Die Spannung wächst. Die Redaktion rechnet mit der Freilassung schon in der ersten Nacht. Matthias Borchert und seine Kollegen warten auf die erlösende Nachricht: „Ich hab die ganze Nacht nicht geschlafen. Ich hatte Bereitschaft und wartete eigentlich stündlich oder minütlich darauf, dass gleich der Pieper losgeht. Dass gleich die erste Information kommt: Die Leiche ist gefunden oder er ist freigelassen worden."

Es passiert aber in der ersten Nacht nach der erfolgreichen Geldübergabe gar nichts, kein Anruf der Polizei, das Warten geht weiter. Über der Redaktion liegt ein Knistern, jeder wartet, dass es losgeht, dass die Geschichte raus kann. Alles ist vorbereitet. 10 bis 12 Beiträge für den Fall der Fälle. In der zweiten Nacht, kurz nach Mitternacht, kommt dann der Anruf: „Da kriegte ich plötzlich die Information: JPR ist frei! Werner Jantosch, damals Polizeisprecher, ist im Polizeipräsidium. Ich rein ins Auto, zack zum Präsidium und Werner Jantosch interviewt und von dort an sind wir auf Sendung gegangen."

„Dann war er im Dorf. Keine Telefonzelle weit und breit. Ein Schild: Zum Bahnhof fünf Kilometer. Nein, nicht noch fünf Kilometer. Ein Haus hatte noch Licht, er sah durch das Wohnzimmerfenster einen Mann, der sich Tennis im Fernsehen ansah. Er ging auf das Haus zu, klingelte. Trat ein paar Schritte von der Tür zurück, damit der Mann nicht dachte, er wolle ihn vielleicht überfallen. Wie sah er eigentlich aus? Er hatte seit viereinhalb Wochen sein Gesicht nicht mehr gesehen. Die Tür ging auf: ‚Ja, bitte?' – ‚Entschuldigen Sie bitte die späte Störung, ich wollte Sie fragen, ob ich vielleicht telefonieren dürfte. Ich wurde nämlich entführt und bin eben freigelassen worden.' – ‚Was, soll ich mein Gewehr holen?' – ‚Nein, Sie brauchen sich keine Sorgen zu machen. Es ist jetzt vorbei.'"*

Die Suche nach dem Verlies

„Und dann habe ich das unglaubliche Glück gehabt, auf den Schornsteinfeger zu treffen, der kurz vorher der Polizei den Hinweis gegeben hatte. Der hat mir dann gesagt, fahr' mal genau da hin, zu der Adresse, zu der Hausnummer." NDR 2-Mann Thomas Luerweg ist der erste Reporter, der das Verlies von Jan Philipp Reemtsma in Garlstedt bei Bremen entdeckt. Ein Monat ist vergangen, seit die Entführer Reemtsma. freigelassen haben. Thomas Luerweg steht vor dem Haus, auf das die Polizei erst kurz zuvor durch einen Zeugenhinweis aufmerksam geworden ist. Ein reetgedecktes Ferienhaus, in dessen Keller Jan Philipp Reemtsma 33 Tage gefangen gehalten worden war. Vorausgegangen war eine wochenlange Suche, bei der die Medienvertreter auf eigene Faust in Niedersachsen unterwegs waren, um das Versteck zu finden. Wenn wir das Versteck haben, so das Urteil der Polizei, dann haben wir auch die Täter. Als Anhaltspunkte bei der Suche dienen die Angaben von Jan Philipp Reemtsma zur Entführung, die bruchstückhaft veröffentlicht wurden.

„Da ging ein regelrechtes Rennen unter den Hamburger Medien los, nicht nur Hörfunk- und Fernsehkollegen, sondern auch die ganzen Zeitungsleute waren im Raum Soltau unterwegs. Also wir haben uns gedacht, dass muss irgendwo in der Nähe von Soltau sein. Weil Jan Philipp Reemtsma nach seiner Freilassung ausgesagt hatte, er erinnere sich an eine Autobahn mit sehr lauten Fahrbahngeräuschen."

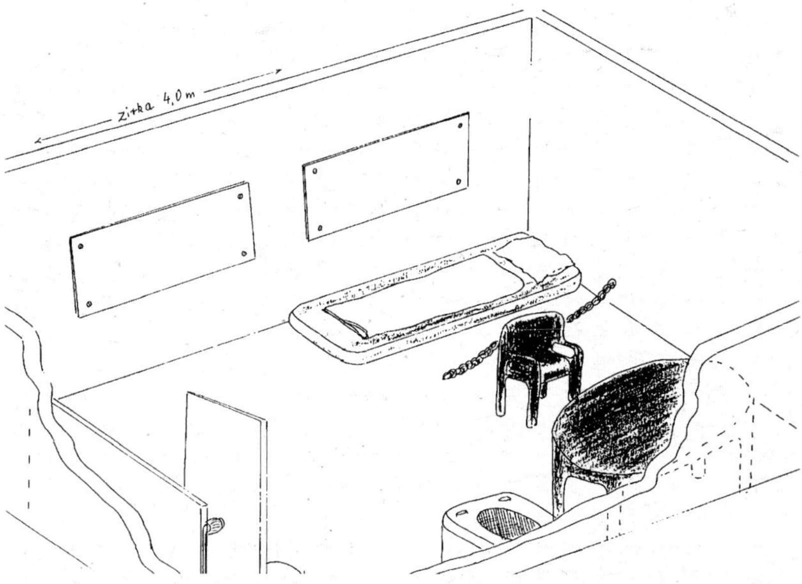

Eine von Jan Philipp Reemtsma angefertigte Skizze seines Gefängnisses.

Der Sonderkommission der Kripo kommt die Suche der Medien nahe der „Brüllbeton-Autobahn“ sehr gelegen. Hat sie doch bereits ein Haus nördlich von Bremen im Visier. Die Reporter, unter ihnen auch Thomas Luerweg, werden durch Hinweise, durch Pressetermine und durch Flugblätter für die Bevölkerung im Raum Soltau in die Irre geführt: „Wir wussten, da läuft gezielt eine Fahndung, sind hingefahren und haben die Polizei dabei beobachtet. Einmal wurde sogar zu einem Termin eingeladen, ich denke heute, dass das eine Finte war, um die Medien abzulenken.“

„Mir fiel ein, dass es eine Spur im Putz neben der Matratze gegeben hatte, die er vor dem Einschlafen immer angesehen und zu beschreiben versucht hatte. Eine Art stumpfer Halbmond, zwei Fingerkuppen hatte er hineinlegen können. „Es gibt ein Zeichen – wenn ich das sehe, weiß ich, dass das der Keller ist“, sagte ich meinem Begleiter und beschrieb die Stelle. Da sind die Steckdosen. Glühbirne in der Mitte der Decke. Deckenhöhe stimmt auch. Ein Fenster. Wo ist die Stelle, wo die Kette eingedübelt gewesen war? Die Stelle im Putz, ist die da? Ja, da ist sie. Mit ausgestrecktem Finger: „Da ist die Stelle, von der ich Ihnen erzählt habe. Das ist der Keller.“*

Der entscheidende Hinweis für Thomas Luerweg kommt aus Hannover. Der Aktuell-Chef des Hörfunks hat über private Kontakte einen Tipp bekommen und lotst NDR-Reporter Luerweg bis nach Garlstedt. Dort muss sich Luerweg durchfragen. „Das Haus stand etwas zurück, war von der Straße nicht einzusehen, ein reetgedecktes Haus. Davor ein Polizeifahrzeug. Ich habe durch die Scheiben gespäht und festgestellt, dass alles mit schwarzem Talkum-Pulver bestreut war, mit dem man Fingerabdrücke sichtbar macht. Da war mir schon relativ klar: das muss es sein.“

Die Bestätigung kommt schnell. Nach zwanzig Minuten bezieht eine weitere Polizeistreife Position vor dem Haus. Die ersten Blitz-Interviews für den NDR werden per Handy abgesetzt. Ein Übertragungswagen kommt aus Oldenburg. Die gesamte ARD will Telefonberichte. Das Gelände wird großräu-

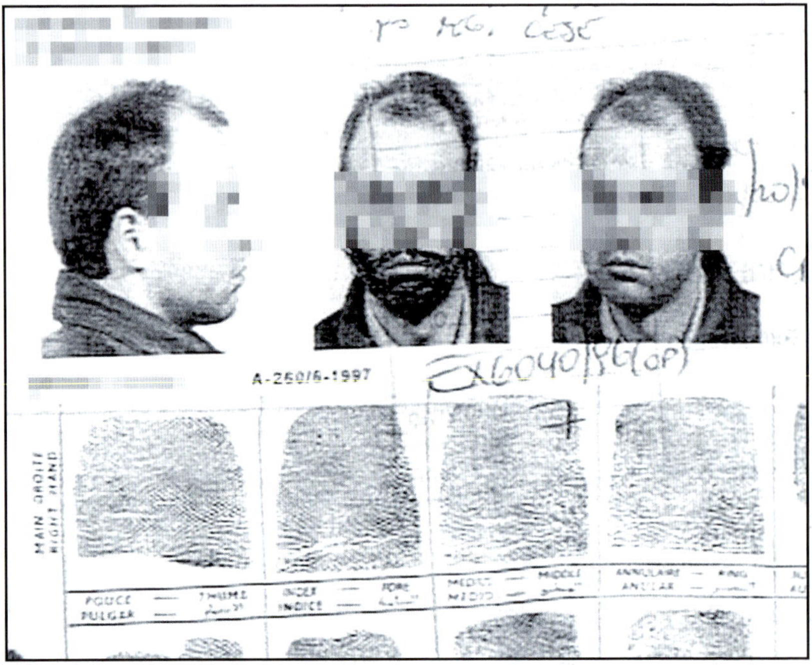

Thomas D., mutmaßlicher Kopf der Entführung, wird zwei Jahre nach der Tat in Buenos Aires gefasst.

mig abgesperrt, nach und nach treffen auch die anderen Medienvertreter ein. Sie haben Thomas Luerweg im Radio gehört. „Das war schon erhebend, ein Glücksgefühl. Ich dachte, dass kann doch gar nicht sein. Warum sollte gerade ich derjenige sein, der das Versteck als erster findet. Besonders, wenn man weiß, dass die Boulevard-Medien Heerscharen von Reportern losgeschickt haben – das war schon prima."

„Absolute Macht dort, absolute Ohnmacht hier. Das lässt man nicht im Keller zurück. Denn den Keller lässt man nicht zurück. Der Keller wird in meinem Leben bleiben, aber sowenig wie möglich von der mir in diesem Keller aufgezwungenen Intimität soll in meinem Leben bleiben. Das einzige Mittel gegen ungewollte Intimität ist Veröffentlichung."*

*** Aus: Reemtsma, Jan Philipp: „Im Keller", 1997**

Wolfgang Wortmann

Der Kindermörder

DNA-Test überführt Täter

Er entführte seine minderjährigen Opfer, vergewaltigte und erdrosselte sie – der Mörder der Mädchen Christina N. und Ulrike E. Doch nicht nur wegen seiner Brutalität und Kaltblütigkeit handelt es sich um einen besonderen Fall, der in die Kriminalgeschichte einging. Um den Täter überführen zu können, hatte die Polizei rund 15.000 Männern eine Speichelprobe abgenommen – es war der erste große Massengentest in Deutschland.

Zwei Mädchen verschwinden

Der Fall beginnt am 11. Juni 1996: Damals kommt die 13 Jahre alte Ulrike E. von dem Ausflug mit einer Ponykutsche in der Nähe von Oldenburg nicht mehr nach Hause zurück. Groß

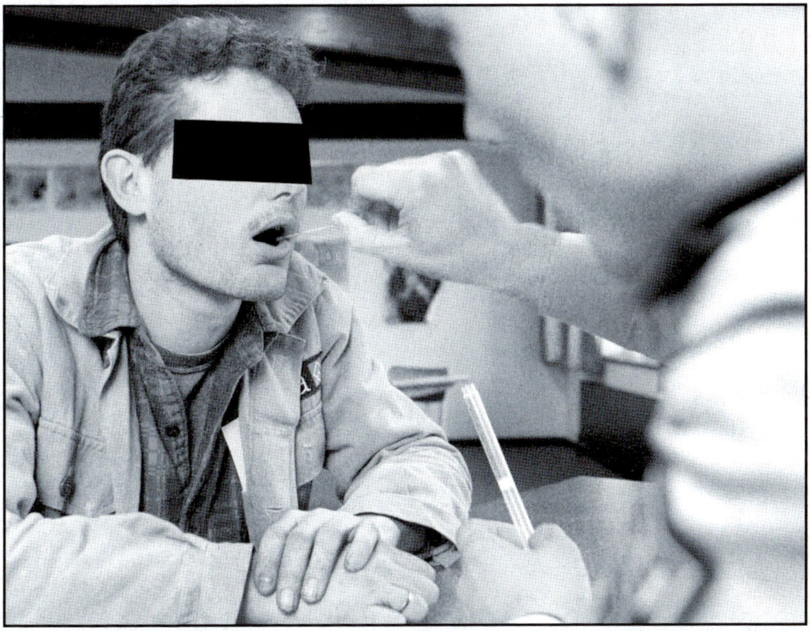

Auf der Suche nach dem Kindermörder kam es zum ersten Massengentest Deutschlands.

angelegte Suchaktionen bringen kein Ergebnis. Nur das Gespann und das Pferd werden auf einem Feldweg in der Nähe des Küstenkanals entdeckt. 90 Minuten später wird die Polizei benachrichtigt; die Beamten stellen Reifenspuren sicher. Sie grenzen den Zeitraum, in dem ein Unbekannter das Mädchen in seine Gewalt gebracht haben könnte, immer weiter ein. Nach der Auswertung von Zeugenaussagen gehen sie davon aus, dass Ulrike zwischen 15.05 und 15.08 Uhr entführt worden sein muss. Doch trotz der intensiven Suche: Rund zwei Jahre wird das Kind verschwunden bleiben, werden die Eltern an der Ungewissheit fast zerbrechen.

Im März 1998 verschwindet ein weiteres Mädchen – Christina N. aus Strücklingen im Kreis Cloppenburg – nach einem Besuch im Schwimmbad. Ihr Fahrrad wird kurze Zeit später an einer Straße entdeckt. Tausende Helfer suchen das Gelände ab und finden die Schwimmsachen des Mädchens. Wenige Tage später entdecken Jäger die Leiche des Kindes in einem Waldstück. Die Elfjährige ist erdrosselt worden. Die Polizei stellt ein Messer mit Spuren sicher. Die Untersuchungen lassen die Beamten Zusammenhänge mit einer Vergewaltigung im Jahre 1996 vermuten, bei der der Täter sein Opfer frei gelassen hatte.

DNA-Probe 3889

Etwa zwei Wochen nachdem die Tote gefunden worden war bestellt die Polizei Männer aus der Region im Alter von 18 bis 30 Jahren zum Speicheltest.

15.000 Überstunden

Die Beamten nehmen in Turnhallen und Schulen rund 15.000 Proben und kündigen ein Ergebnis für Mitte Juni an. Zu diesem Zeitpunkt haben die Ermittler bereits mehr als 15.000 Überstunden angesammelt und 50 Meter Akten gefüllt. Den Durchbruch aber bringt schließlich der Gentest. Bereits Ende Mai sickert durch, dass das Landeskriminalamt fündig geworden ist – bei der Probe mit der Nummer 3889. An einem Freitagnachmittag nimmt die Polizei in Elisabethfehn im Kreis Cloppenburg einen völlig überraschten Mann in seinem Garten fest: Ronny R., einen dreifacher Familienvater. Dessen Frau reagiert nach Angaben der Polizei mit den Worten: „Das kann nicht wahr sein“.

Zur Erinnerung an
NELLY
und an alle
anderen Kinder
die durch fremde
Hand aus der Blüte
ihres Lebens
gerissen wurden
Wir denken an
EUCH

Das Geständnis

Der 30-jährige R. hatte freiwillig an dem Gentest teilgenommen. Möglicherweise befürchtete er, bei einer Ablehnung noch früher in den Kreis der Verdächtigen zu geraten. Der Mann gesteht in den Verhören den Mord an Christina N. und auch eine Vergewaltigung im Jahre 1996. Mit dem Verschwinden von Ulrike E. will er zunächst nichts zu tun gehabt haben. Schließlich aber gibt er zu, auch sie wie Christina N. missbraucht und erdrosselt zu haben. Im Juli führt R. die Polizisten in das Ipweger Moor bei Oldenburg. Dort entdecken die Beamten zunächst den Schädel und später weitere Überreste der Leiche. Mit Hilfe einer gefundenen Zahnspange kann das Mädchen identifiziert werden. Unterdessen wird Kritik an der Arbeit der Polizei laut: R. hatte bereits 1989 ein Mädchen vergewaltigt und war zu einer Freiheitsstrafe von fünfeinhalb Jahren verurteilt worden. Diese Daten waren aber nicht im polizeilichen Informationssystem „Polas" des Landeskriminalamtes gespeichert. Hätten die Beamten der Sonderkommission den Fall früher lösen können, wenn sie gewusst hätten, dass Ronny R. vorbestraft war? Darüber gehen die Meinungen auseinander.

Das Motiv

Eine Psychologin und ein Psychiater untersuchen R. – sie halten den Maschinenschlosser nicht für einen kranken Mann,

Die verzweifelte Suche nach Spuren.

Der „genetische Fingerabdruck"

Entwickelt wurde das Verfahren 1984 in England. Aus kleinsten Spuren wie Haaren, Blut oder Sperma können Wissenschaftler die so genannte „Desoxyribonukleinsäure" isolieren, die DNA. Aus diesem Erbmolekül werden in einem biochemischen Verfahren einzelne Abschnitte getrennt und sichtbar gemacht. So entsteht ein Muster – ähnlich dem eines Strichcodes, das für jeden Menschen charakteristisch ist.

Bei dem Gentest wird in der Regel eine Speichelprobe genommen und dann mit den Spuren vom Tatort verglichen. Stimmen die Werte überein, handelt es sich mit sehr großer Wahrscheinlichkeit um den Gesuchten; lediglich bei eineiigen Zwillingen ist das DNA-Muster identisch. Somit steht den Ermittlern eine Methode zur Verfügung, die wesentlich genauer ist als der normale Fingerabdruck. Dies allerdings bringt im Bezug auf den Datenschutz auch Probleme mit sich. Dies gilt vor allem für die so genannte Gen-Datei. In ihr werden nicht nur Sexualstraftäter aufgeführt, sondern auch vergleichsweise kleinere Kriminelle wie rückfällig gewordene Wohnungseinbrecher. Außerdem fürchten Datenschützer, dass sich aus den gewonnenen DNA-Spuren neben der Identität auch Informationen über Erbkrankheiten ablesen lassen, die dann zum Beispiel für Versicherungen interessant sein könnten.

der von inneren Zwängen getrieben wird. Er habe keinen Hang zur Pädophilie oder sei Sadist, auch auf sexuelle Gewaltphantasien gebe es keinen Hinweis. Ronny R. suchte sich nach Ansicht der Gutachter Kinder als Opfer aus, weil sie ihm die Vergewaltigung leichter gemacht hätten als erwachsene Frauen. Die Untersuchung bescheinigt R. einen „erschreckenden Mangel an Mitgefühl". Berichte über den Kindermörder Rolf D., gegen den ein Jahr zuvor vor demselben Schwurgericht verhandelt worden war, hätten Ronny R. kalt gelassen, so die Psychologin.

Das Urteil

Entsprechend fällt das Urteil aus: Das Landgericht verkündet es im November 1998: Ronny R. muss lebenslänglich ins

Gefängnis. Außerdem stellen die Richter die „besondere Schwere“ der Schuld fest. Das bedeutet, dass der zweifache Kindermörder nicht vorzeitig entlassen werden darf. Ronny R. habe heimtückisch, vorsätzlich und bei klarem Bewusstsein gemordet, heißt es zur Begründung – um die Vergewaltigungen zu vertuschen. Auch die Eltern des ermordeten Mädchens Christina N. verfolgen die Urteilsverkündung im Gerichtssaal. Erschöpft, aber mit dem Strafmaß zufrieden, erklären sie: „Das Kapitel ist abgeschlossen. Wir haben damit gerechnet, dass es so kommt. Jetzt gehen wir nach Hause.“

Wie eine fremde Macht

Ein anderer Prozessbeobachter ist Heinrich Thies. Im Gegensatz zu anderen Reportern, die sich nach dem Urteil von dem Fall abwenden, beschäftigt sich Thies noch Jahre mit dem Kindermörder. Der Zeitungsjournalist besucht Ronny R. im Gefängnis, schreibt ein Buch über ihn*. Er versucht zu begreifen, wie ein normaler Familienvater zum Sextäter werden kann. Der Mangel an Mitleid ließe sich unter Umständen mit seiner schweren Kindheit erklären, sagt Thies. Ronny R.'s Vater habe ihn – den Sohn – vergewaltigt. Aber reicht das als Erklärung aus? Der Kindermörder selbst sagte dem Journalisten, er sei in einer Lebenskrise gewesen. Die Tat sei über ihn gekommen – wie eine fremde Macht, die er nicht habe beeinflussen können. Und anschließend? Wie ist R. mit seiner Schuld umgegangen? Eine zentrale Frage in der Recherche des Journalisten Thies. Die Antwort fällt schockierend aus.

„Ich war verblüfft von Rieken zu erfahren, dass ihn das gar nicht mehr belastet hat, nach sehr kurzer Zeit bereits. Er hat es völlig verdrängt und weggeschoben aus seinem Bewusstsein, als sei es gar nicht mehr existent. Das heißt, er konnte mit seiner Frau darüber reden, wie die armen Eltern immer noch in dieser Ungewissheit leben und immer noch nach ihrer Tochter fahnden, obwohl er selbst derjenige war, der das Kind entführt und umgebracht hat.“ (Zeitungsjournalist Thies nach einer Befragung des Kindermörders)

*** Thies, Heinrich: Ronny Rieken. Portrait eines Kindermörders. Springe, 2005.**

Guido Pauling

Verzweiflungstat am Himmel

Der mysteriöse Flugzeugabsturz bei Sehnde

Was treibt einen Menschen zum Mord, obwohl er weiß, dass er durch die Mordtat selbst ums Leben kommt? Mord als Selbstmord – in den Augen von Kriminalisten ist eine solche Tat sehr ungewöhnlich. Und nicht nur dies; wer bei jedem Kriminalfall lückenlose Aufklärung wünscht, entdeckt hier einen schweren Schönheitsfehler: Die Frage nach dem Motiv lohnt sich aus juristischer Sicht gar nicht erst – denn wen soll man noch anklagen, wenn der Mörder tot ist? Ein Fall für die Akten also. Doch die wenigsten Menschen denken strikt in juristischen Bahnen, und so kommen die verschiedensten Erklärungsversuche und Spekulationen auf.

Der Absturz

Ein gemeinsam verbrachter Oktobertag zweier befreundeter Paare auf Sylt ging zu Ende. Es war Sonntagnachmittag, morgens war man im Kleinflugzeug zusammen nach Sylt geflogen, hatte einen Strandspaziergang gemacht und gemeinsam Fisch gegessen; jetzt stand der Heimflug bevor. Gegen 18.00 Uhr wollte Hobbypilot Hans-Peter S. auf dem Flughafen Hildesheim-Drispenstedt landen. Mit an Bord der sechssitzigen Beechcraft Be 35 waren die Lebensgefährtin des Piloten, Sabine R., sowie der Versicherungsmakler Rainer B. und seine Freundin, die Berufsschullehrerin Ulrike D.

Für S. war die Fliegerei eine Art zweiter Beruf geworden. Unter den Mitgliedern des „AeroClubs Hildesheim-Hannover" galt er als äußerst erfahrener Pilot mit mehreren tausend Flugstunden Praxis. Er besaß eine eigene Maschine, mit der er ab und zu Chartergäste beförderte und wurde Pilotenausbilder. Daneben war er mit der Verwaltung von Immobilien beschäftigt, die er geerbt hatte. Anfang der Siebzigerjahre hatte er die Baufirma seines Großvaters übernommen, musste später jedoch Konkurs anmelden. Das hinderte ihn aber nicht daran, weiter zu fliegen. Angeblich finanzierten sein Vater und sein Großvater das teure Hobby mit. Unter Bekannten galt S. als geselliger Typ, der Erfolg bei Frauen hatte. Zwei Ehen waren gescheitert; aus zweiter Ehe hatte er eine Tochter. Regelmäßig unternahm er kurze Abstecher nach Sylt und nahm auch gerne Freunde mit, so wie eben auch an diesem 13. Oktober 1996.

Kurz vor 18.00 Uhr meldete sich S. beim Hildesheimer Kontrollturm, um sich nach der Landebahn zu erkundigen, und schaltete danach wieder vorschriftsmäßig auf den Funkverkehr des Flughafens Hannover-Langenhagen um. Doch die Maschine kam nicht mehr in Hildesheim an.

Mehrere Zeugen, die in der Nähe von Sehnde bei Hannover spazieren gingen, beschrieben die folgenden Geschehnisse später so: Das Flugzeug sei plötzlich steil nach oben gestiegen, danach habe es einen explosionsartigen Knall gegeben. Die Tragflächen seien abgerissen, anschließend sei die Maschine wie ein Stein vom Himmel gefallen und auf einem Acker zerschellt – nur drei Kilometer von den Wohnhäusern der Ortschaft Wassel entfernt.

Für die kurz nach dem Absturz herbeigerufenen Flugunfallexperten vom Luftfahrtbundesamt Braunschweig gab es nur zwei mögliche Erklärungen: Entweder war ein Propellerflügel abgerissen, oder aber dem Piloten war etwas zugestoßen. Mit dieser Einschätzung hatten die Experten auf Anhieb die richtige Vermutung geäußert – doch noch ahnten sie nicht, was tatsächlich geschehen war.

Erste Ermittlungen

Bernd Seemann von der Staatsanwaltschaft Hildesheim hatte an diesem Wochenende Rufbereitschaft. „Ich saß gerade mit meiner Frau beim Abendessen und erwähnte ihr gegenüber, dass ich lange nicht mehr ein so ruhiges Bereitschafts-Wochenende erlebt habe, als das Telefon klingelte: Flugzeugabsturz bei Sehnde!" Seemann dachte zunächst an einen Scherz, doch die zuständige Polizeidienststelle konnte ihn schnell vom Gegenteil überzeugen. Also machte sich Seemann auf den Weg, denn bei einem Unglück mit mehr als drei Toten war vorgeschrieben, dass ein Staatsanwalt die

Ermittlungen zu übernehmen hat. Als er an der Absturzstelle eintraf, hatte die Polizei den Unfallort abgesperrt. „Es war dunkel, ein leichter Nieselregen fiel, und überall in weitem Umkreis lagen die Trümmer des Flugzeugs verteilt“, erinnert sich Seemann.

Zusammen mit den Flugunfallexperten und der Polizei überlegte der Staatsanwalt, welche Ursachen für den Absturz in Frage kommen konnten und ordnete schließlich die Obduktion der vier Leichen an – eigentlich mehr aus Ratlosigkeit, wie er später sagte. Vielleicht hatte der Pilot ja gesundheitliche Probleme gehabt, möglicherweise sogar während des Fluges einen Herzinfarkt erlitten.

Der Flugzeugabsturz bei Sehnde wirft viele Fragen auf.

Das Obduktionsergebnis am nächsten Morgen war eine gewaltige Überraschung: Der Pilot war erschossen worden! Eine Schussverletzung im Rücken und eine im Genick zeigten eindeutig: Einer der Passagiere hatte aus nächster Nähe geschossen. Der Pilot war daraufhin nach hinten gesackt und hatte das Flugzeug hochgerissen. In dem plötzlichen Steilflug war der Druck auf die Tragflächen so stark geworden, dass sie mit einem Knall abrissen und die Maschine zu Boden stürzte.

Drei Tote unter Verdacht

Sofort nach der Nachricht wurde die Unfallstelle weiträumig abgesperrt; 30 Beamte der Bereitschaftspolizei suchten erneut nach Spuren und fanden in den Trümmern die Tatwaffe: Eine Walther PPK, Kaliber 7,65. Die Waffe gehörte dem Co-Piloten Rainer B. War er also der Täter? Ein Handdurchschuss wurde von den Rechtsmedizinern als Abwehrverletzung gedeutet – als ob Rainer B. bei einem Gerangel Schlimmeres hatte verhindern wollen und dabei von einer Kugel getroffen worden war. Zudem schied Selbstmord von vornherein aus: Wie sollte sich der Pilot in den Rücken geschossen haben? Auch das Gerücht um einen fünften Passagier, der nach mehreren Schüssen per Fallschirm abgesprungen sein soll, ließ sich schnell als gegenstandslos abhaken. Also war eine der Frauen die Mörderin. Aber welche der beiden, und warum?

Motiv zweitrangig

Die Staatsanwaltschaft ermittelte weiter, obwohl klar war, dass die Mörderin nicht mehr angeklagt werden konnte. „Wir haben die Sache bis zum Ende geführt, um handwerklich korrekte Arbeit abzuliefern“, sagte Staatsanwalt Bernd Seemann später zu dem Fall. Doch das Motiv war für die Juristen jetzt nur noch zweitrangig.

Tagelang versuchten Spezialisten des Landeskriminalamts, den Mord mit technischer Hilfe aufzuklären. Es stellte sich jedoch heraus, dass die Fingerabdrücke auf der Tatwaffe nicht verwertbar waren. Klarheit sollte die Analyse der Schmauchspuren bringen. Unter einem Mikroskop sind diese

Spuren, die einen Schützen überführen, festzustellen, doch eine Untersuchung dauert mehrere Tage – Zeit genug für die Presse, eifrig zu spekulieren.

So wurden der Reihe nach alle drei Passagiere mit mehr oder weniger plausiblen Erklärungen verdächtigt. Am naheliegendsten schien es, die Lebensgefährtin des Piloten, Sabine R., als mutmaßliche Mörderin anzusehen. Angeblich hatte sie sich kurz vor dem Abflug heftig mit S. gestritten. War also rasende Eifersucht das Motiv? Die von Hans-Peter S. getrennt lebende Ehefrau wurde mit den Worten zitiert, sie und ihr Mann seien nie vollständig auseinander gegangen; Sabine R. sei für ihren Mann nur eine Freundin von vielen gewesen, keine feste Beziehung. Doch für die Menschen, die Sabine R. kannten, war es unvorstellbar, dass sie geschossen haben könnte.

Auf einmal richteten Teile der Presse ihr Augenmerk doch wieder auf den Versicherungsmakler Rainer B. - obwohl inzwischen klar geworden war, dass die Schüsse in Rücken und Genick des Piloten höchstwahrscheinlich von hinten gekommen sein mussten und beide Männer im Flugzeug vorn, die Frauen hinten gesessen hatten. Außerdem sprach B.'s Handdurchschuss gegen seine Täterschaft.

Doch dann wurde bekannt, dass die Staatsanwaltschaft gegen den 43-Jährigen wegen unlauteren Wettbewerbs und Verrates von Geschäftsgeheimnissen ermittelt hatte. Angeblich hatte er fremde Computer von Finanzgesellschaften angezapft und Kundenadressen gestohlen, die er dann an eine Kreditvermittlungsfirma weitergeleitet haben soll. Von mehreren hunderttausend Mark Schaden war die Rede. Außerdem habe B. vorgehabt, nach dem sonntäglichen Sylt-Ausflug ein Geständnis abzulegen. Hatte der Mann nun also aus Angst vor dem Ruin vollkommen die Nerven verloren und sich mitsamt seinen Freunden in den Tod gestürzt?

Auch um B.'s Lebensgefährtin, die Lehrerin Ulrike D., rankten sich die Spekulationen. Sie könnte bei einem Streit an Bord nach der Waffe gegriffen haben. Als der Co-Pilot versuchte, ihr die Pistole zu entwinden, habe sich dann der erste Schuss

Mord aus Eifersucht? Die Polizei sucht an der Absturzstelle nach Spuren.

gelöst. In Panik habe sie weitergeschossen, den Piloten getroffen und damit den Absturz verursacht, so eine Vermutung. Und auch für sie käme Eifersucht als mögliches Motiv in Frage. Denn es gab Zeugen, die den Piloten Hans-Peter S. und Ulrike D. mehrfach allein auf dem Flughafen Hildesheim beobachtet hatten. War Sabine R. doch nicht S.'s einzige Freundin?

Die wahrscheinliche Lösung

Eine Woche nach dem Absturz schien der Mord an Bord ein ewiges Rätsel zu bleiben. Die Schmauchspuranalyse hatte kein klares Ergebnis gebracht – bei allen Passagieren waren Schmauchspuren gefunden worden. In der engen Flugzeugkanzel hatte jeder der vier Insassen nach den Schüssen Partikel abbekommen, erklärte die Staatsanwaltschaft. Zwar sei an einer Person eine etwas höhere Konzentration des Gases nachweisbar gewesen. Doch diese Spuren hätten nicht ganz ausgereicht, um den Mörder zweifelsfrei zu überführen. Allein über den Verlauf der Schusskanäle im Körper des Piloten war jetzt noch eine Aussage möglich – die letzte Chance, einen Fall aufzuklären, der juristisch gar nicht mehr zu ahnden war. Und diese letzte Untersuchung hatte Erfolg.

Die Mörderin war – zumindest mit hoher Wahrscheinlichkeit – Ulrike D. Hundertprozentig sicher war keiner der Ermittler;

bei jeder wissenschaftlichen Analyse bleibt letztlich eine Fehlermöglichkeit, sei sie auch noch so klein. So teilte die Staatsanwaltschaft Hildesheim in einer Erklärung mit, „nach menschlichem Ermessen sind die Schüsse von hinten rechts abgegeben worden. Dort saß Ulrike D.“ Ermittlungen zum Motiv solle es jedoch nicht mehr geben.

Nach dieser Erklärung und weiteren Recherchen war sich nun auch die Presse einig: Es war keine Panik im Spiel. Es war eiskalter Mord. Die Mörderin setzte die Pistole am rechten Schulterblatt des Piloten an und drückte ab. Mit einem zweiten Schuss traf sie Hans-Peter S. im Nacken, nachdem Rainer B. noch versucht hatte, ihren Schuss abzuwehren und dabei selbst verletzt wurde.

War es Eifersucht? Wollte die mutmaßliche Mörderin lieber mit Hans-Peter S. anstatt mit Rainer B. zusammenleben? Ulrike D.'s Lehrerkollegen waren fassungslos – sie habe doch schon den Unterricht für die kommende Woche vorbereitet! Ausgeschlossen, dass sie die Tat zuvor geplant haben könnte. Woher kam also dieser plötzliche Ausbruch von Gefühlen und von Gewalt?

„Es war eine Tat aus Verzweiflung heraus“, sagt Bernd Seemann von der Staatsanwaltschaft Hildesheim heute. Für den Juristen war der Fall spätestens nach der letzten Analyse der Schusskanäle abgeschlossen. Doch auch beinahe zehn Jahre nach der Tat nennt Seemann nicht den Namen der Täterin. Es bleibt bei der Jahre zurückliegenden Erklärung der Anklagebehörde über hohe und weniger hohe Wahrscheinlichkeiten. Die Staatsanwaltschaft würde möglichen Zivilprozessen neue Nahrung geben, indem sie einen Namen nennt; schließlich seien erbrechtliche Verwicklungen möglich.

Die Schmauchspuren an der Schusshand seien für ihn persönlich aber ausreichend deutlich gewesen, erklärt Seemann, außerdem seien ihm die privaten Verflechtungen der vier Flugzeugpassagiere untereinander bekannt. Aus den Zeugenaussagen in den Akten ergebe sich ein klares Bild, so dass der Fall für ihn nichts Rätselhaftes mehr habe. Der Kriminalfall ist anscheinend gelöst; allerdings schlummert die Lösung in staubigen Aktenstapeln. Die Öffentlichkeit kann auf Gutachter

Der Pilot der Sportmaschine: Hans-Peter S.

hören und muss doch hinnehmen, dass es keine unumstößliche Gewissheit geben kann.

„Das spielt aber keine Rolle“, sagt Bernd Seemann. „Ich werde nicht sagen, wer nach meiner Überzeugung geschossen hat, denn das ist nicht meine Aufgabe. Meine Aufgabe ist, einen dringenden Tatverdacht oder einen mangelnden Tatverdacht gegen einen verfolgbaren Beschuldigten festzustellen. Und in diesem Fall gibt es niemanden mehr, den wir wegen des Flugzeugunfalls vor Gericht stellen können.“

Zehn Tage nach dem Mord und dem tragischen Absturz wurde Ulrike D. beigesetzt. Unter den Gästen der Beerdigung fiel kein böses Wort über die Verstorbene. Einen Tag später verabschiedete sich eine Trauergemeinde vom Piloten Hans-Peter S. Auch hier wagte es niemand laut, die mutmaßliche Täterin zu verurteilen. Mit einem Lied von Reinhard Mey gaben die Trauergäste dem Piloten das letzte Geleit: „Über den Wolken muss die Freiheit wohl grenzenlos sein ...“.

Kathrin Pagendarm

Das Ringen um die Wahrheit

Ein Pastor soll seine Frau getötet haben

Am 25. Juli 1997 – dem Tag ihres Todes – läuft Veronika I.-G., 53 Jahre alt, durch die Braunschweiger Innenstadt. Sie stöbert in einem Haushaltswarengeschäft, kauft in einer Boutique eine Jeans und holt gegen 13.00 Uhr in einem Reisebüro zwei Flugtickets für eine Reise in die USA ab – sie sind auf sie selbst und ihren Mann, Pastor Klaus G., ausgestellt. Anschließend verliert sich die Spur von Veronika I.-G..

Einen Tag später meldet der Pastor seine Frau als vermisst. Außerdem beginnt er selbst, nach Veronika I.-G. zu suchen. Klaus G. druckt Flugblätter mit dem Titel „Hilfe, ein Mensch ist verschwunden" und verteilt sie in der Braunschweiger Innenstadt. Er gibt Anzeigen in Lokalzeitungen auf – „jede normale Erklärung für das Verschwinden seiner Frau scheide angesichts der Vorfreude auf den Urlaub in den USA aus", sagt G. damals. Ist die Suchaktion des Pastors ein geschicktes Täuschungsmanöver, um eine Gewalttat zu vertuschen? Der Staatsanwalt und die 16-köpfige Sonderkommission gehen davon aus. Denn die Ehe von Veronika und Klaus G. war alles andere als harmonisch, wie sich später herausstellen sollte.

Das Ehepaar

Der Pfarrer und seine Frau gelten als Vorbild für die Gemeindemitglieder. Klaus G. arbeitet seit 1975 im Kirchspiel Beienrode, war jahrelang Vize-Superintendent des Kirchenkreises Wolfsburg, setzt sich als Bundesvorsitzender des Vereins Aktion Sühnezeichen für Nächstenliebe und Abrüstung ein und vermittelt Kirchentagungen für Christen aus Osteuropa. Auf alle, die ihn kennen, wirkt der 57-Jährige aufrichtig und beredt. Richter Peter Kriebel beschreibt den Angeklagten so:

„Er war ein hochintelligenter, umfassend gebildeter, sehr eloquenter Mann, der aber meiner Meinung nach sehr ichbezogen war und sich (...) das Recht heraus nahm, (sich) über alle Konventionen hinwegzusetzen."

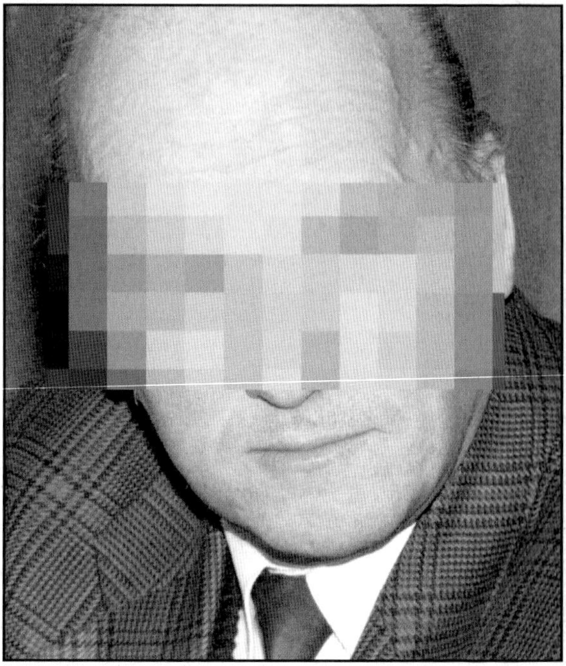

Unter Anklage: Pastor Klaus G.

Veronika I.-G., Tochter des Theologie-Professors Hans-Joachim I., lehrte Religion, Latein und Griechisch an einer Gesamtschule in Wolfsburg, leitete das evangelische Amt für Religionspädagogik in Braunschweig und war außerdem ehrenamtliche Bürgermeisterin von Beienrode. Außerdem führte sie die Arbeit ihres Vaters im „Haus der helfenden Hände“, angesiedelt auf dem ehemaligen Rittergut in Beienrode, fort. Dort haben versprengte ostpreußische Pfarrerswitwen ihren Alterssitz. Klaus und Veronika G. ziehen außerdem vier Kinder groß. Das Ehepaar G. sei unermüdlich für andere im Einsatz und habe sich sehr gut ergänzt, sagen die Beienroder bei Vernehmungen. Niemand von ihnen kann sich zu diesem Zeitpunkt vorstellen, dass die Frau gewaltsam ums Leben gekommen ist, geschweige denn durch die Hand ihres Mannes.

Festnahme und Ermittlungen

Der Pastor wird bereits festgenommen, bevor die Leiche seiner Frau gefunden wird – am 29. Juli 1997 führen ihn die

Beamten ab. Denn bei den Vernehmungen verwickelt er sich immer mehr in Widersprüche und belastet sich damit schwer.

Am 1. August 1997 wird Veronika I.-G. von Jägern tot in einem Waldstück bei Wolfenbüttel gefunden. Sie wurde gewürgt und erschlagen. Ihre Leiche muss ein fürchterlicher Anblick gewesen sein. Ihr Hinterkopf ist eingeschlagen, Gesicht und Hals sind verstümmelt. Ein Sexualverbrechen kann die Polizei ausschließen. Die Sonderkommission ermittelt, dass Veronika I.-G. nicht an der Fundstelle ihrer Leiche ermordet wurde, sondern einige hundert Meter davon entfernt auf dem „Pastorenkamp" in der Gemarkung Rautheim-Mascherode. Klaus G. sagt aus, dass er dort schon seit zwei Jahren nicht mehr gewesen sei – Zeugen behaupten jedoch das Gegenteil: Sie haben ihn zwei Wochen vor der Tat in weiblicher Begleitung zwischen Rautheim und Mascherode gesehen. Ein anderer Zeuge erinnert sich wiederum daran, G. am Tag der Tat zwischen 15.00 und 16.00 Uhr unweit der Fundstelle des Leichnams neben einem roten VW-Passat beobachtet zu haben. In Braunschweig aber, wo G. zur selben Zeit vor einem Restaurant auf seine Frau gewartet und sich dabei auffällig benommen haben will, findet die Polizei niemanden, der das bezeugen kann.

Das Verfahren

Am 2. Februar 1998 beginnt der Prozess gegen Klaus G. Die Öffentlichkeit ist gespalten: Ist ein Pastor tatsächlich in der Lage, seine Frau zu töten oder kann es sich nur um einen Irrtum handeln? Die meisten der rund 600 Bewohner von Beienrode lassen nichts auf den Geistlichen kommen; sie sammeln Unterschriften zu seiner Ehrenrettung und der des Dorfes. Klaus G. selbst beteuert immer wieder, nichts mit dem Mord an seiner Frau zu tun zu haben:

„Die gemeine öffentliche Verdächtigung frisst wie ein Krebsgeschwür, zerstört und verunsichert."
(Die Zeit vom 15.01.1998)

Doch im Laufe des Prozesses beginnt das Bild vom aufrechten Pastor, der zu Unrecht belastet wird, auch in der Öffentlichkeit zu bröckeln. Einige Beienroder erinnern sich an Gerüchte über zahlreiche Affären des Theologen. Seine Frau soll seit Jahren davon gewusst haben. Vor Gericht bestätigt sich dies. Zum einen haben die Fahnder diverse Liebesbriefe im Hause G. gefunden; zum anderen bestätigen drei Frauen, mit denen G. ein Verhältnis hatte, ihre Affären mit dem Angeklagten. Dieser hält dagegen, dass seine Frau von seinen Liebschaften gewusst habe und das Ehepaar „erwachsen" damit umgegangen sei. Doch ein Lehrer-Kollege der getöteten Frau widerspricht: Für Veronika I.-G. sei die Situation sehr belastend gewesen; sie habe stark darunter gelitten. Die Sympathie der Öffentlichkeit für G. schwindet. Redakteur Kay Wesche hat den Prozess damals für NDR 1 Niedersachsen beobachtet:

„Es gab zwei Dinge, an denen man gemerkt hat, dass der Heiligenschein des Pastors bröckelt. Das eine war die Tatsache, dass er Geliebte hatte neben seiner Frau, (...) und das andere, was sich vorher auch niemand vorstellen konnte, war, dass Pastor G. auch vorbestraft war, nämlich wegen Ladendiebstahls."

Ein weiteres, wichtiges Detail stellt die Unschuld G.'s endgültig in Frage. Er muss vor Gericht einräumen, eine seiner Freundinnen zur Falschaussage gedrängt zu haben. Im Auto des Angeklagten waren Gummistiefel gefunden worden, an deren Sohlen die Spurensicherung Erde vaus dem Bereich des Tatortes gefunden hat. G. sagt aus, er habe die Stiefel nur einmal im Schlosspark Beienrode getragen; seine Frau aber sei öfter mit ihnen unterwegs gewesen. Da sie eine Woche vor ihrem Tod in der Nähe des Tatortes spazieren gegangen sei, könne die Erde so unter die Stiefel gekommen sein – er habe nichts damit zu tun. Seine ehemalige Geliebte sollte nun vor Gericht bezeugen, das sie Veronika I.-G. mit den Stiefeln auf einem Feldweg gesehen hat – die Frau knickt jedoch ein und erzählt dem Gericht von G.s Bitte an sie.

Für seinen Mandanten, so Rechtsanwalt Bertram Börner, sei es fürchterlich gewesen, dass die Menschen immer mehr an seinen Aussagen zweifelten:

„Wenn man sich in Untersuchungshaft befindet – und das befand er sich ja – dann ist man natürlich in den wenigen Stunden, die man in der Hauptverhandlung sitzt,(...) übermäßig angewiesen und abhängig von den Reaktionen, (...) da lebt man davon, ob man für schuldig gehalten wird oder noch geachtet wird, oder ob einem die Achtung entzogen wird."

Ein Bild aus glücklicheren Zeiten: Das Ehepaar G.

Die Tatwaffe

Ein Spurenexperte aus Zürich, dessen Gutachten damals extra angefordert wurde, weil er einer der wenigen Fachleute war, die bereits mit speziellen Computerprogrammen arbeiteten, ist sich vor Gericht ganz sicher: Veronika I.-G. wurde mit einem so genannten „Kuhfuß“ – einem Nageleisen – erschlagen. Das Eisen wurde im Kofferraum von G.'s Passat gefunden; wie es dort hinkam, kann der Angeklagte nicht erklären. Vor Gericht führt der Wissenschaftler aus, dass die Art der Verletzungen im Gesicht der Leiche mit dem Werkzeug übereinstimmt – jede Linie, Delle und jeden Buckel des Eisens und der Knochen hat der Experte mit Hilfe von dreidimensionalen Computermodellen überprüft. Ein Rechtsmediziner aus Göttingen sagt zum Tatablauf übereinstimmend aus, dass das Opfer zunächst zweimal mit dem Kuhfuß auf den Hinterkopf geschlagen wurde, bevor der Täter mit der flachen Seite des Werkzeugs ihr Gesicht malträtierte. Von mindestens sieben Schlägen sei das Opfer getroffen worden.

Das letzte Mosaiksteinchen: eine Ameise

Im Sohlenprofil der Gummistiefel haben die Spurensucher nicht nur Erdanhaftungen gefunden, sondern auch eine tote

Bringt die Polizei auf die richtige Spur: der Gummistiefel des Pastoren.

Ameise – wie sich herausstellt, gehört sie zur Art der schwarz glänzenden Holzameise – einer Gattung, wie sie in dieser Gegend sehr selten ist. Die Fahnder müssen nun nachweisen, dass das Tierchen zur gleichen Art gehört wie die Ameisen, die auf dem Leichnam herum krabbelten. Außerdem möchte das Gericht wissen, ob die Art nachweislich am Leichenfundort vorkommt. Akribisch weist die Spurensicherung nach, dass es sich genau so verhält. Der Biologe Kurt Bickel vom Landeskriminalamt Hannover erzählt:

„Wir haben (...) versucht, diese Ameise zu bestimmen; wir haben weiterhin im Zufahrtsbereich des Fundortes Ameisen gesucht und festgestellt, dass die Ameise, die an der Leiche beziehungsweise unter den Gummistiefeln des Herrn Pastor waren, nur in dem Wäldchen vorkamen, wo die Tote gefunden wurde (...).“ Dieser Beweis überzeugt das Gericht, dass Pastor G. die Stiefel am Tatort getragen hat.

Das Urteil

Am 16. April 1998 kommt das Gericht zu dem Schluss, dass Pastor Klaus G. seine Frau erschlagen hat. Der Angeklagte habe sich eindeutig wie ein Täter benommen. Für die Tatzeit habe er kein Alibi gehabt; er zeigte sich vollkommen überzeugt davon, dass seine Frau nicht zurückkehren wird, bevor überhaupt klar war, dass sie tot ist. Besorgnis habe er erst nach dem Leichenfund an den Tag gelegt. Außerdem wusste er, dass seine Frau kurz vor ihrem Tod für rund 400 Mark für die bevorstehende Amerika-Reise eingekauft hatte – darunter Pralinen. Das aber konnte nur wissen, wer sich mit ihr in Braunschweig getroffen hatte. Das Gericht verurteilt Pastor Klaus G. zu acht Jahren Gefängnis wegen Totschlags. Als es sein Urteil begründet, braust G. auf:

„Unverschämtheit – das muss ich mir anhören!” (Der Spiegel vom 20.04.1998)

Das Motiv

Klaus G. gibt die Tat nie zu. Bis zum Schluss beteuert er seine Unschuld – selbst im Gefängnis geht er immer noch davon aus, dass die wahren Mörder eines Tages gefunden würden:

„Die größte Rehabilitation wäre, wenn die Mörder sich fänden, wenn es eine Spur geben würde – wir sind ja privat auch noch am suchen, obwohl wenig Anhaltspunkte da sind – das wäre echte Rehabilitation."
(Klaus G. im Gespräch mit Hallo-Niedersachsen Reporterin Angela Sonntag, NDR-Archiv)

Vielleicht kommen die damaligen Vermutungen des Oberarztes des Landeskrankenhauses Göttingen der Wahrheit am nächsten: Der Psychiater führte vor Gericht aus, dass die massiven Verletzungen an der Leiche nur mit heftigen Gefühlen wie unbändiger Wut, Gekränktheit oder der Angst, den Boden unter den Füßen zu verlieren, erklärt werden können. Vielleicht habe Veronika I.-G. angekündigt, ihren Mann zu verlassen, weil sie seine Liebes-Eskapaden nicht mehr aushalten wollte und konnte. Da sich bereits kurz zuvor zwei Geliebte von Klaus G. getrennt hatten, hätte das Aus mit seiner Frau eine völlige Heimatlosigkeit für ihn bedeutet – seine Frau war sein Fundament. Der von Klaus G. beschworene angeblich diplomatische Umgang des Paares mit seinen Verhältnissen lasse auf große Spannungen innerhalb der Ehe schließen. Die meisten Menschen, und so wahrscheinlich auch

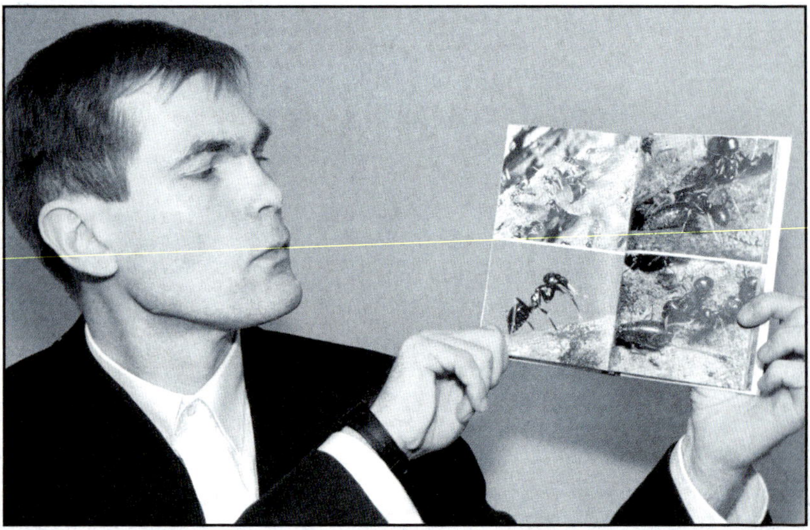

Experten bringen Licht ins Dunkel: Eine Ameise überführt den Mörder.

Veronika I.-G., seien mit ständiger Kränkung überfordert – entsprechend falle die Reaktion aus.

Nach dem Urteil

Die Anwälte von Klaus G. beantragen zunächst Revision vor dem Bundesgerichtshof in Leipzig und begründen dies mit Verfahrensfehlern und der Höhe des Strafmaßes. Der Bundesgerichtshof aber bestätigt das Urteil. Die Hannoversche Landeskirche enthebt G. nach dem Urteil mittels eines Disziplinar-Verfahrens des Amtes. Klaus G. kommt nach fünf Jahren und vier Monaten Haft frei – wegen einer Krebserkrankung wird er Ende November 2002 vorzeitig entlassen. In einem Rundbrief an „Freunde und Weggefährten" kündigt er an, den Mord an seiner Frau nicht auf sich beruhen zu lassen:

„So lange der Mörder oder Totschläger meiner Frau frei herumläuft – so lange werde und will ich keine Ruhe finden. Ich weiß jetzt besser als am Anfang meiner Haftzeit, dass ich mich mit bestimmten Dingen einfach abzufinden habe; aber das Gras werde ich über einer ungesühnten Mordtat nicht einfach wachsen lassen. Zumindest dies bin ich meiner Frau schuldig."
(Hannoversche Allgemeine Zeitung vom 30.11. 2002)

Selbstzweifel werden in dem Dokument aber auch deutlich:

„Inmitten aller beängstigenden Dunkelheit" sei er auch „selbst nicht aufrecht und wahrhaftig geblieben. In der verzweifelten Hoffnung auf Hilfe habe er auch vertraute Personen mit in dieses ganze Durcheinander hinein gezogen."
(Hannoversche Allgemeine Zeitung vom 30.11. 2002)

Wenig später nach seiner Entlassung stirbt Pastor Klaus G. an seiner Krebs-Erkrankung. Einer seiner Söhne sagt über ihn:

„Ihm ging es nie um die Wahrheit, sondern nur darum, seine Haut zu retten. Er hat nie zu den Dingen gestanden, die er sich zu Schulden kommen lassen hat. Er hat getäuscht und gelogen (...)."
(Hannoversche Allgemeine Zeitung vom 8.03.2003)

Kerstin Staben

Ein Mörder auf Freigang

Der Fall Dieter Z. hält ein Land in Atem

Dieter Z. sitzt wegen Mordes und zweifacher Vergewaltigung im Gefängnis: Er ist 1974 zu einer lebenslangen Freiheitsstrafe verurteilt worden. Sein Verhalten in Haft ist vorbildlich. Der Großteil der Ärzte kommt nach und nach zu der Ansicht, dass Dieter Z. Vollzugslockerungen zu fast hundertprozentiger Sicherheit nicht missbrauchen wird. Allerdings soll es mindestens einen Psychologen gegeben haben, der vor diesen Lockerungen warnte.

1995 kommt Dieter Z. in den offenen Strafvollzug der Justizvollzugsanstalt Bielefeld und arbeitet tagsüber als Koch in einer Gaststätte. Etwa drei Jahre später kehrt er von einem Freigang nicht mehr zurück. Er bringt auf seiner Flucht vier Menschen um, ein weiterer Mann wird bei Fahndungsmaßnahmen von Polizisten erschossen. Dieter Z. löst eine der spektakulärsten Fahndungen in Niedersachsen und ganz Deutschland aus.

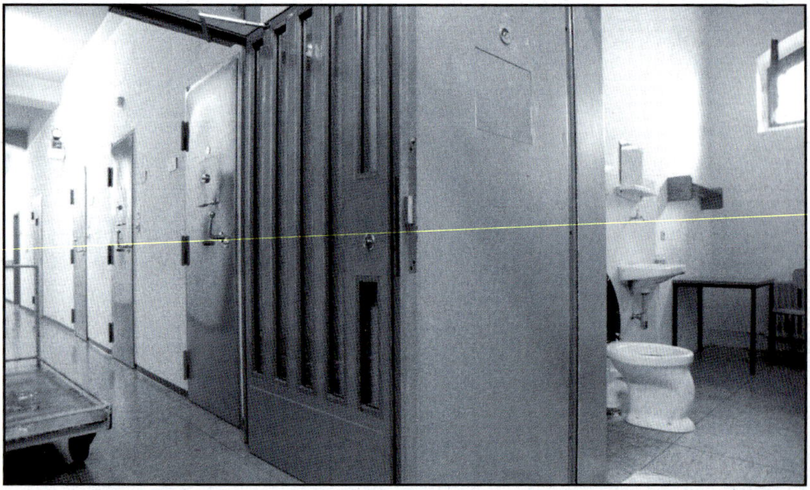

Die Zelle des Dieter Z. – hierher kehrt er von einem Freigang nicht mehr zurück.

Dieter Z. wird zum „Mörder von Remagen"

Bei seiner Flucht aus dem offenen Vollzug verschlägt es Dieter Z. vermutlich zunächst in die Niederlande, dann wieder nach Deutschland. Er ist mit dem Fahrrad unterwegs, schlägt sich als Gelegenheitsdieb durch. Am 20. März 1999 bricht Dieter Z. in das Haus eines Rentnerehepaars im rheinland-pfälzischen Remagen ein. Er übernachtet dort. Am nächsten Morgen wird er von dem Besitzer überrascht, der ihm mit der Polizei droht. Es folgt ein heftiger Wortwechsel, bis Dieter Z. nach seinem Messer greift und mehrmals auf den 71-Jährigen einsticht. Er stirbt.

Grausam geht es weiter. Das Handy des Opfers klingelt, Dieter Z. geht ran. Am anderen Ende ist die Frau des 71-Jährigen. Dieter Z. erzählt ihr offenbar, er habe ihren Mann als Geisel genommen. Er fordert Lösegeld, macht einen Treffpunkt aus und warnt sie davor, die Polizei zu verständigen. Die Frau wartet verängstigt am ausgemachten Treffpunkt, aber nicht allein. Auch ihr Schwager und dessen Ehefrau sind da. Dieter Z. fesselt die drei, dann ersticht er sie mit seinem Messer. „Die deutsche Killer-Maschine" (BILD-Zeitung vom 29.05.1999) entkommt.

Die Fahndung nach Dieter Z. läuft großflächig an. Gesucht wird zunächst vor allem nach Wanderern mit Rucksäcken. Am 27. Juni 1999 hat diese Tatsache eine dramatische Folge: Es muss ein völlig unschuldiger Mensch sterben.

Tödliche Verwechslung

An diesem Tag steigt ein Wanderer in einem kleinen Hotel im thüringischen Heldrungen ab. Eine Angestellte vermutet, dass es sich um Dieter Z. handeln könnte, sie hat zuvor mehrmals das Fahndungsfoto gesehen. Nach einiger Überlegung erzählt sie ihrem Mann davon, er ruft die Polizei – einer der vielen hundert Hinweise auf den Gesuchten. Vier Polizeibeamte machen sich auf den Weg zum Hotel. Unter einem Vorwand wird der Gast an seine Zimmertür gelockt. Zwei Beamte zielen mit Waffen auf ihn, der Mann erschrickt, zieht die Tür zu. Dann fallen Schüsse. Der 62-Jährige wird tödlich getroffen. Im Nachhinein wird klar, dass es keine Ähnlichkeit zwischen dem gesuchten Dieter Z. und dem Wanderer, der durch Deutschland zog, gab.

■ Definition „Zielfahndung“

Die Zielfahndung ist eine besonders intensive Fahndung nach gefährlichen Kriminellen. Diese Art der Fahndung ist in Niedersachsen 1988 zu einer festen Einrichtung geworden. Zielfahndungen werden nur durch die Landeskriminalämter oder das Bundeskriminalamt durchgeführt. Die Fahnder kommen beispielsweise zum Einsatz, wenn gewalttätige Patienten aus Psychiatrien fliehen, Häftlinge aus dem Gefängnis ausbrechen oder kriminelle Banden verfolgt werden müssen. Die eingesetzten Zielfahnder kümmern sich in der Zeit der Fahndung ausschließlich um den oder die gesuchten Kriminellen. Sie bleiben in der Regel so lange im Einsatz, bis der Gesuchte gefasst ist.

■ Definition „Öffentlichkeitsfahndung“

Bei dieser Fahndungsmethode wird die Öffentlichkeit miteinbezogen. Diese Maßnahme wird gezielt oder vorbeugend eingesetzt und dient der Suche nach Personen oder Sachen im In- oder Ausland. Die Mithilfe des Bürgers ist unbedingt erwünscht. In einigen Fällen wird eine Belohnung für erfolgreiche Hinweise ausgesetzt, die eine Öffentlichkeitsfahndung wirkungsvoll unterstützen können. Merkmal einer Öffentlichkeitsfahndung kann beispielsweise das Verteilen eines Fahndungsfotos sein. Außerdem spielen die Medien eine wichtige Rolle, weil sie über „große Fälle“ breit berichten und so der Fahndung eine besondere Bedeutung und Unterstützung geben.

Die Spuren führen nach Niedersachsen

Am 21. Juli 1999 kommt es im Schaumburger Land zu einer versuchten Vergewaltigung eines 15-jährigen Mädchens. Das Mädchen wehrt sich, verletzt den Täter im Genitalbereich. Er flieht, lässt aber Blutspuren zurück. Die 15-Jährige kann den Mann gut beschreiben, außerdem lassen DNA-Spuren am Tatort nach ihrer Auswertung auf den Vierfachmörder von Remagen schließen. Das Landeskriminalamt Niedersachsen leitet eine so genannte Öffentlichkeitsfahndung ein. Am 26.

Juli versucht Dieter Z. in Cuxhaven erneut, eine junge Frau zu vergewaltigen. Zu dieser Zeit läuft die Öffentlichkeitsfahndung bereits auf Hochtouren, auch Zielfahnder des Landeskriminalamtes Rheinland-Pfalz sind schon lange auf Dieter Z. angesetzt.

Das Profil

Im Fall Dieter Z. ist den Fahndern bekannt, dass er meist zu Fuß oder mit dem Fahrrad unterwegs ist, vorwiegend in Wäldern und auf Feldern, häufig auch an Bahnlinien und Flüssen. Er legt große Strecken zurück, ist in der Lage, in der Natur zu überleben, trägt immer einen Feldstecher bei sich. Dieter Z. ernährt sich unter anderem von Mais, Getreide, Beeren und Wasser. Er übernachtet zeitweise in Campingwagen oder Gartenlauben.

Über den Menschen Dieter Z. gibt es Vermutungen: Die bei der Fahndung hinzugezogenen Psychologen halten den Mörder von Remagen für kaltblütig, gehen von psychopathischen Zügen bei Dieter Z. aus. Den Fahndern ist außerdem klar, dass Dieter Z. in bestimmten Situationen, beispielsweise wenn er in die Enge getrieben wird, dazu neigt, brutalste Gewalt anzuwenden. Dieses Wissen schürt auch die Angst in der Bevölkerung. Viele Eltern trauen sich nicht mehr, ihre Kinder zum Spielen allein nach draußen zu lassen. Im Sommer 1999 müssen einige Kinder ihre Sommerferien in Häusern und Wohnungen verbringen, weil die Furcht vor dem flüchtigen Gewalttäter zu groß ist.

Die Öffentlichkeitsfahndung nach Dieter Z. hat zur Folge, dass der Fall von Radio-, Fernseh- und Zeitungsjournalisten intensiv begleitet wird. Und zwar in einer Stärke, die es vorher so fast noch nie gegeben hat, erinnert sich Matthias Behnke vom Landeskriminalamt. Er war damals für die Fahndung in Niedersachsen mitverantwortlich.

Die Bevölkerung beteiligt sich aktiv an der Suche. Mehrere Hundert Hinweise gehen fast täglich bei der Polizei ein. Ein aktuelles Foto des Gesuchten gibt es nicht, Phantombilder lassen Unsicherheiten zu. Bürger vermuten Dieter Z. an den verschiedensten Orten in Niedersachsen und ganz Deutschland. Die Beamten gehen den Hinweisen nach, durchkämmen

Maisfelder, Wiesen und Wälder mit Hundertschaften, Hubschrauber mit Wärmebildkameras werden eingesetzt. Doch die Suche bleibt zunächst erfolglos. Matthias Behnke:

„In der Natur ist es in vielen Fällen nicht einfach jemanden zu finden. Jemand, der es versteht, sich in der Natur zu ernähren, sich in Wald und Wiesen verstecken kann, der versteht es auch, sich dort so zu verbergen, dass er schwer zu erkennen ist. Wir hatten das Problem, dass Polizeibeamte in großer Anzahl eingesetzt werden mussten, um bestimmte Areale zu durchsuchen. Das nahm Zeit in Anspruch. Hinzu kam, dass durch die diffuse Hinweislage das Bewegungsbild des Täters überhaupt nicht nachzuvollziehen war."

Die Spur des Mörders

Darüber hinaus sind die Wälder im Sommer dicht belaubt – das erschwert die Suche. Dieter Z. entwischt immer wieder. Wenn er sich an den jeweiligen Orten, an denen gesucht wird, überhaupt aufgehalten hatte. Um zu verhindern, dass Dieter Z. in die Stadt Hannover eindringt, werden Straßensperren aufgebaut,

Dieter Z. versteckt sich in Wald und Wiesen – Hundertschaften der Polizei suchen ihn.

Die Spur des Verbrechers: Die Polizei findet eine Zeitung, ein Klappmesser und Reste einer Wurst mit Senf.

Autos und Laster kontrolliert. In der Stadt, so die Befürchtung der Ermittler, kann der Flüchtige sich vermutlich noch besser verstecken. In Niedersachsen reißt die Spur zum Mörder ab. Alle Bemühungen, Dieter Z. zu fassen, scheitern.

Das führt auch zu Kritik an den Fahndungsmaßnahmen der Polizei. Vorwürfe werden laut, dass die Beamten zu lange brauchen, um Hinweisen nachzugehen und dass „einer nicht weiß, was der andere macht". Nach der Fahndung folgen Diskussionen, es werden Erfahrungsberichte geschrieben, an denen Matthias Behnke mitarbeitet. Er räumt ein, dass einige Kommunikationsabläufe hätten besser klappen können. Deshalb soll es in ähnlichen Fällen künftig von Anfang an eine Fahndungsleitstelle geben, die Maßnahmen bündelt und koordiniert, einzelne Polizeistationen sollen trotzdem eigenständig arbeiten können. Auf die Fahndung Dieter Z. bezogen, betont Matthias Behnke heute aber auch, dass diese neue Art der Organisation nicht dazu geführt hätte, dass Dieter Z. schneller gefasst worden wäre.

Denn: Dieter Z. verlässt das Bundesland und flieht weiter, wird später im Berliner Grunewald vermutet. In den Monaten, in denen Dieter Z. es immer wieder schafft, zu entkommen, wächst die Angst in der Bevölkerung weiter. Dann schließlich führen die Spuren nach Mecklenburg-Vorpommern.

Die Festnahme

Nach etwa acht Monaten endet die Großfahndung nach Dieter Z.: Am 19. August 1999 fällt einem Autofahrer in Greifswald ein braungebrannter Mann auf, der einen Schlapphut trägt. Der 46-Jährige fährt mehrmals an ihm vorbei, um sich zu vergewissern, dass er mit seiner Vermutung richtig liegt. Er glaubt, Dieter Z. erkannt zu haben. Dann ruft er die Polizei, ein Streifenwagen kommt. Die Beamten steigen aus und gehen auf den Mann zu. Der Polizist Horst Ebeling schilderte die Festnahme während eines Radiointerviews damals so:

„Ich habe ihn nach seinem Ausweis gefragt. Daraufhin antwortete diese Person, dass er keinen Ausweis bei sich hätte. Er wollte weiter gehen. Dann habe ich ihm auf die Schulter gefasst, habe gesagt: ‚So geht das nicht! Wer sind sie?' Daraufhin sagte er dann, er sei die Person, die gesucht wird. Dann fragte ich ihn: ‚Wie ist ihr Name?' Daraufhin sagte er dann, er sei der Dieter Z. Dann wurde er an die Wand gestellt und durchsucht. Dann wurden ihm Handschellen angelegt und er wurde der Dienststelle zugeführt."

Monatelang ist Dieter Z. Hundertschaften der Polizei entkommen. Dass er sich in Greifswald gegen seine Festnahme nicht mehr gewehrt hat, erklärt sich Matthias Behnke im August 1999 so:

„Ich persönlich habe damals gesagt: Ich glaube, jemand der jetzt eigentlich schon seit Dezember auf der Flucht ist, der kann das nur bis zu einem bestimmten Zeitpunkt durchhalten. Er muss ja an jeder Ecke, wo Zeitungen waren, sein Gesicht gesehen haben. Da kann ich mir nur vorstellen, dass er eigentlich irgendwann innerlich darum gebeten hat, gefangen zu werden."

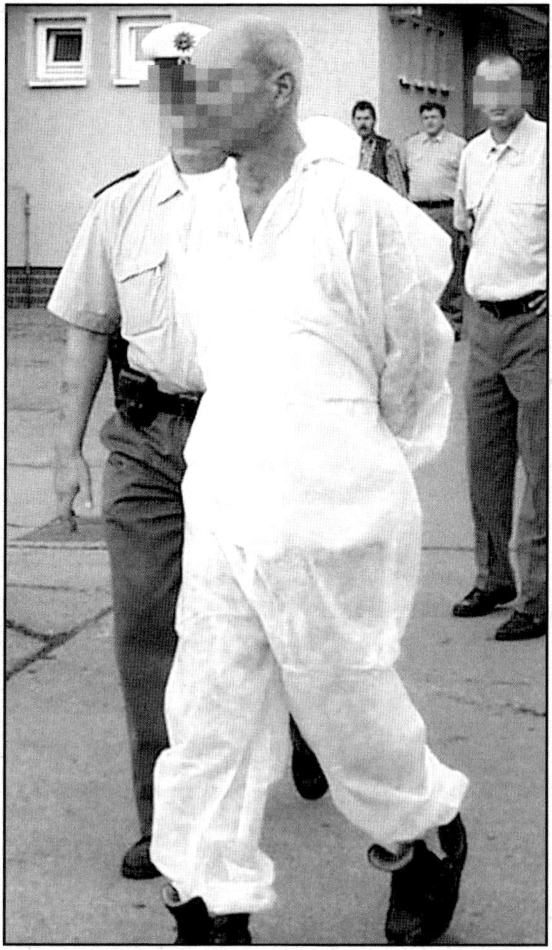

Ein Mörder wird abgeführt: Dieter Z. nach dem ersten Verhör auf dem Weg ins Gefängnis.

Dieter Z. gesteht die Morde in Remagen. Im Juni 2000 wird er zu einer lebenslangen Haftstrafe verurteilt, mit besonderer Schwere der Schuld. Er soll nach 15 Jahren nicht wieder die Möglichkeit haben, frei zu kommen. Deshalb verhängt das Gericht eine Strafe mit anschließender Sicherungsverwahrung.

Der Fall Dieter Z. löste in Deutschland eine heftige Diskussion über den offenen Strafvollzug aus. Mittlerweile hat Dieter Z. im Gefängnis geheiratet. Nach seiner erneuten Inhaftierung soll er zahlreiche Liebesbriefe von Frauen bekommen haben. Einer davon, einer Kellnerin aus Berlin, gab er das „Ja-Wort".

Guido Pauling

Gebrauchsanleitung für einen Mord

Der Fall „Rote Irmgard“

Die Tat war genauestens durchgeplant: Das Opfer wurde unter mehreren Personen ausgeforscht und ausgesucht, dann wurde es in die Falle gelockt und betäubt. Der Mord und die Beseitigung der Spuren waren eins; zuletzt musste die Tote nur noch ausgeplündert werden. Der Plan klingt erschreckend kaltblütig, Schritt für Schritt durchdacht und vollkommen skrupellos; einen großen Haken hat er jedoch: Seine Ausführung besteht aus vielen Einzelschritten. Damit wächst für den Täter die Gefahr, irgendeinen Fehler zu begehen, eine Spur zu hinterlassen. Und Irmgard K. hinterließ bei ihrem mörderischen Vorgehen eine Vielzahl von Spuren. So brauchten die Ermittler „nur“ einen ersten Anknüpfungspunkt, von dem aus sie den nächsten fanden, darauf den nächsten, und so fort. Die „Schnitzeljagd“, aus zahlreichen wertlosen und wertvollen Hinweisen die richtigen herauszufiltern und ihnen zu folgen, war gigantisch; vom ersten Hinweis bis zur Festnahme und Überführung der Beschuldigten war es ein langer Weg. Doch am Ende reichte die Indizienkette für eine Verurteilung wegen Mordes.

Das verkohlte Nummernschild

Für die Polizei begann alles mit einem brennenden Kleinwagen am Rande von Lehrte bei Hannover. In der Nacht vom 30. September auf den 1. Oktober 2001 stand ein silbergrauer Ford Ka an einem Feldweg östlich der Lehrter Zuckerfabriksteiche lichterloh in Flammen. Nachdem die Feuerwehr den Brand gelöscht hatte, entdeckten die Einsatzkräfte hinter dem Steuer des Fahrzeugs eine angeschnallt dasitzende, verkohlte Frauenleiche. Ein schrecklicher Unfall? Erste Untersuchungen des Wracks zeigten, dass das Feuer nicht vom Motor ausgegangen sein konnte. Auch andere technische Defekte ließen sich ausschließen. Also Selbstmord? An der Leiche fanden sich keinerlei Spuren von Gewalteinwirkung. Die Obduktion ergab, dass die schätzungsweise 20 bis 50 Jahre alte Frau vor ihrem Tod Alkohol getrunken hatte. Als Todesursache stellten die Rechtsmediziner Rauchvergiftung fest – die Frau war

Tod im eigenen Auto: Die Polizei findet den ausgebrannten Kleinwagen am Rande von Lehrte.

erstickt und anschließend in dem Flammenmeer verbrannt. Doch so heftig die Flammen auch gewütet hatten, das Nummernschild des Fahrzeugs war noch lesbar, so dass die Polizei die Fahrzeughalterin feststellen konnte: Der Wagen gehörte der 56-jährigen Irmgard K. aus Laatzen.

Den am frühen Morgen an ihrer Wohnungstür klingelnden Polizisten erzählte die langhaarige, blonde Frau, der Wagen sei ihr am vorigen Abend gestohlen worden. Sie habe das Auto vor dem Hochhaus geparkt, in dem sie seit Dezember 2000 wohne, jedoch erst oben im zehnten Stock bemerkt, dass der Zündschlüssel noch stecke. Obwohl sie noch auf dem Absatz kehrt gemacht habe, sei das Auto verschwunden gewesen, als sie wieder auf dem Parkplatz angekommen sei. Gleich am nächsten Tag habe sie den Diebstahl anzeigen wollen. Als sie im Verlauf des Tages für eine ausführliche Aussage auf der Polizeiwache erschien, stutzten die Beamten: Irmgard K. hatte jetzt deutlich kürzere, rote Haare. Das allein war natürlich nicht verdächtig. Doch die Geschichte, die sie den Polizisten auftischte, wirkte reichlich bemüht und unstimmig. So beschlossen die Ermittler, die Zeugin ihre Aussage unter Eid vor einem Richter wiederholen zu lassen und fuhren mit Irmgard K. los.

Unterwegs erfuhren sie jedoch, dass an dem Tag kein Vernehmungstermin vor einem Richter zu bekommen sei, und so ließen sie Frau K. aussteigen, nicht ohne einen Termin für den Folgetag ausgemacht und ihr eine Visitenkarte der Polizeiinspektion Hannover-Land mitgegeben zu haben. Am folgenden Dienstag erschien Irmgard K. nicht zu dem mit der Polizei verabredeten richterlichen Termin. Die Polizisten, die wiederum an ihrer Wohnungstür klingelten, trafen niemanden an; die Tür blieb verschlossen. Allmählich kam ein schwerer Verdacht gegen sie auf.

Inzwischen hatten nämlich Brandermittler des Landeskriminalamts Niedersachsen festgestellt, dass der Ford Ka mit einer brennbaren Flüssigkeit übergossen und angezündet worden war. Am Tatort fanden die Ermittler eine Wasserflasche mit Waschbenzinresten und ein Fläschchen des Betäubungsmittels Diazepam – schon in kleinster Dosierung kann dieses Mittel als K.O.-Tropfen wirken und zur Betäubung von Personen eingesetzt werden. Die Rechtsmediziner konnten außerdem nachweisen, dass die verbrannte Frau Diazepam geschluckt hatte. Spätestens jetzt war klar geworden, dass die Polizei es weder mit einem Unfall noch mit Selbstmord zu tun hatte; hier war ein Mordfall aufzuklären.

Taxifahrt von Lehrte nach Laatzen

Wenn eine unbekannte Person den Kleinwagen mit Waschbenzin übergossen und angezündet hatte, dann musste sich diese Person irgendwie vom Tatort entfernt haben. Mit diesem Gedanken im Hinterkopf fragten die Fahnder der „Moko (Mordkommission) Ka“ alle Taxizentralen Hannovers und der Umgebung ab – und trafen schließlich auf einen Taxifahrer, der in der Nacht vom 30. September auf den 1. Oktober in Lehrte unterwegs gewesen war.

Die Frau, die ihn gut eine halbe Stunde vor Mitternacht angerufen hatte, wollte nach Laatzen gebracht werden, berichtete der Fahrer. Auf der Fahrt habe sie entspannt erzählt, dass sie in einem Modehaus arbeite; da ihr Mann sie erst um 1.00 Uhr nachts abholen könne, habe sie sich ein Taxi gerufen. Nach 20 Minuten Fahrt waren sie in Laatzen angekommen; die Frau hatte bezahlt und war gegangen. Kurz darauf war in Lehrte der brennende Wagen entdeckt worden. Der Taxifahrer identifizierte seinen Fahrgast eindeutig: Es war Irmgard K.

Der Polizei hatte sie noch am frühen Montagmorgen erzählt, sie sei im eigenen Wagen nach Haus gefahren, der anschließend gestohlen worden war. Schnell ließ sich herausfinden, dass sie in besagtem Modehaus nie gearbeitet hatte. Da sie in ihrer Laatzener Wohnung nicht anzutreffen war und der Verdacht gegen sie immer stärker wurde, beantragten die Ermittler einen Durchsuchungsbefehl. In der Wohnung sah alles nach schnellem Aufbruch und Flucht aus, die Mieterin hatte gepackt und war verschwunden. Irmgard K. war von einer Zeugin zur Hauptverdächtigen geworden und wurde zur Fahndung ausgeschrieben. Nach den üblichen Überprüfungen der Passagierlisten des Flughafens und diverser Leihwagenfirmen kam heraus, dass die Verdächtige in einem Ford Ka unterwegs war – diesmal ein Fahrzeug in roter Farbe. Doch wohin sie aufgebrochen war, blieb vorerst unbekannt.

Das bunte Kriminalistenhandbuch

Bei der Wohnungsdurchsuchung in Laatzen war den Fahndern ein Ausleihschein der Stadtbibliothek Hannover in die Hände gefallen. Die Überprüfung ergab, dass Irmgard K. zuletzt wenige Tage vor der Tat in der Bibliothek gewesen war und ein Sachbuch für Jugendliche ab 14 Jahren aus der Abteilung Kriminalistik angesehen hatte.

„Unterhaltungsliteratur, die zweckentfremdet wurde“, meinte ein Staatsanwalt später lapidar über die Qualität des Werkes. Nach Kapiteln systematisch geordnet, führt dieses Buch verschiedene Untersuchungsmethoden der Ermittler sowie verschiedene Tötungsdelikte auf. „Wer wirklich Bescheid wissen will, erhält hier zuverlässige und klare Informationen in Text und Bild“, wirbt der Rückentext. Die Ermittler staunten jedenfalls nicht schlecht, als sie in Kapitel 83 ihren eigenen, noch unaufgeklärten Fall vorgestellt bekamen: „Tod durch Verbrennen“. Medizinisch-sachlich wird darin beschrieben, wie sich beispielsweise nach einer Rauchvergiftung Kohlenstoffkörnchen in der Lunge finden lassen oder was die linke Herzkammer einer verbrannten Leiche über eine Explosion als Brandursache verrät. Am bemerkenswertesten war für die Polizei eine Abbildung in dem Buch: In comicartigen Bildchen hatte der Zeichner eine Szene skizziert, die als makabre Vorlage für den Feuermord von Lehrte angesehen werden konnte: „Das Opfer wird betäubt, gefesselt und in Brand gesetzt.“ Genau das war mit der unbekannten Frau im Ford Ka geschehen. Das Buch war zwar nur ein Indiz neben vielen anderen – dafür aber ein besonders bemerkenswertes.

Das akribische Vorgehen der „Moko Ka“ zeigt sich jedenfalls exemplarisch darin, dass die Ermittler noch festzustellen versuchten, ob das Kapitel 83 besonders häufig aufgeschlagen worden war. „Wir haben jede Seite auf Fingerabdrücke untersuchen lassen, um vielleicht nachzuweisen, dass auf dieser Seite eine größere Häufigkeit von Fingerabdrücken festzustellen ist“, erinnert sich Ralf Burmeister von der Mordkommission. Dieser Ansatz ging nicht auf, „aber es war ein Versuch“, meint Burmeister heute.

Die Suche nach dem Opfer

Die Ermittler fanden noch mehr interessantes Material in der Wohnung von Irmgard K.: Anscheinend hatte die 56-Jährige in den vergangenen Monaten versucht, über Kontaktanzeigen Bekanntschaft zu anderen Männern und Frauen aufzunehmen. So war offenbar auch der Kontakt zu ihrem Opfer zustande gekommen. Die Mordkommission überprüfte sämtliche Personen, zu denen Irmgard K. versucht hatte Kontakt aufzunehmen. Noch Tage nach dem Mord war die Identität der verbrannten Frauenleiche unklar. Da ihr Gebiss mit Goldzähnen, Kronen und mindestens fünf Brücken besonders auffällig war, stellte die Polizei eine Abbildung des Zahnschemas ins Internet und hoffte auf die Mithilfe von Zahnärzten. Doch das allein reichte für eine Identifizierung des Opfers nicht aus; niemand meldete sich. Als nächstes fiel den Beamten bei der Durchsicht von Irmgard K.'s Telefonverbindungen auf, dass mehrfach der Name einer Frau aus Hannover auftauchte.

Erster Kontakt

Eine Recherche bei Krankenkassen führte die Ermittler zum Namen des Zahnarztes, der diese Frau behandelte, und als sie dem Arzt das Zahnschema vorlegten, erkannte er darin sofort seine Patientin: Eine 61 Jahre alte, allein lebende Rentnerin aus Hannover, die früher als Angestellte in der Bewährungshilfe gearbeitet und für ihren Ruhestand viel Geld angespart hatte. Über die Anzeigenrubrik „sie sucht sie" hatte sie Kontakt zu Irmgard K. aufgenommen und damit allem Anschein nach ihre Mörderin kennen gelernt.

Betäubungsmittel im Wein

Die Fahnder fuhren zur Wohnung der Rentnerin und fanden ein verlassenes Wohnzimmer vor, in dem Gläser und eine

Bestimmte Merkmale an Brandopfern lassen erkennen, ob der verbrannte Mensch wirklich im Feuer gestorben ist oder ob er schon vorher tot gewesen ist. *Links: Das Opfer wird getötet und anschließend verbrannt (meist, um den Mord zu vertuschen).* *Rechts: Das Opfer wird betäubt, gefesselt und in Brand gesetzt.*

Mord nach Anleitung? Die Polizei sucht nach Beweisen.

Flasche Wein standen. In der Weinflasche ließ sich nichts Ungewöhnliches nachweisen; eines der Gläser enthielt jedoch eindeutig das Betäubungsmittel Diazepam. Damit war der mögliche Tathergang klar geworden. Irmgard K. muss zu Besuch gewesen sein, beide Frauen hatten etwas getrunken, dabei muss K. ihrer Bekannten das Betäubungsmittel ins Glas getröpfelt haben. Nachdem die Rentnerin bewusstlos geworden war, schleppte K. ihr Opfer in den bereitstehenden Wagen und fuhr an den Stadtrand von Lehrte. Dort zog sie die bewusstlose Frau auf den Fahrersitz, schnallte sie mit dem Sicherheitsgurt fest, übergoss dann den Wagen mit Waschbenzin und steckte ihn in Brand. Danach entfernte sie sich erst zu Fuß vom Tatort, rief sich dann ein Taxi und fuhr nach Laatzen, wobei sie während der Fahrt munter mit dem Fahrer plauderte. Als wenige Stunden danach die Polizei bei Irmgard K. eintraf, um die Fahrzeughalterin zu befragen, tischte sie den Beamten die Lügengeschichte von dem gestohlenen Auto auf.

Getarnte Flucht

Einen ersten Termin auf der Wache nahm sie noch wahr, anschließend jedoch bereitete sie ihre Flucht vor, mietete sich ein Auto gleichen Typs wie ihr eigenes und verschwand zusammen mit ihrem 19-jährigen Sohn und dessen 16-jähriger Freundin. Beide Jugendlichen (und auch die Fahnder) ahnten zu diesem Zeitpunkt allerdings nicht, dass sie nur zur Tarnung mitgenommen worden waren, um die Flucht nach außen wie eine Urlaubsfahrt aussehen zu lassen. So weit war die Tat plausibel erklärt. Den Ermittlern fehlte die Beschuldigte, und es fehlte noch das Motiv.

Die weggeworfene Visitenkarte

Die Fahnder wussten, mit welchem Fahrzeug Irmgard K. unterwegs war; sie kannten das Nummernschild des Leihwagens, und sie hatten einen vagen Verdacht, dass sie in Bayern suchen mussten, wo K. zeitweilig gewohnt hatte. Doch zunächst blieb die Verdächtige verschwunden. Da half ein unerwarteter Anruf weiter: Eine Bäuerin aus der Oberpfalz meldete sich bei der Polizeiinspektion Hannover-Land und berichtete, sie habe vor ein paar Tagen ein Appartement an eine Frau und zwei Jugendliche vermietet. Diese Frau habe eine erste Anzahlung geleistet, doch nun sei sie verschwunden und das Appartement leer. Die Vermieterin hatte sich zunächst über die entgangene Miete geärgert; beim anschließenden Aufräumen sei ihr dann im Mülleimer eine Visitenkarte der Polizei aufgefallen – da habe sie einfach einmal angerufen. Ob die Herren vielleicht weiterhelfen könnten?

Ortung per Handy

Zwei Polizeibeamte fuhren sofort nach Königstein zu der angegebenen Adresse und erreichten den Ort gegen Abend. Die Personenbeschreibung der Vermieterin passte genau. Die Polizei hatte wieder Irmgard K.'s Spur aufgenommen. Bei der abermaligen Untersuchung der Müllsäcke aus der Ferienwohnung fanden die Fahnder die Verpackung eines so genannten Pre-Paid-Handys, eines Telefons ohne Mobilfunkvertrag, bei dem ein festes Guthaben verbraucht werden kann. Damit war der Polizei die neue Mobilfunknummer der Mordverdächtigen bekannt. Einige Stunden später kam tatsächlich der erhoffte Hinweis: Das Handy war im Stadtgebiet von Fürth geortet worden. Für eine genaue Lokalisierung und Festnahme der Handybesitzerin reichte die Peilung nicht aus, doch die Beamten konnten ermitteln, wo das Handy gekauft worden war. Der Verkäufer erkannte die Kundin auf dem Fahndungsfoto auch wieder und konnte sich daran erinnern, dass sie beim Kauf ihren Personalausweis vorgelegt hatte. Der Name war der des Mordopfers: Erna S. Da sich die Verdächtige und ihr Opfer halbwegs ähnlich sahen, hatte der Verkäufer keinen Verdacht geschöpft. Nun wussten die Fahnder, dass Irmgard K. unter fremdem Namen unterwegs war.

Die Spur führt aufs Land

Nur kurz darauf erreichte sie der nächste Hinweis ihrer Kollegen aus Hannover: Auf dem Anrufbeantworter in der Wohnung des Mordopfers war eine Anfrage eines Hotels aus Nürnberg eingegangen: Die Geschäftsführung bedaure sehr, aber Frau S. habe bei ihrem Auszug wohl vergessen, die Telefonrechnung zu bezahlen. Wieder hatte K. den Namen ihres Opfers benutzt und sogar dessen Adresse und Telefonnummer angegeben. Im Nürnberger Hotel angekommen, ließen sich die Beamten eine Liste sämtlicher Anrufe des verschwundenen Gastes zeigen. Nach zahlreichen Telefongesprächen mit den angerufenen Personen war den beiden Fahndern klar, dass Irmgard K. im ländlichen Raum südlich von Fürth eine

Wohnung suchte. Beim ersten Vermieter, bei dem die Beamten eintrafen, hatte K. eine beträchtliche Mietsicherheit für eine Doppelhaushälfte hinterlegt, doch auch diese Adresse hatte sie schon wieder verlassen, um sich woanders umzusehen. Nachbarn erklärten, die Dame habe sich sogar schon Möbel liefern lassen, doch anschließend sei sie mitsamt den Möbeln wieder abgereist.

Das Ende der Flucht

Über den Möbelhändler erfuhren die Polizisten, wie die neue Adresse lautete – diesmal lag sie mitten im Stadtgebiet von Fürth. Um keine Zeit zu verlieren, informierten die Fahnder aus Hannover auf dem Weg nach Fürth ihre bayerischen Kollegen. Und die hatten Erfolg: Gerade als die Fürther Polizisten an der genannten Adresse eintrafen, verließ Irmgard K. das Haus und betrat eine Telefonzelle. Zum Telefonieren kam sie jedoch nicht mehr. Noch in der Telefonzelle klickten die Handschellen, und die kurz darauf eintreffenden hannoverschen Beamten konnten die über viele Kilometer gejagte Hauptverdächtige in Empfang nehmen. Eine zwölftägige Flucht war beendet.

Das beiläufige Geständnis

Bei ihren Vernehmungen erzählte Irmgard K. der Polizei die unterschiedlichsten Geschichten. So wollte sie an dem gemeinsamen Abend zufällig beobachtet haben, wie ihre Bekannte ihr etwas ins Glas geschüttet habe. Sie, K., habe die Gläser jedoch vertauschen können, so dass die 61-Jährige das Betäubungsmittel selbst trank. Die gemeinsame Fahrt in ihrem Auto nach Lehrte, der plötzliche Brand des Wagens – für alles hatte Irmgard K. viele Worte, bloß nachvollziehbar waren sie kaum, wie der Leiter der Mordkommission später vor Gericht angab. Einen Satz sagte sie aber doch, der dann nach ihrem Willen partout nicht ins Protokoll aufgenommen werden sollte: „Ich habe das Auto angesteckt."

„Dieser Satz ist ihr einfach rausgerutscht", vermutet Ralf Burmeister heute. „Da hatte sie sich nicht in der Gewalt, der ganze Stress, eine erste Vernehmung, eine Nacht in der Zelle, dann eine zweite Vernehmung am folgenden Tag – vielleicht war sie da in einer Situation, in der sie dem ganzen Druck nicht mehr standgehalten hat. Und so hat sie sich zu dieser Aussage hinreißen lassen, die sie sicherlich später bereut hat." Irmgard K. weigerte sich zwar sofort, diesen Satz zu Protokoll zu geben und die Aussage zu unterschreiben. Doch die Vernehmungsbeamten schrieben einen Bericht über die kurze Bemerkung und bestätigten die Aussage später noch einmal vor Gericht.

Das Motiv kommt zum Vorschein

Nach der Festnahme der „Roten Irmgard", wie einige Pressevertreter die Verdächtige wegen ihrer Haarfarbe längst nannten, kam dann auch ein Motiv zum Vorschein: Habgier. Irmgard K. hatte es auf das Vermögen ihres Opfers abgesehen und deshalb versucht, dessen Identität anzunehmen. Wenige Tage nach dem Mord hatte sie sich in einer Sparkassenfiliale als Erna S. ausgegeben, das Sparbuch der Rentnerin aufgelöst und sich 15.000 Mark auszahlen lassen. Mit diesem Geld hatte sie die anschließende Flucht durch Bayern finanziert. Ein weiterer Versuch, an noch größere Summen zu gelangen, war jedoch gescheitert. In Nürnberg hatte sie versucht, 150.000 Mark aus einer Festgeldanlage ihres Opfers abzuheben; die Bank hatte sie jedoch an die kontoführende Filiale in Hannover verwiesen. Dort ließ sich die Mitarbeiterin, die ihre Kundin persönlich kannte, von der Stimme am Telefon nicht täuschen, obgleich Irmgard K. log, sie habe große Zahnschmerzen und klinge deshalb vielleicht anders als gewöhnlich. Der plumpe Schwindel ging nicht auf. Damit fehlte das Geld für eine Flucht ins Ausland; kurz darauf wurde Irmgard K. gefasst.

Keine Aussage

Den Prozess vor dem Landgericht Hildesheim im Frühjahr 2002 ließ die Angeklagte scheinbar unbeteiligt über sich ergehen. „Sie lebt in einer Schweinwelt, in der sich Wahrheit und Lüge vermischen und in der sie immer nur das wahrnimmt, was ihr genehm ist", vermutete ein Ermittler noch Jahre nach dem Urteil. Irmgard K. verweigerte vor Gericht konsequent jegliche Aussage, zeigte einer Zeugin, die sie identifizieren sollte, ihr Gesicht nicht und setzte sich sogar dem Verdacht aus, absichtlich ihre Augen mit Pfefferminzöl verätzt zu haben, um nicht im Gerichtssaal erscheinen zu müssen. Dafür traten Zeugen auf, die K. in der Mordnacht auf einem Feldweg bei Lehrte erkannt hatten. Polizisten legten dar, dass das am Tatort gefundene Fläschchen Diazepam genau der Menge entsprach, die sich K. knapp zwei Wochen vor der Tat von ihrer Hausärztin hatte verschreiben lassen. Bei der akribischen Spurensuche am Tatort hatten die Fahnder außerdem ein Paar Damenschuhe entdeckt, an dem sich Irmgard K.'s DNA-Spuren nachweisen ließen. Bei den Ermittlungen kam heraus, dass die Täterin die Angewohnheit hatte, zum Autofahren die Schuhe zu wechseln. Genau so hatte sie es offensichtlich auch in der Mordnacht getan, als sie ihr betäubtes Opfer im Ford Ka an den Stadtrand von Lehrte brachte, den Wagen anzündete und anschließend Brandbeschleuniger, Diazepam und Wechselschuhe wegwarf.

Grausames Puzzle

Puzzleteil für Puzzleteil fügte sich so zu einem stimmigen Gesamtbild zusammen. Zudem wurde im Laufe des Prozesses deutlich, dass die Angeklagte hoch verschuldet war und mehrfach versucht hatte, auf betrügerische Weise an Kredite zu kommen. Die Indizienfülle war erdrückend. Nach einem knapp sechswöchigen Prozess verurteilte das Landgericht Hildesheim die Angeklagte Irmgard K. zu lebenslanger Haft.

Das Ende der „Roten Irmgard": Abführen!

Melanie Thieltges

Der Pferderipper

Ein Tiermörder versetzt Züchter und Reiter in Angst und Schrecken

Kurt Struck ist passionierter Pferdezüchter. Der Bankangestellte aus Peine hat sich auf Hannoveraner spezialisiert und mit seinen edlen Vierbeinern schon viele Preise auf Schauen abgeräumt. Es ist noch ein bisschen frisch draußen, als der 61-Jährige an einem Sonntagmorgen im Oktober 2003 nach seinen Stuten auf der Weide sehen will. Zwei sind trächtig, der Hobbyzüchter erhofft sich prächtige Fohlen. Er radelt den holprigen Feldweg vom Peiner Ortsteil Vöhrum in Richtung Weide entlang.

Als die versteckte Pferdekoppel am Rand des kleinen Wäldchens in Sicht kommt, wundert sich Struck: Normalerweise kann er seine Pferde, die dort grasen, schon von weitem sehen. Aber heute begrüßt den Pferdeliebhaber kein freundliches Wiehern. Die Weide wirkt verwaist, als er näher kommt, entdeckt er zunächst nur die Fuchsstute Hexe. Das Pferd steht allein in der herbstlichen Morgensonne und wirkt seltsam apathisch. Kurt Struck beschleicht ein eigenartiges Gefühl. Er steigt vom Rad, öffnet das Gatter und läuft auf die Weide. Plötzlich fällt Hexe einfach um. „Zuerst dachte ich noch, sie döst“, erinnert sich der Hobbyzüchter. Doch Hexe ist schwer verletzt, sie blutet aus tiefen Stichwunden. Veterinäre müssen sie später einschläfern.

Die Koppel ist sehr groß, Kurt Struck läuft los. Erst als er atemlos den schmalen Gang zur Tränke am Ende der Wiese erreicht, sieht er das ganze Ausmaß der Katastrophe. Dem Hobbyzüchter bietet sich ein grauenvoller Anblick: Im feuchten Gras liegen vier leblose Pferdekörper. Die vier Stuten, eine von ihnen war tragend, sind tot. Die Tiere sind bestialisch zugerichtet. Jemand hat ihnen die Bäuche aufgeschlitzt. Eingeweide quellen heraus, überall glänzen Blutlachen. Ein Pferd lebt noch, die wertvolle Hannoveraner Stute Dairin. Sie

Grausam: Der Pferderipper tötet kaltblütig und berechnend.

ist verletzt, aber noch auf den Beinen. Auch sie erwartet ein Fohlen. Mutter und Kind überleben. „Seit jener Horrornacht ist Dairin nicht mehr dieselbe", sagt Kurt Struck. Das Tier ist traumatisiert, schlägt und schnappt nach anderen Pferden.

Die Handschrift des Pferderippers

Für die Beamten der Ermittlungsgruppe Pferd, kurz „EG Pferd" beim Landeskriminalamt Niedersachsen ist die Handschrift der eindeutig: Der Pferderipper hat wieder zugeschlagen. Seit 1993 zieht der unbekannte Tierhasser eine blutige Spur durch Nord- und Ostdeutschland. Mehr als 100 Pferde hat der Unbekannte bislang auf dem Gewissen, insgesamt hat er rund 50 Mal zugeschlagen, immer nachts, fast immer bei Vollmond. Er tötet seine Opfer meistens auf Weiden, manchmal aber auch im Stall. In Einzelfällen führt er die Tiere sogar aus Reithallen mehrere hundert Meter ins Freie, sticht dann zu. Er mordet erwachsene Tiere ebenso wie Fohlen, Stuten ebenso wie Hengste oder Wallache, auch Rasse und Alter spielen offenbar keine Rolle. Die meisten Taten verübt der Mann in Niedersachsen. Aber auch in Sachsen-Anhalt, Mecklenburg Vorpommern und in Brandenburg, bis hinein in den Raum Neustrelitz macht er seine Opfer meist auf abgelegenen Weiden ausfindig.

Er verletzt die Tiere mit einem gekonnten Stich in den Hals, bis sie zu Boden gehen, manchmal setzt er auch Schusswaffen ein und schießt seine Opfer nieder. Weil er vielfach den Pferden den Bauch aufschlitzt und die Tiere dann qualvoll verenden lässt, hat er seinen Namen in den Medien schnell weg: Nach dem legendären Serienmörder „Jack the Ripper", der Ende des 19. Jahrhunderts das Londoner East End mit brutalen Frauenmorden in Angst und Schrecken versetzt, wird der Tierhasser kurzerhand der „Pferderipper“ genannt. Manchmal ist er sehr aktiv, mordet in kurzen Abständen. Dann wieder verschwindet er lange Zeit völlig von der Bildfläche: 1995 tragen nur vier Taten seine grausame Handschrift. Dann sticht er wieder regelmäßig zu, metzelt bis zu 30 Pferde in Niedersachsen nieder. In den Jahren 2001 und 2002 zählen die Ermittler nur jeweils eine Tat pro Jahr, diesmal wieder im Osten. Erklärungen für diese „Pausen“ sind Spekulationen: Vielleicht wird der Fahndungsdruck zu hoch, das Risiko zu groß, vielleicht ist der Täter längere Zeit krank oder im Ausland, vielleicht sitzt er sogar wegen anderer Delikte für Monate in Haft.

Tödliches Treiben

Im Jahr 1999 schockiert eine Serie von Pferdemorden im Raum Hannover Pferdebesitzer: Bei Burgwedel, Peine und Burgdorf ist der Unbekannte von Mai bis September fünfmal aktiv, dazwischen tötet er Pferde in Gifhorn. Bei Tierliebhabern geht die Panik um, Reitervereine und Züchterverbände organisieren Feldstreifen, stehen nachts Wache. So wie die Reiter im niedersächsischen Velpke im Kreis Helmstedt. Dort sticht der Ripper im August 2003 zwei Pferde tot, zwei weitere verletzt er lebensgefährlich. Sein tödliches Treiben erfordert einen hohen Kraftaufwand, seine Bauchschnitte setzt er gekonnt an. „Die Tat muss ein Wahnsinniger begangen haben“, sagt der Vorsitzende des Reit- und Fahrvereins Wolfsburg. Für die Beamten der „Ermittlungsgruppe Pferd“, die 1999 beim Landeskriminalamt Niedersachsen gegründet wird, ist klar: Für die Taten kommt nur ein Mann in Frage, der stark genug ist. Und: Der Unbekannte ist ein Waffen-Narr.

Blutige Spur durch Norddeutschland

Die grausame Serie beginnt 1993 im niedersächsischen Wahrenholz. Auf einer Weide im Grenzgebiet zu Sachsen-Anhalt tötet der Mann ein Pferd mit einem spitzen, scharfen Gegenstand. Innerhalb eines Monats schlägt er dreimal an verschiedenen Orten in Niedersachsen und in Sachsen-Anhalt zu, metzelt Pferde auf Koppeln nieder, einmal aber auch im Stall. Hier drängt er die ahnungslosen Tiere in ihren Boxen in die Enge. Einen Monat später macht der geheimnisvolle Tierhasser einen Fehler: Auf einer Weide in Vietzen in Mecklenburg-Vorpommen verliert er etwas: Eine selbstgefertigte Lanze.

Das Mord-Werkzeug ist rund 1,80 Meter lang, lässt sich aber in vier Teile zerlegen und bequem mitnehmen. Die Lanze ist handgearbeitet, muss in einer Heim-Werkstatt angefertigt worden sein. Als Spitze benutzt der Pferderipper das Blatt aus einer scharfen Handsäge, schweißt es professionell an den Stahlrohr-Griff an. Für die Männer der Ermittlungsgruppe Pferd beim Landeskriminalamt steht fest: Das ist eine handwerklich saubere Arbeit, unser Täter muss sich sehr gut auskennen, er hat zudem Kenntnisse in der Metallverarbeitung.

„Wir wissen außerdem, dass er Schusswaffen eingesetzt hat, um die Pferde zu verletzen, so dass sie wenig Gegenwehr leisten konnten", sagt Landeskriminalamt-Sprecher Frank Federau. „Wir wissen, dass der gesuchte Täter nicht nur eine Waffe, sondern mindestens vier Pistolen und zwei Gewehre besitzt. Und da muss man sagen, diese zwei Eigenschaften – sich in der Metallverarbeitung gut auszukennen und auch im Besitz so vieler Schusswaffen zu sein – sind schon herausragend, das trifft auf ganz wenige Menschen in der Bevölkerung zu."

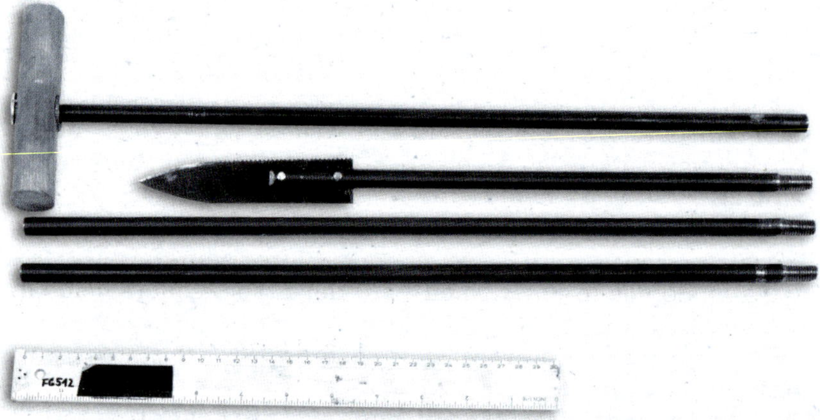

Verlorene Tatwaffe: Diese Lanze ist eine von vielen Mordwerkzeugen.

Pferdezüchter Kurt Struck auf seiner Weide: Hier tötete der Pferderipper im Oktober 2003 fünf Tiere.

Das Profil des Täters

Die Ermittler finden noch etwas Besonderes: Die benutzte Munition stammt aus einer Pistole, die in russischen Militär- und Geheimdienstkreisen benutzt wird: Eine Tokarew. Doch außer einer zweiten selbstgebauten Lanze, die der Unbekannte 2002 im sächsischen Lomnitz verliert, hinterlässt er keine verräterischen Spuren. Es gibt keine Zeugen, keine verwertbaren Anhaltspunkte. Einen vergleichbaren Fall in der Kriminalgeschichte gibt es nicht – die Ermittlungsgruppe bemüht sich, mit Hilfe psychologischer Sachverständiger ein Profil des Gesuchten zu erarbeiten. Die Polizei weiß nur soviel: Der Mann ist 30 bis 60 Jahre alt, und er muss sehr stark sein: Einmal hat er ein totes Pferd sogar bewegt, den Kadaver mit bloßen Händen umgedreht. Der Ripper kennt sich sehr gut mit Pferden aus, ist vielleicht Reiter oder Jäger. Er hat Erfahrungen im Umgang mit den Tieren, kennt keine Angst, vermittelt Vertrauen. Meist lockt er sie an, beruhigt sie erst, setzt auf den brutalen Überraschungsangriff. Er ist mobil, benutzt vermutlich einen eigenen Wagen. Er hat Zugang zu Waffen und kann sie benutzen. Er ist wahrscheinlich berufstätig, denn er mordet bevorzugt am Wochenende. Und: Er überlässt nichts dem Zufall, kundschaftet seine Tatorte genau aus. So wie in jener Nacht, auf der Struckschen Weide in Peine-Vöhrum.

Der Pferderipper mordet bei Vollmond

Wie immer geht der Ripper auch in der Nacht zum 12. Oktober 2003 sehr überlegt vor. Er kennt sich in der Gegend um Peine gut aus, schon zweimal war er hier erfolgreich, zuletzt tötete er eine Stute nahe Klein-Ilsede, verletzte sie am Kopf und an den Genitalien. Der Mond scheint hell – es ist Vollmond. Schon oft hat er in Vollmondnächten getötet. Nutzt er das Licht für sein grausames Treiben oder hat die Kraft des Mondes auf ihn eine besondere Wirkung? Boulevard-Zeitungen entwerfen Legenden über einen Werwolf-ähnlichen Tierhasser. Wie immer stellt er auch in dieser Nacht das Auto weit vor seinem eigentlichen Ziel ab, die Fahnder werden später keine Reifenspuren entdecken.

Zeugen werden aussagen, in den Tagen vor der Tat im Umfeld der Weide einen beigefarbenen Wartburg-Kombi mit dem ostdeutschen Kennzeichen ASL für „Aschersleben“ gesehen zu haben. Nur ein Pilzsammler oder das Auto des Rippers? Das Fahrzeug kann nicht ermittelt werden. Den Weg zur Weide geht der Pferderipper zu Fuß, immer geschützt im Schatten der Bäume, der Mond scheint hell. Er kennt die versteckt gelegene Koppel in Peine-Vöhrum gut, hat seine Opfer und die Umgebung gründlich beobachtet. Er weiß genau, wo er die beiden trächtigen Hannoveraner-Stuten und die drei Jungtiere in die Enge treiben kann: In dem schmalen Gang am Ende der Wiese, der zur Tränke führt.

Das Areal am Waldrand liegt vor Blicken geschützt und ist zu beiden Seiten mit einem hohen massiv gebauten Rundholz-Zaun abgetrennt, ideal – er muss die Falle nur noch dicht machen. Auch dafür ist der Tiermörder ausgerüstet: Er treibt die Pferde eins nach dem anderen in den Schlauch hinein und sperrt den Eingang mit einem Stück Elektrozaun ab. Doch diesmal geht nicht alles glatt: Nachdem er die erste Stute getötet hat, wird eines der Pferde misstrauisch, es scheut, bricht aus, lässt sich nicht in das Gatter treiben. Das Pferd versucht über die große Weide zu fliehen, es kommt zu einer regelrechten Hetzjagd, der Täter kämpft offenbar lange mit dem wild um sich schlagenden Pferd. Schließlich sticht er das aufgebrachte Tier mit seiner Lanze in den Hals. Die verdrehten, weit aufgerissenen Augen der toten Stute am Morgen danach lassen Besitzer Kurt Struck noch die Todesangst und Panik seines verzweifelten Tieres erahnen. Die anderen drei

Opfer tötet der Ripper planmäßig nacheinander, er fängt bei den vertrauensseligen und handzahmen Jährlingen an. Hier hat er leichtes Spiel; sie haben in ihrem kurzen Leben noch keine schlechten Erfahrungen mit Menschen gemacht und werden von seinen plötzlichen Attacken überrascht.

Obwohl in unmittelbarer Nähe zwei Jägerhochsitze postiert sind, ist sich der Ripper offenbar sicher, dass sein blutiges Treiben unbeobachtet bleibt. Denn ausgerechnet in dieser Nacht ist kein Waidmann auf der Pirsch. Der Sohn des Vöhrumer Jägers feiert Geburtstag, die örtlichen Grünröcke liegen nach der Party im friedlichen Schlummer. Zufall, Beobachtung oder auch wieder perfekte Planung? Wie konnte der Ripper ausbaldowern, dass in dieser Nacht niemand auf der Lauer liegt? Die Ermittler der EG Pferd kämmen am Sonntagmorgen das Gelände akribisch durch. Ein Polizei-Spürhund verfolgt die Schritte des Tiermörders; er schlägt mehrfach an, erschnüffelt Spuren im Schlamm, bis sie sich irgendwo im hohen Gras verlieren.

Solidarität unter Tierfreunden

In den Tagen nach dem Blutbad auf seiner Weide bekommt Züchter Kurt Struck jede Menge Anrufe: Junge Reiterinnen, oft 13-, 14-jährige Mädchen bieten ihm an, nachts seine Pferde zu bewachen. Struck und die örtliche Polizei sorgen sich: Der Ripper ist gefährlich, selbst erwachsene Männer müssen den Täter fürchten, sollte er unliebsame Zeugen entdecken, warnt das LKA. Die Solidarität ist bezeichnend: Die Pferdemorde entsetzen Jung und Alt gleichermaßen. Wut und Abscheu einen die Menschen bundesweit. „Vor allem junge Mädchen sind tief bewegt" erklärt der niedersächsische Kriminologe Prof. Christian Pfeifer. „Pferde sind von Alters her Partner und Helfer des Menschen, wir haben eine ganz besondere Beziehung zu diesen sanften und anmutigen Geschöpfen, ihr Schicksal geht gerade deshalb vielen Tierfreunden nahe. Vor allem junge Mädchen entwickeln zu Pferden eine nahezu erotische Beziehung, voll zärtlicher Nähe, sind während ihrer Pubertät oft völlig verrückt nach diesen Tieren."

Pferde können zwar nicht reden, aber sie sprechen scheinbar doch: durch Schnauben, Kopfbewegungen, durch sensible Blicke aus dunklen, glänzenden Augen. Menschen sind fasziniert von ihrer Grazie und Anmut. „Das ist offenbar auch der Grund, warum der Pferderipper dieses Tier für seine Hassattacken auswählt hat und nicht irgendwelche Hühner oder andere vertraute Haustiere“, meint Pfeifer. Da verzahnen sich nach Meinung des Kriminologen zwei entscheidende Dinge: Wir sind betroffen, weil einem wehrlosen Pferd Leiden zugefügt wird, und weil wir so betroffen sind, ist das Pferd das Objekt der Begierde für den Ripper. Die Experten der „Ermittlungsgruppe Pferd“, Psychologen und Kriminologen haben keine Vergleichsmöglichkeiten, die bei der Entwicklung eines Täterprofils helfen könnten, die Taten des Rippers sind bislang einzigartig. Was genau ist sein Motiv?

Psychogramm eines Pferdeschlächters

Der Schlüssel liegt in der Psyche des Täters, glauben die Ermittler. Er ist ein Mensch, der im Leben nicht sehr erfolgreich ist. Er genießt die Aufregung in den Medien, die hohe Beachtung, die er erfährt, das Entsetzen, das seine Taten auslöst. Er tötet die Tiere, um sich selbst als erfolgreich zu erleben, als jemanden, der die Ängste der Menschen schürt, der im Mittelpunkt der Schlagzeilen steht. „Generell gilt: Besonders grauenhafte Taten werden oft von Menschen begangen, die sich als Herr über Leben und Tod fühlen wollen, die dieses Machtspiel brauchen. Und die das Leiden des Gegenübers, hier eines Pferdes, als Stabilisierungselement ihrer eigenen angeknackssten Psyche benötigen. Also ein schwacher, psychisch angeschlagener, nicht sehr erfolgreicher Mensch, der von Zeit zu Zeit immer wieder den Kitzel braucht, um sich selbst zu spüren, seine eigene Existenz, um Erfolgserlebnisse, wenn auch einer verrückten grausamen Art, zu haben.“

Kriminologe Pfeiffer tippt auf einen Mittvierziger, der nicht auf der Sonnenseite steht, zurückgezogen lebt: „Wenn die Polizei ihn irgendwann doch schnappen sollte, wird es das große Entsetzen der Nachbarn geben: Das hätten wir ja nie gedacht! Er ist kein Vereinsvorsitzender eines Schützenvereins, kein Mensch mitten im Leben, mit Großfamilie. So jemanden erwarten wir überhaupt nicht, sondern eher einen, der im Schatten der Aufmerksamkeit existiert, der nicht genug abgekriegt hat, nicht satt geworden ist an Lebenserfolgen.“

Auch ein sexuelles Motiv ist denkbar: Der Täter hat Kontaktschwierigkeiten, wird von Frauen zurückgewiesen und projiziert seinen Hass auf Pferde. Dieses Motiv halten die Ermittler aber für eher unwahrscheinlich, die Indizien deuten nicht auf einen typischen Triebtäter. Eine andere Theorie ist vielversprechender: Es handelt sich möglicherweise um einen Mann, der eine traumatische Erfahrung mit Pferden gemacht hat. Denkbar, dass er einen geliebten Menschen durch ein Pferd verloren hat: Immer wieder und wieder erinnert er sich an die grauenhafte Szene, die seinen Hass gegen Pferde entzündet und gegen die er immer wieder von neuem ankämpft. Die „EG Pferd“ recherchiert: Wo hat es schlimme Reitunfälle geben, wo sind Menschen durch Pferde verletzt worden oder zu Tode gekommen? Doch die Ergebnisse sind enttäuschend, es kommt nichts Verwertbares heraus.

Bis heute keine heiße Spur
Nicht nur die bestialische Methode, mit der er seine Opfer tötet, ist dem Pferderipper mit seinem berühmten Namensgeber gemein: Wie bei „Jack the Ripper“ bleibt auch die Identität des Pferdemörders bis heute ungeklärt, Spuren verlaufen im Sand. Wie schafft er es immer wieder, blutbesudelt nach seinen nächtlichen Exzessen zu flüchten, ohne gesehen zu werden? Am 8. Januar 2004 kommt der Fall ins Fernsehen: Die Fahndungssendung „Aktenzeichen xy ungelöst“ berichtet, bittet die Zuschauer um Mithilfe. Die „EG Pferd“ hofft auf Hinweise zu den Spezial-Lanzen und Waffen sowie auf Beobachtungen von Verdächtigen im Umfeld der Tatorte. Bis zum April 2004 gehen über 550 Hinweise ein, daraus ergeben sich 320 neue Spuren.

Juristisch hat der Ripper nicht allzuviel zu befürchten: Gesetzlich gilt die Tötung von Pferden als Sachbeschädigung. Dazu würde er noch für den Verstoß gegen das Tierschutzgesetz belangt. Kurt Struck und andere Geschädigte setzten hohe Belohnungen aus. Nach der Sendung erhöhte sich die Summe auf über 120.000 Euro. Die „EG Pferd“ geht allen Hinweisen nach. Keiner brachte bislang den gewünschten Erfolg: Der obskure Tiermörder bleibt unerkannt. Aber eines hat die Polizei offenbar erreicht: Der Täter fühlt sich beobachtet. Der Fahndungsdruck ist hoch, die Bevölkerung passt auf: Das Blutbad auf der Struckschen Weide in Peine-Vöhrum war bislang seine letzte Tat.

Andreas Barnickel

Lebenslang für „die Bestie“

Familienvater ist zweifacher Kindermörder

Die BILD-Zeitung hat nach dem ersten Prozesstag im Frühjahr 2005 schnell einen Namen für den Mörder von Levke und Felix parat – „da sitzt die fette Bestie“ steht in dicken Lettern über einem Foto, das den 31-Jährigen auf der Anklagebank zeigt. Das Interesse der Medien ist riesig an dem spektakulären Doppelmord-Prozess gegen den Familienvater Marc H. aus Bremerhaven: Fernsehsender und Radiostationen haben ihre Übertragungswagen vor dem Gerichtsgebäude und auf dem einige hundert Meter entfernten Marktplatz aufgebaut, Kabel führen durch die Straßen der Stader Altstadt. Scheinwerfer für Live-Berichte der Fernseh-Reporter

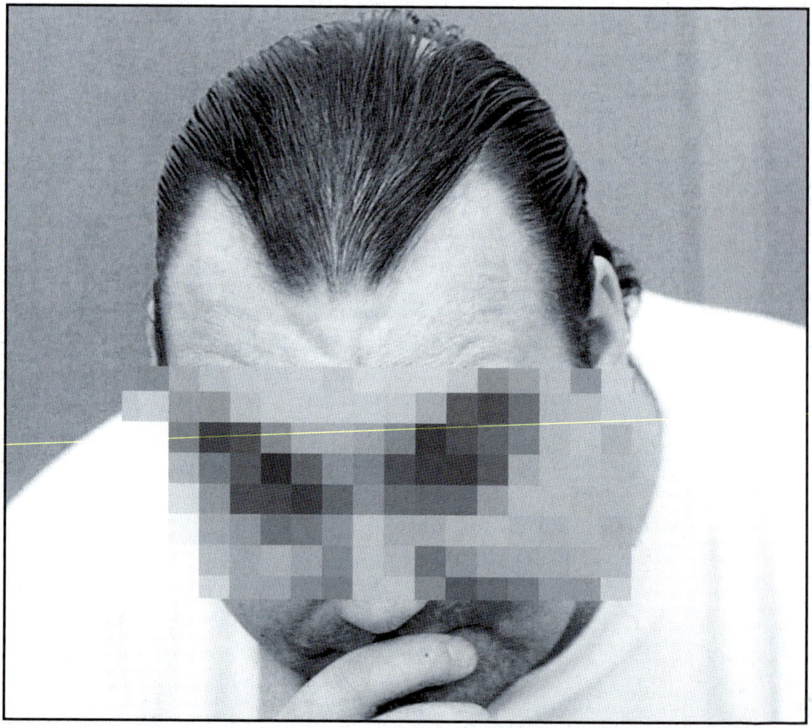

„Da sitzt die fette Bestie“ – der zweifache Kindermörder Marc H.

leuchten auf die Eingänge des Gerichts, rund um das Gebäude herrscht medialer Ausnahmezustand.

Panzerglasscheibe soll den Angeklagten schützen

Die Verhandlung vor dem Stader Landgericht findet unter massiven Sicherheitsvorkehrungen statt. Eine zwölf Meter lange Wand aus Panzerglas, die fast bis an die Decke reicht, trennt die Prozessbeteiligten von den Beobachtern. Sie ist eigens aus Göttingen nach Stade gebracht worden. Keine Kugel könnte das Glas durchschlagen. Alle Besucher, auch die Journalisten, werden abgetastet und mit Metalldetektoren untersucht. Mobiltelefone müssen abgegeben werden, auch nach jeder Pause wiederholt sich die Prozedur. Die Angst vor möglichen Racheakten gegen den Angeklagten während der Verhandlung ist zu groß. Längst nicht jeder, der es möchte, darf in den Gerichtssaal. Die Zahl der Plätze ist begrenzt, die Hälfte der Stühle ist für Journalisten reserviert, so mancher Zuschauer muss draußen bleiben. Die Medienvertreter sind aus ganz Deutschland angereist: Sie kommen von öffentlich-rechtlichen und privaten Fernseh- und Radiostationen, Nachrichtenagenturen und Boulevardblättern, politischen Nachrichtenmagazinen, überregionalen und lokalen Tagszeitungen.

Angespannte Stimmung im Gerichtssaal

Als Mark H. in Handschellen, begleitet von Justizbeamten, am ersten Prozess-Tag um kurz nach 9.00 Uhr den Gerichtssaal betritt, ist die Atmosphäre vor der Panzerglaswand im Zuschauerraum angespannt. So sieht also ein zweifacher Kindermörder aus, scheinen viele zu denken. Manchen Zuschauer mag ausschließlich die blanke Sensationslust in den kargen Gerichtsaal getrieben haben, andere sind gekommen, weil sie die kleine Levke persönlich gekannt haben. Wie eine ältere Dame aus Cuxhaven-Altenwalde, dem Heimatort Levkes. Sie hat früher einen Auftritt des Mordopfers mit seiner Musikgruppe gesehen. Für den Prozess ist die Frau extra die hundert Kilometer aus Cuxhaven angereist und hat sich morgens in aller Frühe in die lange Menschenschlange vor dem Gerichtsgebäude eingereiht, um einen Platz im Saal zu ergattern, in dem die Luft bei den sommerlichen Temperaturen schnell stickig wird, weil die Fenster nur auf Kipp geöffnet werden können.

Den Eltern direkt gegenüber

Der 31-Jährige auf der Anklagebank wirkt massig, er hat die dunklen Haare nach hinten gekämmt. Er trägt Turnschuhe und einen dunkelblauen Pullover mit Motiv auf dem Bauch. Marc H. wird diesen Pullover an jedem Prozesstag anziehen. Er sitzt hinter einer Holzbalustrade. Rechts und links neben ihm jeweils ein Justizbeamter. Auge in Auge, ihm direkt gegenüber, haben die Eltern der achtjährigen Levke, dem vermutlich ersten Opfer des Kindermörders, ihren Platz eingenommen, zusammen mit einer Anwältin. Das Ehepaar S. tritt als Nebenkläger auf, genau wie die Mutter des ebenfalls ermordeten Felix, Anja W. Sie nimmt jedoch nicht persönlich an dem Prozess teil, sondern lässt sich durch ihren Rechtsanwalt vertreten – sie könne den Anblick von Marc H. nicht ertragen.

Kein Wort

Der Angeklagte, der sich während des Prozesses persönlich nie zu den Vorwürfen äußern wird, vermeidet im Gerichtssaal den direkten Blickkontakt mit Levkes Eltern, ignoriert sie offensichtlich. Immer wieder duckt er sich hinter der Balustrade weg, wirkt irgendwie peinlich berührt. Trotzdem wird Marc H. während des gesamten Prozesses kein Wort der Entschuldigung oder des Bedauerns äußern. Sein Geständnis gleich am ersten Prozesstag lässt er von den beiden Verteidigern verlesen. Er stehe der Tat „mit einigem Entsetzen gegenüber“, glaube aber, „schwer gestört“ zu sein und bitte daher darum, psychiatrisch behandelt und betreut zu werden, lassen seine Anwälte wissen.

„Deiner Mutter ist etwas passiert“

Noch an diesem ersten Prozesstag werden Zeugen vernommen: Ein Polizist berichtet detailliert über das Geständnis des Angeklagten: Wie Marc H. gestanden habe, zufällig an Levkes Elternhaus in Cuxhaven-Altenwalde vorbeigefahren zu sein, sie unter dem perfiden Vorwand „mit Deiner Mutter ist etwas passiert“ in sein Auto gelockt und sexuell missbraucht habe. Wie ihm klar geworden sei, dass das Mädchen nicht weiterleben könne. Wie er Levke umgebracht und ihre sterblichen Überreste am folgenden Tag wieder in sein Auto geladen habe, um sie im Kofferraum Hunderte Kilometer nach Attendorn im Sauerland zu transportieren. Dort hat Marc H. lange Zeit gelebt, dort meinte er sich auszukennen, aus Angst vor Entdeckung das bessere Versteck für den Leichnam zu finden. Marc H. wird einen Tag später sogar noch einmal von Bremerhaven ins Sauerland fahren, um die Leiche tiefer im Unterholz zu verstecken. Doch das Versteck ist nicht gut genug: Ein Pilzsammler findet die Leiche zufällig. Normaler-

Auf der Suche nach dem Mörder wird jede verwertbare Spur von der Polizei gesichert.

weise läuft hier niemand durch das Unterholz. Der Polizist berichtet, wie Marc H. während der Vernehmung weinend zusammenbricht und sagt, er könne Levke ja doch nicht wieder lebendig machen. Das Unfassbare: Hätte Levke an diesem Mittag nicht ihren Hausschlüssel vergessen, wäre sie ihrem Mörder vermutlich niemals in die Hände gelaufen. Alles spricht dafür, dass sie ein Zufallsopfer ist.

„Das Schlimmste war die Ungewissheit“

Das Ehepaar S., Levkes Eltern, wird an jedem Verhandlungstag von psychologisch geschulten Polizeibeamten begleitet, die sich schon seit Monaten um die Familie kümmern. Für die Eltern ist der Mordprozess, so schwer er auch zu ertragen sein mag, ein Stück Aufarbeitung. „Ich muss den Weg zu Ende gehen“, sagt Levkes Mutter, Ulrike S., während ihrer Aussage, die vielen Anwesenden die Tränen in die Augen treibt. Seit der grausamen Tat an ihrer Tochter sei das ganze Gleichgewicht der Familie kaputt, immer wenn sie einen Hubschrauber über ihr höre, sei der Tag Anfang Juni 2004, an dem Levke verschwand, wieder präsent. Traumatische Erinnerungen an die langwierige Suche nach ihrer verschwundenen Tochter. Das Schlimmste war die Ungewissheit, sagt Ulrike S., immer wieder habe sich die Familie die Frage gestellt: „Wo ist Levke? Was muss sie durchleiden?“.

„Levi fehlt uns morgens, mittags, abends“

Als die Polizei sie im Dezember 2004 über die Verhaftung des Mörders ihrer Tochter informierte, habe die Familie keine Freude, sondern nur „pure Erleichterung“ gespürt. „Levi bringt uns das nicht wieder. Aber andere Kinder werden vielleicht vor ihm bewahrt“, sagt Ulrike S.

Tiefe Spuren

Der Mord an Levke hat in der gesamten Familie tiefe Spuren hinterlassen: Ihr Mann leide unter Konzentrationsschwierigkeiten, die anderen beiden Kinder hätten Probleme in der Schule, erzählt Ulrike S. mit leiser Stimme: „Levi fehlt uns morgens, mittags, abends.“ Die 13-jährige Tochter und der 11-jährige Sohn sind an keinem der Verhandlungstage im Gerichtssaal. Sie äußern sich aber indirekt, die Kinder haben zu Hause zwei Plakate gestaltet, die das Leben vor und nach Levkes Tod dokumentieren. Die Eltern zeigen die beiden

Collagen in einer Verhandlungspause. Auf einem dunklen Plakat stehen – illustriert mit Fotos und Bildern – Begriffe wie „Verlustängste“, „Dunkelheit“ und „Trauer“, auf dem anderen, rosafarbenen Plakat dagegen Worte wie „Verbundenheit“, „Spielgefährte“, „Lachkrämpfe“ oder „Freude“.

Soko unter Druck

Im Laufe des Prozesses werden Vorwürfe gegen die Soko Levke laut, sie sei Marc H. zu spät auf die Spur gekommen. Diese Vorwürfe basieren auf der Aussage einer Freundin der Mutter des Angeklagten, die die Ermittler schon Anfang September 2004 auf Marc H. aufmerksam gemacht haben will – noch vor dem Mord an Felix aus Neu Ebersdorf. Ihr sei aufgefallen, sagt sie vor Gericht aus, dass der Angeklagte wegen Vergewaltigung vorbestraft und Mitte 1995 von Attendorn nach Bremerhaven gezogen sei. Dennoch hätten die Ermittler sie erst zwei Monate später nach ihrem ersten Anruf bei der Polizei vernommen, so die Zeugin aus dem Sauerland,

„Wo ist Levke?“ Die Polizisten durchsuchen jeden Winkel.

die den Angeklagten im Gerichtssaal sogar persönlich anspricht: „Sag doch bitte alles, damit Du Deinen Frieden findest.“

Und noch ein Punkt verwundert viele Prozessbeobachter: Offenbar war das Auto, mit dem Marc H. die Taten begangen hat und das auf den Namen seiner Mutter zugelassen war, bereits mehrfach Ende Juni 2004 von der Polizei auf einem Parkplatz gefilmt worden, genau auf dem Parkplatz, wo Marc H. nach dem Mord an Levke deren Schultasche und Jacke weggeworfen hatte. Über diese Filmaufnahmen war nach Zeugenaussagen aber offenbar erst vier Wochen nach dem Tod des kleinen Felix ein Aktenvermerk angelegt worden.

Hätte Felix womöglich noch leben können? Die unter Druck geratenen Ermittler weisen jegliche Vorwürfe gegen die Arbeit der Soko Levke zurück: Die Ermittler hätten 4000 Spuren und Datensätze zu erfassen und zu bewerten gehabt. „Jede Spur, jeder Hinweis, mag er noch so unbedeutend erscheinen, kann letztendlich zu einem Täter führen“, heißt es in der Stellungnahme. Schließlich habe die professionelle Vorgehensweise der Soko Levke nach der Festnahme des Tatverdächtigen auch zum Geständnis geführt, sagt der zuständige Oldenburger Polizeipräsident Hans-Jürgen Thurau Ende Mai 2005. Auch hätten die Ermittler lange nicht geglaubt, dass die beiden Fälle Levke und Felix zusammenhängen könnten, berichtet ein Polizist in seiner Aussage. Es sei mehr als ungewöhnlich, dass sich pädophile Täter wie Marc H. sowohl an Mädchen als auch an Jungen vergreifen. Doch Marc H. ist auch der Mörder des achtjährigen Felix aus Neu Ebersdorf. Am 30. Oktober 2004 verschwindet der Junge, kommt vom Spielen nicht nach Hause. Erst sucht die verzweifelte Mutter allein nach Felix, vor der Schule, fragt bei Klassenkameraden und Freunden nach, bis sie schließlich die Polizei informiert.

Täter gibt selbst entscheidenden Hinweis

Anfang Januar des folgenden Jahres wird Felix’ Leiche im Fluss Geeste bei Bremerhaven gefunden, verpackt in einen blauen Müllsack. Der Fundort der Leiche ist nicht weit von der Wohnung seines Mörders entfernt. Auch Felix wurde von Marc H. missbraucht. Auch ihn lockte der Angeklagte mit den Worten, seiner Mutter sei etwas passiert, in das Auto, mit dem er auch Levkes Leiche transportiert hatte. Die Leiche des

Jungen findet die Polizei erst nach einen Hinweis von Marc H., der einem Mithäftling in der Untersuchungshaft in der Oldenburger JVA von dem weiteren Mord erzählt.

Wie für Levkes Eltern war auch für Felix’ Mutter, Anja W., die Zeit der Ungewissheit ein Martyrium, äußert sie noch während des laufenden Prozesses, an dem sie aber an keinem Tag teilnimmt: „Da stehen seine Hausschuhe noch direkt an der Haustür und die Jacke hängt da, und im Kinderzimmer sind die Bücher und sein Ranzen. Das macht Ihnen eigentlich erst bewusst, was Sie da verloren haben, was da alles kaputt ist.“ Die Krankengymnastin Anja W. kann nach dem Tod ihres Sohnes nicht mehr arbeiten, die ältere Tochter zieht bei ihrer Mutter aus und geht zu ihrem Vater, der geschieden ist.

Menschen gehen Felix' Mutter aus dem Weg

Felix’ Mutter verlässt zwischenzeitlich das Einfamilienhaus in Neu Ebersdorf und zieht in eine niedersächsische Kleinstadt. Sie erinnert sich an die Suchaktion, an der sich mehr als tausend Freiwillige beteiligt haben, an die Beerdigung ihres Sohnes, „Ich hatte da keinen Bezug zu, da steht ein Sarg und irgendjemand sagt, da liegt Ihr Kind drin.“ Sie habe sich unbedingt von ihrem Sohn verabschieden wollen, erzählt Anja W. Man habe ihr aber davon abgeraten, in den Sarg zu blicken. Außerdem erinnert sich die Mutter an die Reaktionen in ihrem Heimatort – die Menschen seien ihr aus dem Weg gegangen, wohl aus Unwissenheit, wie man ihr begegnen solle, vermutet sie. Und auch Felix' ältere Schwester äußert sich, sie schreibt einen offenen Brief an den Mörder ihres Bruders, der in einigen Zeitungen als Faksimile abgedruckt wird: „Hallo hirnloser Marc H., warum bringst Du Kinder um, die Dir gar nichts getan haben. Warum? Warum die Kleinen? In meinen Augen bist Du ein Feigling, ein Nichts.“ Wer ist Marc H. wirklich? Diese Frage müssen sich auch zwei Gutachter stellen, von deren Einschätzung das Strafmaß für Marc H. abhängen wird.

Gutachter müssen klären: Ist Marc H. psychisch krank oder voll schuldfähig?

Der bundesweit anerkannte Gutachter Norbert Leygraf aus Essen hält den Angeklagten für voll schuldfähig, bei dem 31-Jährigen seien keine krankhaften oder sexuellen Abartigkeiten festzustellen und weder seine Steuerungsfähigkeit noch sein Urteilsvermögen seien eingeschränkt, heißt es laut Nordsee-Zeitung in dem Gutachten, das unter Ausschluss der Öffentlichkeit im Prozess vorgestellt wird. Offenbar habe H. versucht, sich gegenüber dem Gutachter als psychisch Gestörten darzustellen. Das sei nicht gelungen – mit dem Ergebnis der Untersuchung konfrontiert, habe der 31-Jährige ungehalten reagiert: „Dann war das alles umsonst. Dann haben Sie nicht verstanden, was ich Ihnen hier gesagt habe“. H.'s Verteidiger hingegen sehen ihren Mandanten als einen kranken Menschen. Wer sich, wie während der Verhandlung über Marc H. bekannt wurde, von einer Prostituierten wie ein Baby wickeln, pudern und schlagen lasse, müsse krank sein.

So fallen die Plädoyers dann auch völlig unterschiedlich aus: Die Staatsanwaltschaft fordert eine lebenslange Haftstrafe wegen des sexuellen Missbrauchs und der Tötung von Levke und Felix. Auch müsse die besondere Schwere der Schuld festgestellt werden, da die Therapiemöglichkeiten für den Angeklagten gering und daher weitere Taten zu erwarten seien. Die fehlende Fähigkeit zum Mitgefühl sei bei dem Angeklagten sehr stark ausgeprägt, so die Staatsanwältin, daher müsse das Strafmaß voll ausgeschöpft werden. Die Verteidigung hingegen fordert die Einweisung des Doppelmörders in eine psychiatrische Anstalt. Im Strafvollzug bestehe die Gefahr, dass Marc H. unbehandelt wieder freikomme. Der Angeklagte leide unter einer schweren Persönlichkeitsstörung und gehöre deshalb in den Maßregelvollzug. Marc H. äußert sich nach den Plädoyers auch nach direkter Ansprache durch den Vorsitzenden Richter der Strafkammer nicht.

Härteste Strafe für den Mörder

Am 29. Juni 2005 verkündet das Stader Landgericht sein Urteil: Marc H. wird zu einer lebenslangen Freiheitsstrafe verurteilt. Auch stellt das Gericht die Schwere der Schuld fest und verhängt Sicherungsverwahrung. Damit bekommt der Mörder von Levke und Felix die härteste Strafe, die das deutsche Recht kennt. Das Urteil bedeutet, dass die lebenslange Freiheitsstrafe nicht nach 15 Jahren auf Bewährung ausgesetzt werden kann. Möglicherweise kommt H. nie wieder auf freien Fuß. Wie schon an den anderen Prozesstagen nimmt er die Entscheidung des Gerichts, wieder im blauen Pullover, ohne größere Regung zur Kenntnis. Levkes Mutter sagt, das harte Urteil helfe bei der Trauerarbeit. „Dennoch gibt es für den Missbrauch, die Entführung und die Tötung meiner Tochter keine gerechte Strafe“, so Ulrike S.

Felix' Mutter ist bei der Urteilsverkündung nicht anwesend. Dennoch äußert sich auch Anja W.: „Mir ist wirklich ein Stein vom Herzen gefallen, dass der für immer und ewig weg ist. Und das heißt eben auch, dass er nicht nach 15 Jahren wieder herauskommt. Er bleibt mindestens, ich schätze mal für 30 Jahre, im Knast. Und das ist der Platz, wo er hingehört.“

Weitere Morde?
Fragen bleiben auch nach Ende des spektakulären Prozesses offen. Ist Marc H. möglicherweise für weitere Morde verantwortlich? Ist er vielleicht sogar ein Serientäter? In der Untersuchungshaft soll er einem Mithäftling weitere Morde gestanden haben, die allerdings während des Prozesses nicht weiter aufgearbeitet wurden. Oder hat sich der Mitgefangene nur wichtig machen wollen?

Und dann ist da auch noch der Fall Adelina – das zehn Jahre alte Mädchen aus Bremen-Kattenturm war Ende Juni 2001 ebenfalls wie Levke und Felix am hellichten Tag verschwunden. Ihre Leiche wurde Monate später gefunden, ebenfalls von einem Pilzsammler, in einem Wäldchen in der Nähe einer Autobahn.

Im Fall Adelina gilt der verurteilte Doppelmörder weiter als verdächtig
Ende September 2005 wurde Marc H. deshalb an den Fundort von Adelinas Leiche geführt, wo die Ermittler eine Puppe deponiert hatten. Bei dem Ortstermin beobachteten Spezialisten den verurteilten Doppelmörder genau – anhand seiner Reaktionen hofften die Ermittler und Psychologen möglicherweise auf eine weitere Täterschaft schließen zu können. „Im Fall Adelina ist H. weiter verdächtig“, so die Ermittler, allerdings bestreitet der verurteilte Doppelmörder eine Tatbeteiligung. Außerdem hat die Soko Levke auch nach Prozessende versucht, so weit wie möglich ein Bewegungsbild von Marc. H. zu erstellen. Damit wollen die Fahnder herausfinden, wo sich der Verdächtige aufgehalten hat, seit er einen

Führerschein besitzt und ob es möglicherweise Überschneidungen mit weiteren Vermisstenfällen gibt. Rund 260 ungeklärte Taten sind deshalb noch einmal aufgerollt worden – bislang ohne Erfolg.

■ Chronologie im Fall Marc H.

6. Mai 2004:
Die achtjährige Levke S. hat ihren Schlüssel vergessen und wartet nach der Schule vor ihrem Elternhaus in Cuxhaven-Altenwalde. Dort trifft sie auf ihren Mörder Marc H., der zufällig an dem Haus vorbeifährt. Marc H. entführt Levke, anschließend missbraucht und tötet er das Mädchen.

7. Mai 2004:
Rund 25 Kilometer von ihrem Elternhaus werden die Jacke, die Sporttasche und die Schultasche von Levke entdeckt.

8./9. Mai 2004
Eine groß angelegte Suchaktion beginnt: Fast 1000 Polizisten und Freiwillige suchen nach dem vermissten Mädchen. Auch Spürhunde und Polizeihubschrauber kommen zum Einsatz. Die Suche bleibt aber erfolglos.

23. August 2004
In Attendorn (Sauerland) findet ein Pilzsammler in einem entlegenen Waldstück Teile eines Skeletts und Kleiderfetzen. Bei der Leiche handelt es sich um Levke, ergibt eine DNA-Analyse.

8. September 2004
Bei der Polizei gehen erste Hinweise auf Marc H. ein, der aus dem nordrhein-westfälischen Attendorn kommt und seit Mitte der 90er Jahre in Bremerhaven lebt.

30. Oktober 2004
Wieder verschwindet ein Kind im Elbe-Weser-Dreieck: Der achtjährige Felix aus Neu Ebersdorf bei Bremervörde im Landkreis Rotenburg kommt vom Spielen nicht nach Hause.

6./7. November 2004
Erneut startet eine groß angelegte Suchaktion: Mehr als 7.000 Menschen (Polizisten, Feuerwehrleute, Jäger und zahlreiche Freiwillige) suchen nach dem vermissten Felix. Wie im Fall Levke bleibt die Suche erfolglos.

8. Dezember 2004
Marc H. wird unter dringendem Tatverdacht festgenommen. Er gesteht, die achtjährige Levke entführt, sexuell missbraucht und getötet zu haben.

7. Januar 2005
Einer von H.'s Rechtsanwälten teilt der Staatsanwaltschaft in Stade mit, der mutmaßliche Mörder von Levke habe gestanden, auch Felix getötet zu haben. Daraufhin finden Polizeitaucher die Leiche des Achtjährigen in dem Fluss Geeste bei Bremerhaven, eingeschnürt in einen Müllsack.

21. März 2005
Erneut groß angelegte Polizeiaktion: Beamte durchkämmen ein Waldstück bei Bremerhaven, nachdem Marc H. einem Mitgefangenen in der Untersuchungshaft in der Oldenburger Justizvollzugsanstalt sechs weitere Morde gestanden haben soll. Die Ermittler finden aber keine weiteren Leichen.

24. März 2005
Die Staatsanwaltschaft Stade erhebt Anklage gegen Marc H.

9. Mai 2005
Prozessbeginn vor dem Stader Landgericht.

29. Juni 2005
Am neunten Prozesstag wird Marc H. zu einer lebenslangen Freiheitsstrafe verurteilt. Außerdem wird die Schwere der Schuld festgestellt und Sicherungsverwahrung verhängt. Das heißt, Marc. H. wird nicht nach 15 Jahren wieder auf freien Fuß kommen.

Die Autorinnen und Autoren

Kathrin Pagendarm:
Die 40-jährige Journalistin studierte in Hannover Geschichte und Deutsche Literaturwissenschaft, arbeitete anschließend zunächst als Referentin an der Universität, ehe sie zum Hörfunk wechselte. Nach fünf Jahren NDR 1 Niedersachsen ging sie nach Hamburg zum Nachrichtensender NDR Info. Pendelt zwischen ihrem Gatten in Hannover und dem Arbeitsplatz in Hamburg hin und her, wenn sie nicht gerade irgendwo Interviews für spannende Krimi-Beiträge führt.

Eckhardt Reimann:
Jahrgang 1964, lebt mit Frau und zwei Töchtern im Norden Hannovers. Begann schon während des Studiums der Sozialwissenschaften in Göttingen für den Hörfunk zu arbeiten. Bei radio ffn in Hannover kümmerte er sich dann um die Nachrichten und wurde später Ausbildungsleiter und Politik-Redakteur, bevor er zum NDR wechselte. Dort arbeitet er als Schlussredakteur in den Nachrichten und gibt gelegentlich Seminare für den NDR-Nachwuchs, auch an der FH-Hannover. Seit den Recherchen zur Geschichte „Die Leiche im Abflussrohr“ fürchtet er nichts mehr als eine Rohrverstopfung.

Andreas Barnickel:
geboren 1973 in Leer, also Ostfriese. Nach dem Abitur Volontariat beim General-Anzeiger in Rhauderfehn, dort ein Jahr als Redakteur. Anschließend Weiterbildung zum Hörfunk-Journalisten. Seit 2001 als „Fester Freier“ für den NDR im Studio Oldenburg tätig, hauptsächlich für NDR 1 Niedersachsen als Reporter und andere NDR-Wellen. Zusätzlich noch Autor für weitere öffentliche Sender, wie zum Beispiel den Deutschlandfunk oder den WDR. Wohnhaft in Oldenburg. Hobbys: Garten, Fotografieren.

Florian Breitmeier:
wurde 1974 in Hildesheim geboren. Nach dem Abitur an der Marienschule und dem Politik-Studium in Göttingen hat er

eine journalistische Ausbildung beim NDR absolviert. Er arbeitet in der Nachrichtenredaktion, berichtet aber auch über Themen aus Religion und Gesellschaft. Er ist verheiratet, hat einen Sohn und liebt Italien.

Dr. phil. Uwe Day:
geboren 1966 in Westerstede. Seit 1995 Hörfunkjournalist im NDR-Landesstudio Braunschweig. Schwerpunkte: Aktuelle Tagesberichterstattung und geschichtliche Reportagen. Volontariat bei einer Tageszeitung im Landkreis Gifhorn. Studium der Kulturwissenschaft und Germanistik in Bremen. Autor des Buches: „Silberpfeil und Hakenkreuz. Automobilrennsport im Nationalsozialismus". Konnte sich während der Recherche seiner Lieblingsbeschäftigung widmen: geschichtliche Grabungen in historischen Aktenbergen – diesmal im Niedersächsischen Staatsarchiv Wolfenbüttel.

Guido Pauling:
Werdegang chronologisch: Musiker, Hobby-Gärtner, Literaturstudent, Russlandinteressierter, Historiker, NDR-Volontär, Radioreporter, Schweizreisender. Lebt in Hannover. Mag Hunde (und Katzen!). Liest so gut wie nie Krimis.

Christian Prüßner:
in Hamburg geboren, in Bielefeld aufgewachsen, ist über Umwege und seine Liebe zum gesprochenen Wort zum Radio gekommen. In der Freizeit singt er leidenschaftlich in verschiedenen Chören oder versucht, bisher vergeblich, einen Hecht in der Leine zu angeln. Lebt mit Frau und drei Kindern im Neustädter Land auf einem alten Bauernhof.

Kerstin Staben:
1975 geboren, studierte Literaturwissenschaft, Medien und Soziologie an der Universität Osnabrück. Schnell zog es sie in den praktischen Journalismus: Beim Privatfunk angefangen, wechselte sie 1999 als Reporterin zum NDR. Durch ein Stipendium machte sie Station beim französischen Radiosender France Bleu Isère in Grenoble. Mittlerweile ist sie beim NDR für Radio und Fernsehen im Einsatz. Um sich vom hektischen Reporterleben zu erholen, greift sie zu spannenden Krimis, hört Musik, trinkt für ihr Leben gern Milchkaffee und Rotwein in Cafés oder Kneipen (je nach Tageszeit).

Melanie Thieltges:
Melanie Thieltges, Jahrgang 1969, verschlang schon als Kind festmeterweise Krimis und Detektiv-Geschichten. Verdiente als Schülerin erste journalistische Sporen bei der örtlichen Tageszeitung, danach Studium in Münster und Hörfunk-Volontariat im Ruhrgebiet, dort Redakteurin. Danach Autorin und Reporterin in Hörfunk und Fernsehen, u. a. für den WDR. Seit 2003 bei NDR 1 Niedersachsen. Die langjährige Komplizenschaft mit einem Schreibtischtäter verschlug die Westfälin in den Norden.

Wolfgang Wortmann:
ist seit 1992 freier Journalist beim Norddeutschen Rundfunk, zunächst beim Fernsehen, inzwischen beim Hörfunk. Er produziert darüber hinaus Filmdokumentationen zu geschichtlichen Themen, Schwerpunkte sind die Zeit des Nationalsozialismus und das Nachkriegsdeutschland. 2002 erhielt er für einen seiner Filme den ersten Preis im Regionalen Wettbewerb der Oldenburger Filmtage.

Bildnachweis

Aginma, Hartmut: Seite 58; Bibliographisches Institut & FA Brockhaus AG: Seite 193; Braunschweiger Zeitung: Seite 61; Decker: Seite 98; dpa: Seite 19, 20, 35, 37, 39, 50, 52, 55, 56, 72, 111, 117, 119, 123, 130, 135, 144, 146, 147, 151, 154, 156, 157, 159, 160, 170, 172, 178, 180, 184, 185, 187, 208, 211, 213; Dröse, Rainer: Seite 96, 141, 165, 168; Ehricke, Detlef: Seite 72, 89; Göbel, Joachim: Seite 82; Krüsmann, Egon: Seite 41, 43; Landeskriminalamt Niedersachsen: 21, 22, 24, 26, 27, 29, 30, 31, 33, 104, 105, 106, 133, 176, 200, 202, 203; Mittendorf, Niko: Seite 175; NDR: Seite 6; Neue Presse Hannover: 165, 168; Niedersächsisches Staatsarchiv Wolfenbüttel: Seite 9; Pauling, Guido: Seite 48; Prell, Markus: Seite 189, 198; Spolwind, Rene: Seite 128; Teutopress, Seite 149; Thieltges, Melanie: Seite 76; Wilhelmshavener Zeitung: Seite 101

Herzlichen Dank!

Es gibt sehr viele Menschen, die zum Gelingen dieses Buches und der Hörfunkserie bei NDR 1 Niedersachsen einen wichtigen Teil beigetragen haben. Es gab Hilfe durch Erinnerungen, Informationen, Unterlagen, Fotos oder auch durch ganz praktische Taten.

Im Namen aller Autoren möchten wir uns herzlich bedanken und zwar ganz besonders und zuerst bei den beiden Sprechern des Landeskriminalamtes Niedersachen, Detlef Ehrike und Frank Federau. Ohne ihre wunderbaren Geschichten wären wir auf manche Fälle nur mit deutlich größerer Mühe gestoßen. Außerdem haben sie unsere langwierige Arbeit mit großer Geduld auf jeder Ebene unterstützt.

Elke Kotzan-Bartke und ihrem Team sei Dank, die mit großer Begeisterung die erstaunlichsten Texte aus den Tiefen des NDR-Archivs beförderten. Genauso hilfreich waren auch Brigitte Kehe und Karin Döring, die im Foto-Archiv der Hannoverschen Allgemeinen Zeitung und der Neuen Presse viele einzigartige Bilder aufstöberten. Bei der Suche nach den passenden Fotos war auch Simone Rastelli eine großartige Unterstützung, die viel Zeit investiert hat. Herzlichen Dank an sie und die Kollegen Kay Wesche und Joachim Göbel, die ganz praktisch halfen und die Arbeit voranbrachten.

Außerdem gilt der Dank NDR 1 Niedersachsen Hörfunkchef Eckhart Pohl und all den Abteilungs- und Studioleitern, die uns Autoren die nötigen Freiräume zur Arbeit am Buch und an der Serie gaben.

Kerstin Staben möchte sich bedanken bei Ernst Hunsicker, dem ehemaligen Leiter der Kriminalpolizei im Osnabrücker Land und bei Matthias Behnke vom LKA für die unkomplizierte Zusammenarbeit. Außerdem dankt sie ihren Krimifreundinnen Yvonne Seifert, Christina Wiele und Andrea Bonhagen für die Motivation.

Kathrin Pagendarm dankt ihrem Mann Lutz Breier für die liebevolle Unterstützung, wenn der Computer mal wieder nicht so wollte.

Florian Breitmeier bedankt sich bei Bernd Stubmann von der BILD Hannover und ebenso bei Rechtsanwalt Fritz Willig für die Zusammenarbeit.

Wolfgang Wortmann dankt den Bremer Nachrichten und der Nordwest Zeitung für die Fotos und Zeitungsausschnitte. Sein besonderer Dank gilt Kriminalhauptkommissar a.D. Werner Oelkers, der ihm stets mit wertvollen Hinweisen zur Seite stand. Außerdem dankt er für die Unterstützung durch den Radio-Bremen-Reporter Dirk Blumenthal.

Uwe Day hat sich sehr über die unbürokratische Unterstützung durch Dr. Gudrun Fiedler aus dem Niedersächsischen Staatsarchiv Wolfenbüttel gefreut.

Eckhardt Reimann dankt besonders seiner Frau Verena für ihre exakte und kluge Textkritik – und das nicht nur bei seinen eigenen Texten. Und als Christenmensch möchte er noch ein ganz persönliches „Gott sei Dank!“ anfügen. Außerdem geht ein großer Dank an unseren Lektor Mark Wachsmann, der mit stets guter Laune und großer Geduld alle Texte, Bilder und sonstige Massen an Unterlagen sammelte und mit uns Radioleuten zu einem gelungenen Buch zusammenfügte.

Und bei all denen, die hier hätten genannt werden müssen aber irgendwie doch nicht auftauchen, möchten wir uns für das Versäumnis herzlich entschuldigen: „...denn des vielen Büchermachens ist kein Ende, und viel Studieren macht den Leib müde.“ Prediger 12,12.

Kathrin Pagendarm & Eckhardt Reimann

31.7.2014